散户法宝

SANHUFABAO

两准两少投资模式

陈立辉◎著

北方联合出版传媒（集团）股份有限公司

万卷出版公司
VOLUMES PUBLISHING COMPANY

ⓒ 陈立辉 2010

图书在版编目（CIP）数据

散户法宝：两准两少投资模式／陈立辉著.—沈阳：万卷出版公司，2010.1

（引领时代）

ISBN 978-7-5470-0611-5

Ⅰ.散… Ⅱ.陈… Ⅲ.股票—证券投资—基本知识

Ⅳ.F830.91

中国版本图书馆 CIP 数据核字（2009）第 243905 号

出 版 者	北方联合出版传媒（集团）股份有限公司
	万卷出版公司（沈阳市和平区十一纬路 29 号　邮政编码　110003）
联系电话	024-23284090　　**电子信箱**　vpc_tougao@163.com
印　　刷	北京振兴华印刷有限公司
经　　销	各地新华书店发行
成书尺寸	165mm × 245mm　**印张**　15
版　　次	2010 年 1 月第 1 版　2010 年 1 月第 1 次印刷
责任编辑	王旖旎　　　　**字数**　175 千字
书　　号	ISBN 978-7-5470-0611-5
定　　价	38.00 元

中国股市投资者的构成，与西方成熟股市有着很大的不同，那就是西方以机构和代理投资为主，而中国则以中小投资者直接参与为主，尽管最近几年建立了大量公募和私募基金，但散户的比例依然很大，且基金尤其是公募基金也难以令投资者满意。这样的投资者结构，加上不完善的市场，使中小投资者总是处于被动挨宰的局面。对于这种无法短期改变的状况，照理说，政府监管部门应该加强对中小投资者的教育，帮助他们树立合理的投资理念，掌握合适的投资方法，然而尽管监管部门也一直在强调投资者的风险教育，但并没有拿出强有力的措施。

由于监管部门在投资者教育上的力度不够，给各种鱼龙混杂的人提供了忽悠乃至诓骗中小投资者的大好机会：一方面，许多一知半解且心怀不良的所谓专家、技术分析大师、交易掮客，利用投资者急于求成的心理和对股市不甚了的状况，大肆兜售貌似可取实则害人的各种不良投资理念、方法、软件等，他们的做法绝不是要替投资者着想，更不会考虑投资者的实际状况，而完全是为了从投资者身上谋取私利，其手法基本上属于盲人摸象、一叶障目之类，局部看都是对的，但整体上看却是错误和有害的；另一方面，作为投资和交易中介的券商，有意和无意间成为了影响中小投资者的最大力量，许多关于股市及投资的文章、书籍、咨询、信息，基本上为券商或受雇于券商的人所为，可是，因为利益关系和长期职业习惯的影响，券商及其从业人员基本上都是频繁交易和短线炒作的提倡者，而这种理念和做法，恰恰是对投资者最不利的。因为资本市场尤其是像中国这样以投机为主的市场，本质上是一种你死我活或者说一方赢另一方必亏的市场，所以，作为利益竞技场的股市，券商及其人员绝不可能做有利于投资者而损害或减少自身利益的事，由这种机构及人员来教育投资者，其结果可想而知，那就是诱惑投资者不断地为券商白打工即缴纳佣金。

世上没有救世主，资本市场更是如此。中小投资者要想掌握投资的命运，根本上只有靠自己自立自强，同时采取正确的策略，方可在弱肉强食的市场生存和发展。正是基于中小投资者不断地被边缘化、被蚕食、被不良教唆弱化的险恶境况，笔者才决心投身于投资教育、咨询、培训，因为笔者本身就是一个中小投资者。要做好这项工作，其核心任务就是要建立一套既符合市场规律又适应中小投资者特点的投资模式及理念，为此，通过一年多的潜心研究，笔者已经完成了投资和技术分析框架的构建并集中于《市场乾坤》一书，同时，对通用的技术分析进行了系统整理和概括，并集中于《图表智慧》一书。但仅此还不够，因为普遍原理只有与特殊实际结合之后，才具有真正的理论指导和实践意义，而投资上的这种特殊，一方面是指中国股市的特殊性，另一方面是指中小投资者的特殊性。故而，笔者又用了将近一年的时间来研究这两个特殊性，撰写《散户法宝》和《股市脉搏》两书，此后，他还计划再撰写一本书，它将从哲学的高度对两百年来的投资方法进行回顾和反思。待这些工作结束后，笔者的整个投资、技术、操作体系才算基本完成，下一步的重点将转入投资、咨询以及市场局部和企业研究，以更好地服务于实践。

目 录
CONTENT

散户法宝——两准两少投资模式

第一章

Chapter 1

大势判断要准

要想在资本或股票市场获得投资的成功，大势判断准确与否是成败的关键，即看大势者成大事。而要想准确判断大势或趋势，就必须对股票市场的结构及其所依托的社会构成有一个透彻的认识。所以，本章将多角度、全方位地告诉投资者如何把握大势。

第一节　中国股市投机主流之源

Section 1

这是一个很大的题目，笔者在《市场乾坤》一书中曾有过论述，同时还将在《股市脉搏》一书做过更为专题的研究，故这里只是分析一些源头性的基本特点，而对于其他延伸性和已经分析过的特点就不再涉及了。

◎　中国股市是政府直接建立并管控的

稍微了解世界经济史的人都知道，股票市场是在以私有制为基础的市场经济条件下自发诞生的，是市场机制这只无形的手最突出的表现和作用之一。而在改革开放之前，中国实行的是在企业公有制基础上的计划经济，所以，要在中国建立股票市场，必须解决两个前提条件：一是要打破以国有企业为主的单一公有制，二是要建立股份制企业。这两点正是中国经济体制改革的主要内容。随着改革的深入和共识的达成，这两项工作逐步在全国展开，并且遵循先到集体企业、中小型国有企业以及相应的商业、轻纺业，再到地方中型国有企业，最后到中央大型国有企业及相应的支柱产业的程序。

1983年，第一家股份制企业深圳宝安联合投资公司成立；1984年7月20日，北京天桥百货股份有限公司成立，这是中国成立的第一家股份有限公司，即可以公开发行股票募集社会资金的股份制企业；1984年11月18日，上海飞乐音响股份有限公司创立，这是中国的第一家股份制上市公司，1986年11月14日，中国改革开放的总设计师邓小平，就是用飞乐音响的股票作为礼物赠送给来访的美国纽约证券交易所主席约翰·范尔霖先生的，"飞乐音响"也由此被载入了中国股份制改革和股票市场的史册并获得特殊的地位。此后的几年间，北京、上海、广东、四川、辽宁等地的部分集体和国有中小企业纷纷开始股份制试点，并逐步设立了一些股份制公司，北京天桥百货、上海飞乐音响、上海延中实业等，则属于为数不多的公开发行股票的股份有限公司。

由于股份制企业在微观上和宏观上具有不同的功能，故而也就需要不同层次又统一的资本市场来配套。股份制在微观上主要是为了建立科学的企业治理机制，为此，则需要建立股票发行制度，即我们常说的一级市场；股份制在宏观上主要是为了资源的优化重组，为此，则需要建立股票交易市场，即我们常说的二级市场。既然股份制企业有了，股票也已经公开发行了，那就必然要建立股票交易所和股票发行制度。为顺应这种需要，更是股份制发展的必然逻辑，在地方政府主导、中央政府批准下，于1990年11月20日成立了上海证券交易所，1990年12月1日成立了深圳证券交易所。这两个交易所都是非营利性的会员制事业法人，它们的最高权力机构是会员大会，常设的执行机构是理事会，实行在理事会领导下的总经理负责制，其主要功能为：组织公平的集中竞价交易，公布即时交易行情，办理股票和公司债券的上市、暂停上市、恢复上市或终止上市等事务，对证券交易实行实时监控，对上市公司的信息披露进行监督等。

中国股票市场的建立过程，尽管有着计划经济向市场经济转变的内在的自发逻辑要求，但它本质上仍是在国家、政府的主导下实现的，没有国家允许，没有谁敢去做那样的事，这与西方股票市场完全属于自发形成的性质是有很大的不同的。股票市场的本质是资本的市场化、社会化，股票即资本的流通、定价、重组、注销交由市场来决定，也就是投资者说了算，而要实现这一点，股票发行和交易制度合理与否是核心。由于中国的特殊体制和国情，尽管中国的股票市场使用了许多市场化的手段，在许多方面（如交易所的会员制、股票发行的核准制等）都有着市场化的基本形式，但其在本质上依然是一个受政府控制的市场，这和中国其他许多领域的状况（如房地产、教育）是一样的，也就是我们常说的政策市，政府才是最大的庄家或开发商。

中国政府有效控制股票市场的手段主要是两个：一是股票市场运行的核心制度设计给予政府最后的裁决权；二是股票市场核心的机构管理者只能由政府任命。而从股票市场的运行环节来看，中国股市的政府控制性而非投资者决定性，虽然反映在各个方面，但它却主要体现在股票发行和交易两个方面，即一级市场和二级市场。

中国股票市场的发行一开始实行的是审批制，前后有额度管理和指标管理两种具体形式，这是典型的计划经济做法，后来又过渡到现在的核准制。核准制包括三个部分：一是保荐制度，由政府批准成立的券商作为上市企业的保荐人；二是发审制度，成立证监会领导下的发审委，由其来决定股票最后的发行与否；三是询价制度，即企业在获得发行批准后，首次公开发行股票的公司及其保荐机构，应通过向主要购买对象询价的方式来确定股票的发行价格，这被视为走市场化道路，试图将股票的定价权逐步让渡于市场。可是，核准制虽然形式上属于市场化的管理，但实质上却依然是变相的审批制，政府控制发行的本质没有变，上市过程中"公关潜规则"的盛行就是最好的证明。其一，保荐制下对保荐代表人数量的不公平与不公正的行政控制，实际上是"通道额度"的另一种方式；其二，发审委的最后决定权其实还是由政府控制，投资者不仅没有发言权，甚至连知情权都没有；其三，无论是保荐人还是询价对象，几乎都是清一色的政府成立的机构和任命的领导人。所以，核准制中某些局部的市场化措施，并不能改变整个发行由政府控制的实质。

再看股票交易即二级市场。应该说，政府对二级市场的控制程度不如一级市场，实际上它也做不到，但是，保证二级市场良性运行的核心权力依然控制在政府手中，比如退市、违规惩罚等。这些权力本来是应该属于投资者的，一般应该通过交易所和法律程序来解决。可是，我国的证券交易所并没有独立的法律地位和应有的管理权限，它依然属于政府派出的机构性质，从而使本来作为独立中介人的交易所，在股票交易中的应有作用并没有得到发挥，甚至很少能听到它的声音。

◎ 中国股市一级市场和二级市场是混为一体的

股票发行主要体现的是发行人和投资者之间的关系，通过股票发行，发行人可获得发展资金或股权结构调整以及公募所带来的其他好处，而投资者则可获得分享企业发展收益的机会。而股票上市主要体现的是一级市场投资者与二级市场投资者之间的关系，通过上市交易，一级市场投资者实现风险分散并可能获得资本增值收益，二级市场的主要功能是股权转让，并通过交易转让来优化资本流向及价格，同时使投资者通过承担风险而获取相应的红利和资本利得。

由上可知，股票发行与上市是两种性质不同的经济行为，本来是应该分开实施和管理的，西方发达国家正是这么做的，可以说这是国际惯例，且我国的《公司法》也是这么规定的。如果将发行和上市分开的话，那么，股票发行后就不允许立即上市交易，其意义在于，可以实现一级市场和二级市场的功能独立，加大一级市场投资者的风险和责任，促使其真正关心发行人的投资价值，认真监督募集资金的合理使用，从而改善和优化公司的治理结构，不断提高企业的经营管理水平。在这种情况下，企业股票能否顺利发行，主要取决于自己的业绩和实力，取决于能否达到发行的标准和投资者的要求。因而，发行人为了股票的顺利发行，将着力于改善公司业绩和整体形象，保荐人在发行压力下，也将在审慎调查的基础上理性推荐。而且，通过发行与上市的有效分离，能更好地维护二级市场投资者的利益，有利于二级市场投资者通过对已经发行股票公司的客观评价，来做出自己的投资决策，以减少投资的盲目性或不确定性，进而促进二级市场的健康发展。

可是，长期以来，在中国股票市场的实际运行中，股票发行与上市在审核程序上合二为一，在实施时间上同时进行，并且

"重发行审核，轻上市审核"，等于一个婴儿刚出生，就既发出生证又发毕业证，完全不符合逻辑和常规，从而造成一系列不良后果：

一、股票发行的动力源于二级市场的高溢价而不是企业本身的投资价值。也就是说，绝大多数企业的股票之所以能在一级市场发行出去且受到抢购，完全是因为可以立即上市获得高溢价收益。否则，如果仅从企业价值和能力考虑、又不允许轻易上市的话，那恐怕许多公司的股票就发行不出去了，而且也没有多少人愿意购买。这样，一级市场的股票购买者，一开始就是投机者，只不过这是政府鼓励并保护从而风险极低的投机。

二、一级市场无任何风险且暴富，二级市场无投资价值且巨亏。中国股市的一级市场就像一块巨大的唐僧肉，只要股票获准发行，相关利益者不仅稳赚不赔，而且一夜暴富完全合理合法，天下再也没有比这更好的事了，也再也没有比这更好的暴富方法了。因此，有上市可能的企业会使用一切手段以期获准发行股票，各路神仙也想尽办法承揽与一级市场相关的业务，沾不上边的还可以"打新"。不仅如此，政府还通过额度控制、货币政策为新股发行大开绿灯，以保障其获得更高的发行价，并使相关投资者获得更大的利益。这样一来，不仅二级市场会大受其害，而且会使财富分配不合法化，股票发行成为腐败的重灾区，更有甚者蜕变成圈钱行为，融资发展企业和经济反而成为借口，严重破坏了社会公平和市场平衡，也变相催生了二级市场的投机。

三、资金优先，机会不等。一级市场的发行过程具体又分为网上、网下申购两种，有资格的投资者分别在网上、网下两个平台上开展股票申购，由于机构和个人投资者之间资本实力的巨大差距，导致了事实上不同投资者之间的机会不均。看似公开的抽签方式，因为缺少对申购上限的限制规定，使资金规模差异导致了事实上的不公，形成"马太效应"，越有钱者得到越多的中签的机会，而散户中签的机会则十分渺茫。

四、助长了二级市场的投机。一方面，由于一级市场发行的股票价格已经很高，基本上失去了长期投资价值，那么，二级市场的投机者要想获利，只有通过投机或短炒这样的途径。另一方面，一级市场资金优先的原则，使大资金控制了大量的原始筹码，使其可以继续在二级市场兴风作浪，操纵价格，从而获取更大的暴利。

◎ 中国股市的主要功能是融资而不是创造财富

股票资本市场包括两个紧密联系在一起的功能：一是直接融资，二是兼并或优化重组。二者都是为了提高整个国民经济的发展效率和资源利用率，从而创造出更多的社会财富，这样，股市的存在和发展才是合理的和良性的。通过股票市场融资，可以降低融资成本，获得长期资本，有利于企业持续稳定经营，提高发展速度和竞争力，扩大企业规模；兼并则能把社会资源更好地集中到优秀企业，提高产业集中度和国家经济竞争力。与融资侧重于微观效应相比，兼并的意义更多地体现在宏观上，从中西企业规模化的不同路径选择上，可以更清楚地看到这一点，中国企业做大、做强的路径，要么是自己铺摊子，要么是通过行政的力量实现捆绑，而西方则主要是通过资本市场的兼并来实现的。

中国股市要想健康发展，同样应该具备两个完整的功能，除此之外，在经济体制改革的过程中，股市也起着重要作用，那就是通过企业的股份制改造建立起现代企业治理机制。然而，由于制度设计上的不科学、管理上的不合理，致使中国股市竟变成以融资为重，甚至将其作为唯一目的，兼并和企业治理两个重要功能被大大弱化、边缘化。由于股权分布过分集中，国有股比例过大，即使在顺利实现全流通后，二级市场也不太可能成为企业并购的主要场所，这意味着主要决定公司治理好坏的力量是行政控制而非市场制约，从而使得无论改制增效还是资源合理配置，这两个建立股市的初衷都难以达到。国有控股企业吃垄断饭、效率低下、成本高昂，以及行业集中度低、无序竞争、相互内耗等一直困扰中国经济的主要问题，并没有通过股改和股票市场得到很好的解决，反而又生出股市圈钱、造假、投机、胡乱投资、两极分化等许多新问题。从这个意义上说，中国的股改和股市即使说不上是失败，但基本上也可以说是还没有成功。

从中国股市创造财富的实效或结果上，更能看出中国股市功能的错位和不健全。在国外成熟股市，股票利息是高于银行利息的，如美国近200年的股市年均股息率为5%（这里指的是优先股，中国还没有优先股），此外还有丰厚的红利，且上市公司主要采用现金分红的方式，现金红利占公司净收入的比重持续升高，在19世纪70年代该比重为30%～40%，到19世纪80年代，提高到40%～50%，目前，有些上市公司税后利润的50%～70%被用于支付红利。比如，自1950年上市以来，可口可乐公司始终坚持"按季分红"的原则，近十年来，可口可乐公司的现金分红更是不断上升。在美国股市，由于聚集了大批像可口可乐这样的财富创造公司，又做到了实实在在的利润分配，所以，才能造就出像巴菲特这样的世界首富和价值投资大师，更使广大投资者长期受益。

反观中国股市，深沪A股1999年～2007年的股息收益率（指红利/股价）年均只有1.23%，远低于一年期银行存款利率，如果不能获得价差收益的话，那么投资股市还不如存银行合算。又如，2004年～2007年，A股上市公司共产生归属股东权益的净利润为16567.97亿元，而累计分红总额才5240.44亿元，分红总额仅为净利润的31.63%，甚至有的公司自上市以来，长达十几年从未进行过分红。即使是有限的红利，投资者最终也不能获利，因为其远远不抵交易成本，如2007年上市公司分红总额在1800亿元左右，而印花税则收了2000多亿元，再加上券商的佣金，全年股民贡献了近3000亿元，这一数字远远超过了上市公司2007年上半年的全部净利润2646亿元，差不多占到深沪两市上市公司2006年净利润的一半左右，也超过当年1800亿元的分红。所以，如果不计算股票价差收益的话，那投资者的实际损失应为1000多亿，而价差收益只能是少数机构和个人投资者才能获得，多数投资者是没有份的，甚至可能还要亏损。

另外，兴业证券的庄某曾对1997年～2001年之间历年上市公司的分红派息情况进行过统计分析，其中有两个数据比较真实地反映了中国股市的财富创造能力：其一，从历年公司分红派息的状况看，上市公司的派息能力呈现出逐年下降的态势，1997年上市公司平均每10股派息1.8145元，而2001年沪深两市675家上市公司平均派息分红为每10股派息1.181元，下降幅度达到36%；其二，从历年前10位高派息公司名单看，没有任何一家公司有持续派息能力，5年50家的上榜公司共涉及了45家上市公司，重复率不到10%，这表明最好的公司的创富能力也不强。

此外，无论是理论论证还是实证调查，都显示了中国股民不仅亏损面广而且亏损程度高（这样的调查统计数据很多，笔者《市场乾坤》一书也收录了一部分，读者可以参考），这样一来，就是无数股民的血汗钱在支撑着中国股市，而不是股市给股民带来财富，从而完全颠倒了资本市场的逻辑关系。像这种不能创造财富的股市，能吸引投资者参与的，就只能是投机炒作了。

最后要说明的是，中国股市许多ST股票的重组，与股市兼并优化功能不是一回事，而且恰恰相反，它是违背优胜劣汰市场法则和资源优化配置原则的，起到的是保护落后、鼓励投机的坏作用，而且也不是市场行为，绝大部分是政府行为。

◎ 中国股市的股权是分割且国有股占主导的

中国股市一开始就是不规范、不彻底的，这集中表现在股权分置和国有股一统天下上。

"股权分置"是中国股市特有的现象。为防止国有资产的流失，中国在设计股市基本制度时规定，只允许不到股票总量1/3的社会公众股上市交易、流通，另外多于2/3的国有股和法人股则暂不上市交易。这种畸形的制度带来了一系列问题，完全扭曲了股市的正常运行及其功能发挥。

一、国有股不能流通，基本丧失了改制的效果，国有股的问题依然如故，可以说是换汤不换药或新瓶装旧酒，且不断产生新的问题，这在前面已经说过。

二、直接催生了股市投机。由于绝大部分股票不能流通，这一方面为投机提供了天然的机会，用有限的资金就可以控制股价；另一方面，大股东根本不关心自己公司的股价，反而把少数流通股东当成榨取的对象和融资的砝码。

三、严重损害了公平这一社会最高准则。同一性质的股票，有些可以自由流通，有些则不可以流通，是违背公平原则的。

中国股市的股权分置状况，直到2005年才开始大规模改革，这等于是资本市场的第二次革命，为股市的发展扫除了一个也是最大的一个体制性障碍，希望其他障碍也能尽快革除。

◎ 中国股市的盈利交易是单向的

中国股市的制度设计，在交易上是只能做多、不能做空的，又没有股指期货对冲，实际上与商品实物交易完全一样，这不符合资本市场的常规，破坏了市场的平衡和自我调节机制，等于变相地鼓励做多，结果导致股市、股价脱离价值地单边上涨即暴涨。之后，市场又只有通过暴跌的特殊方式来获得强制性平衡，大盘和个股无一例外地存在这种暴涨暴跌现象，只有极少数优质股票的状况稍微好一点。

◎ 中国股市具有天然的体制投机性

成熟健康的股票市场具有收益持续性、公平竞争性、相对稳定性三大特征，它们可以说是市场经济优势的集中体现或精华所在。因此，在西方，一方面，股市是经济的晴雨表，因为其股票市场的市值基本上占国民经济GDP市值的80%左右，最优秀的企业也基本都是上市公司，比如世界500强就全是上市公司；另一方面，股市被视为社会财富的创造机器或致富工具，年均收益率在10%左右，是一个大多数投资人盈利的场所。故而，大部分人的投资理念都是买入一只股票长期持有，价值投资深入人心，最近十多年，美国平均每个家庭就有1/3的资产投入了股票市场。

由于中国股市不具备收益持续性、公平竞争性、相对稳定性三大特征，因此，价值投资几乎没有多少投资者相信和遵循，而是更多地带着投机心态入市，操作策略也是以短期获利为主，虽然也有很多投资者实际上是长期持股的，但基本上却都属于短炒失败后的被动无奈之举，而并不是真正的价值投资行为。管理层总是倾向于把股市投机的责任，归咎于投资者的不理性或投资理念错误，这虽然有社会历史文化所长期形成的投机风潮的原因，但主要还是中国股市本身的不合理、不公平、不规范、不成熟，即缺少价值投资的企业基础和制度保证，而且股市的源头即发行就是政府保护下的投机，这让投资者如何能有长期投资的信心！中国股市基本制度的设计和安排，内在地排斥投资和鼓励投机，人的意识和行为是环境、制度决定下的产物，中国股市投机盛行的主要根源不在于投资者，而在于其自身的不完善乃至错误。

但是，虽然中国股市的投资价值很低，却具有很高的投机价值，因而，同样可以获得与西方成熟股市一样甚至是更高的价差收益，事实也正是如此。如果把早期买入的股票留到现在，其收益是相当可观的，据此，有人认为，中国股市是目前世界上投资回报最高和资金投入最安全的股票市场，之所以还会出现少数人盈利、多数人亏损的现象，而不像西方股市那样是多数人赚钱，是因为很多人的投资方法不对。这是一种很肤浅甚至可以说是幼稚的分析和对比，就单个投资者来看，无论是在投资市场还是在投机市场，只要方法得当，都可以盈利，但从整个市场来看，就大错特错了。虽然都是盈利，但投资性市场和投机性市场的利润来源是完全不同的，前者的利润主要来自企业红利以及相伴随的股价上升，而后者的利润则主要来自新资金不断投入的循环链，必须不断有人加盟，才会有钱赚，一旦链条断裂，则谁也没有钱赚。中国股市的投机，之所以股指和股价能不断走高，主要是因为不断有新资金的加盟，国家也在不断发行货币。只要全国新入市的股民开发到了极限，货币发行也受到严格限制的话，那么每次都会造成大跌或漫漫熊市，这在西方成熟股市是很少见的，因为它们的上市公司是可以通过创造利润来为股市提供支撑的，而中国的上市公司能为股市增加财富的公司很少，反而是要大量地从股市抽血，即使是盈利的公司也很少分红。

第二节　中国股市社会属性主导之谜

Section 2

　　不管是什么性质的市场，其价格都会以趋势方式运行，这是一致的，也是建立投资策略和方法的依据。所以，即使中国股市至今为止基本上还是属于一个投机性市场而非投资性市场，但它一样会有自己的趋势，即上升趋势和下跌趋势。在投资性市场，股市趋势一般由企业经营管理和宏观经济所推动或驱动，完全属于经济范畴，而在投机性市场，趋势往往不是由企业经营管理和宏观经济所推动或驱动，股市也不是纯粹的经济现象，而是更多地体现为社会现象。那么，在中国这个以投机性为主的市场，趋势又是怎么形成的呢？这里涉及到很多因素，因此，它的趋势形成和变化要比投资性的市场及其他国家的市场来得更复杂，更缺少稳定的、有广泛共识的判断准则或规律，从而使得中国股市众说纷纭，有说经济晴雨表的，有说资金推动的，最普遍的说法是政策市，等等。这些对中国股市运行或趋势变动的解释、理论，虽然都有一定的道理，但其实都非常片面，都没有触及到中国股市运行或趋势变动的本质，忽略了更重要的社会性因素，所谈到的方面仅仅停留在趋势的表面和局部要素。

　　中国股市过去20年的运行之谜，其实不难揭开，问题的关键是要摆脱仅仅从经济和政治两个常规领域去分析的局限，必须用更宽广的视野来审视股市。既然中国股市是个以投机性为主的市场，那么经济就不是趋势的决定性因素。尽管中国股市是一个政府建立和管理的市场，那它自然就要比自由市场受到更多的政策影响，但绝不能就因此说股市趋势是政府或政策决定的。这就像孩子，尽管他们是由父母生下并教育，但他们往往不见得会按父母的意愿行事，小时候基本上都是听父母的，但越长大却越自行其是。因此，政府和政策也不是中国股市的决定性因素，越是后来越是这样，政策市的说法，最多也只能解释股市早期的趋势变化。要解开中国股市趋势变动之谜，必须把股市放到中国社会的巨大变革和历史文化的巨大惯性这样的大背景下来观察和分析，这样答案也就不难找到了。

中国曾经有着几千年的辉煌，这给了中国人强烈的自豪感、自尊感、优越感。然而，正是这种盲目的优越感和长期的领先地位，加上统治阶级为了自己的家天下，一贯实行愚民和高压政策，从而使得中国人在宋、明时期就丧失了进取心，缺少了忧患意识，并沉湎于风花雪月、琴棋书画、四书五经、佛祖道场之中，从而在明代灭亡之后，沦为外族统治，民族自信心受到巨大打击。近代之后，更是进一步沦为殖民地半殖民地，民族心理脆弱到了极点。20世纪初，以孙中山为代表的民族资产阶级，通过辛亥革命推翻了封建王朝，初步唤醒了国民和民族意识；20世纪中前期，取得了抗日民族战争的胜利，在共产党的领导下，又取得了无产阶级革命的胜利，建立了社会主义新中国。由此开始，中国重新崛起，在政治上和心理上初具强国姿态，然而，经济的落后和长期的贫困，不是几次革命和几十年的时间就可以改变的，它甚至是比革命更艰巨的任务。当改革开放、社会主义以经济建设为中心之后，人们发现，政治胜利了不等于经济也胜利了，政治地位提高了不等于国富民强了，如果经济长期落后，国民长期贫穷，那我们今后依然会挨打。于是，争取发财致富就成为了全民族的共识和最普遍的社会心态，再加上改革开放各种刺激经济发展政策的推动，使得任何致富机会都会变成全民性潮流，经商热、下海热、办公司热、搞开发区热、房地产热等莫不如此，这一过程非常类似于西方资本主义初期的原始积累，更多的财富被集中或积累到了非国有经济和个人手里，而不同于建国后前30年财富集中于国家的积累方式。而在所有的这些热潮中，股市是最经久不衰和参与者最多的，这种被长期压抑的发财致富欲望、追求快速富裕的全民社会心态和潮流，正是股市趋势形成的根本驱动力和决定性因素，也是投机性市场得以存在和发展的社会基础，其他相关因素都只是催化剂。从社会存在和社会意识原理来说，它正是社会意识对社会存在的巨大反作用，这种社会意识的强大反作用，对于中国这个处于巨大变革或变迁中的国家和民族来说，是一个十分普遍和长期存在的现象甚至规律，也是解剖和认识中国各种重大问题、现象的一把钥匙。脱离了这样一个大背景，对许多问题的认识或解释都会变得似是而非，股市也不例外。正是中国社会的这种非常态性发展和变化，使得许多人误读中国或读不懂中国，什么崩溃论、威胁论、专制论、人权论等说法，不一而足。但这也是很正常的，如果中国很容易按常理来认识和按常规来发展的话，那就不是中国了，那毛泽东、邓小平及中国共产党也就算不上很伟大了，而且这种状况还会持续几十年甚至上百年，只有当中国获得很大发展，社会变革或变迁走向稳定的时候，常规形态下的市场的、经济的规律，才能具备正常的逻辑功能。

由于中国股市体制上的天然投机性，因此，在强大而长久存在的发财致富社会群体的心理驱动下，一些常见的市场和社会要素往往成为了投机的借口和催化剂，其中出现最多的当然是各种政策以及宏观经济，但并不是政策市，而是利用政策造势和做市。在中国股市近20年的历史中，诱发社会和市场致富群体心理进而驱动股市趋势的有关要素很多，下面简要地对其加以分析，以便投资者更好地把握趋势变化的真相及线索。

◎ 股市定性与改革

股票、股市是改革开放之后才实施的新生事物，因此，无论是在认识上还是在实践上，都存在着不同的认识和发展阶段，从而对股市及其趋势造成了不同的影响。大体说来，政府对股市的认识，至今为止，经历过四个比较明显的阶段，并对股市趋势造成不同的影响。

一、尝试阶段：从股份制改革开始到1994年。在这个阶段，国家和政府对股市的基本态度就是尝试，1992年邓小平南巡讲话中的一段话，就是对这个阶段最经典的诠释："证券、股市，这些东西究竟好不好，有没有危险，是不是资本主义独有的东西，社会主义能不能用？允许看，但要坚决地试。看对了，搞一两年，放开；错了，纠正，关了就是了。关，也可以快关，也可以慢关，也可以留一点尾巴。"这个时期，证券市场在中国只能说有了"暂住证"。此后，在党的十四届三中全会、党的十五大、党的十五届四中全会之后，才逐渐加大了对证券市场的肯定，证券市场才最终在中国生根开花。正因为一开始属于尝试性质，无论是投资者还是政府对未来都没有把握，政府既怕股市因萧条而失败，又怕股市因飞涨而失控，投资者的心态自然就更不稳定了，因此，当初的股市很像是政策和投机相结合的游戏，暴涨暴跌更是家常便饭，而且周期很短，算不上是正规的股市。

二、认可阶段：1995年～1998年。在这个阶段，国家和政府对股市的定性，已经从前期的尝试变为认可，这主要体现在三点上：第一，自1995年起，证券市场首次进入政府工作报告；第二，1995年7月11日，中国证监会正式加入国际证监会组织（IOSCO）；第三，到1993年底，全国上市公司不到200家，而且基本上都属于贸易、轻工企业，而1994、1995、1996三年就翻了两倍，达530家，一些大中型国有企业逐步上市。这种认可的态度，无疑促发了1996年～1997年的大涨。

三、实用阶段：1999年～2001年。在这个阶段，政府对股市的态度主要是实用主义，就是要利用股市为国有企业解困和改制服务，其标志是"5·19"行情和7月1日《证券法》的实施。在国企改革艰难、1998年股市境内筹资又比1997年大幅减少484亿元的背景下，政府完全改变了此前对股市谨慎对待的态度，转而充分利用，于是推出了"改革股票发行体制、保险资金入市、逐步解决证券公司合法融资渠道、允许部分具备条件的证券公司发行融资债券、扩大证券投资基金试点规模、搞活B股市场、允许部分B股、H股公司进行回购股票的试点"等有些急功近利等政策，并触发了特殊的"5·19"行情，随后两年新股发行与上市总量出现了快速增长。但是，这样做的负面影响也很大，使股市逆基本面而不断上涨，不少质量低下的公司也借机混进股市，投机炒作更为明目张胆，违规造假变得十分猖狂，银广夏、蓝田等事件的发生就是当时混乱的一个缩影。

四、深化阶段：2001年之后至今。由于此前的股市尤其是

1999年～2000年期间暴露出了太多的问题，受到全国人民的质疑。在这种情况下，政府不得不改变态度，更换证监会班子，着手完善监管体制，其重点是改革不合理的股权分置制度，同时完善券商中介市场，大力发展机构投资者，改变投资者结构，逐步用市场方法管理资本市场。这表明政府对股市的认识达到了新的高度，其标志是2001年6月14日国有股减持办法的出台（尽管后来暂停实行但这样不影响其意义），2004年1月31日国务院颁布的《关于推进资本市场改革开放和稳定发展的若干意见》（就是俗称的"国九条"），以及2005年4月29日具有中国证券市场体制性革命意义的股权分置改革试点宣告启动。这种认识的提高和改革的重大举措，极大地夯实了股市发展的基石，为2005年～2007年的大涨打下了基础。

由于今后的中国股市已经进入了一个全新的阶段，尽管局部的改革还会有不少，但大的定性变动却应该不会有了，所以，因股市性质认识上的变化而影响股市的这一因素，也将逐步淡化甚至消失。

◎ 股市监管

股市监管所出台的政策可以说是最多和最频繁的，监管的目的主要有两个：一个是抑制暴涨暴跌，另一个是维护市场法规与公平。尽管管理层对股市的监管花了很多心思，使用了很多政策措施，但监管的效果可以说很不理想，尤其是对暴涨暴跌几乎是无能为力。这也是很容易理解的，因为绝大多数政策是临时性的，更是治标不治本的，如果不彻底解决市场体制性缺陷和上市公司经营管理水平差这两个投机的根源，那么暴涨暴跌就难以彻底根除。

所以，从股市趋势的角度看，监管尽管对趋势的变化有一定的影响，但却难以撼动趋势的力量，无论是上涨趋势中的打压还是下跌趋势中的救市，除了早期有一定的作用外，越到后来其影响力就越小，该涨照涨，该跌照跌，基本上是我行我素的姿态。如1996年～1997年的大牛市，管理层一方面通过党报发社论干预上涨，另一方面又连出十二道金牌，虽然也造成了短暂的深幅调整，但真正的反转下跌即熊市，却是在股市涨了16个月、股指翻了三番之后才出现的，而且总体跌幅也并不深；2006年～2007年的世纪性大牛市也是如此，为打压股市，发行扩容、清查银行违规入市资金、大幅调高交易印花税等多种手段并举，但股市仅以短暂调整回应，上涨趋势却丝毫未改，到6100多点顶峰后的下跌，主要原因也是由于国际金融危机的连累，而并不是监管造成的，否则，涨幅可能会更高。至于救市，情况也差不多，无论是2001年开始的五年大熊市还是2008年的罕见暴跌，管理层都出台了很多救市措施或政策。如2002年～2003年期间，再次运用党报发表评论的方式希望提振股市(用社论激励股市的方式，1999年最先使用并达到了效果)，同时，出台连续降息、允许三类企业和社保资金入市、修改《证券法》、实施国企回购和引进战略投资者等一系列措施，可效果并不大，直到2005年6月的998点才止跌；而2008年的救市措施有下调存贷款利率和法定准备金率、通过购房优惠间接刺激股市、降低交易印花税、停止新股发行、中央投资资金入市、鼓励上市公司股票回购等，但这也同样阻挡不住处于凶猛的跌势，直到1664点。

由此可以看出，股市监管措施出台时，如果股市趋势没有走完的话，那么它是不可能改变趋势的，只能是延缓趋势而已，就这一点而言，政策市的说法就更加不成立了。但是，如果股市趋势已经走完，那监管的效果就有所不同了，因为与趋势形成了同步或共振，威力就会变得很大。如2001年的牛市顶部反转，监管就有着很大的推动作用，尽管牛市也已经到头了，但若不是监管，那就可能没有那么快跌，也不会跌得那么深和久。由于在1999年～2001年的股市上涨过程中暴露了太多的问题，投机和造假已经到了明目张胆、肆无忌惮的地步，故而在各方压力下，本来一直借助股市为国企解困的政府，不得不着力加强市场监管。2001年7月11日，《财经时报》就此前全国人大组成的证券法执法检查结果，发表《中国证券市场的六大不法现象》一文，指出证券市场存在的六大问题：（一）上市公司披露信息不实。如有些企业为了达到股票发行上市的目的，高估资产，虚报盈利；少数上市公司有意披露不真实信息，以迎合庄家炒作本公司股票等。（二）少数上市公司受大股东控制，严重损害其他投资者利益。如上市公司成为大股东或关联公司的"提款机"等。（三）证券机构存在违法经营。如《证券法》明令禁止操纵市场，但操纵行为却仍时有发生等。（四）中介服务机构违背职业道德，如为企业做假账，提供虚假证明，为其虚假包装上市大开方便之门等。（五）证券监管力度不够。即中国证监会作为法定的证券监督管理机构，其监管力度与法律的要求和人民的期望还有较大差距。（六）法律法规不够配套，执法协调机构不够完善等。在这样的背景下，政府出台了一系列治理股市的措施，如整合券商、发展战略投资者、实施《证券投资基金法》、开办中小板市场，而最大的措施就是通过对价办法让大小非逐步进入全流通。

在股市的上涨趋势中，许多投资者总是埋怨政府监管，认为这样做会破坏股市走势，使技术分析和投资无所适从，更有人认为政府应退出股市；而在下跌趋势中，他们又埋怨政府救市不利。这些似是而非的看法，除了前面说到的股市趋势受监管影响不大，因而投资的好坏主要还是自身能力和心态问题外，还有一个更重要和根本的原因，那就是中国股票市场本身就是政府参与投资的市场。我们知道，中国股票市场中的大部分上市企业是由国企改造而成的，占市场70%的非流通股归政府所有，因此，政府才是上市企业名副其实的最大股东和投资者；再有，市场中的投资机构也都是由政府组建的，所以，政府才是市场中名副其实的最大主力或庄家。仅此两点就足以说明，政府占有市场巨大的投资份额和资本利益，是股市中资本利益的总代表，从而使政府对市场具有双重责任，既要维护政府自身在市场中的利益，又要维护其他市场投资者的利益，因此，无论从哪个角度看，政府对股市的监管都是必然和必要的。遗憾的是，无论是国有股还是政府建立的投资机构，它们都只是政府的代理人或被委托人，且由于代理人有着自己的特殊利益，政府又无法有效监督代理人，才使得国有企业和投资机构不断违背政府意志、侵占政府利益，那就是腐败、以权谋私、钱权交易、内外勾结等，从而使得政府的各种监管变得更加艰难，而且往往是失效的。

◎ 股票供给和资金供给

股票供求关系是影响指数变化的重要因素，也是政府调节股市经常运用的政策，但是不是说它就必然决定股市的趋势性涨跌呢？并不是这样。在我国，涉及股票供给的主要有新股发行、再融资，而直接涉及需求的则有投资放宽和资金扩大（间接的还有货币调整，下面再谈），但实证考察股指的历史变化，股市供求关系中无论哪一方，都很少能独立决定股市的趋势变化。

一、先看供给。股票供给是刚性的，即只能扩大（习惯叫扩容），不能缩小。扩容包括新股发行和老股再融资两个方面。应该说，中国股市的扩容速度是很快的，一组大家熟悉的数据很好地反映了这一点。美国股市扩容到800只股票，整整用了100年时间，平均每年上市8只左右；香港股市扩容到800只股票，用了33年，平均每年上市24只左右；而中国A股扩容到800只股票，只用了8年的时间，平均每年上市约100只新股。正因为这样，许多人习惯于将股市大跌或熊市，都归结于太快的扩容速度和规模。虽然有些是事实，但道理却是很不充分的：

其一，投资者常说扩容打压股市，导致下跌，这是很片面的。事实是，中国股市一直在高速扩容，总体上无论是牛市还是熊市都没有停止过，而且越是牛市扩容越厉害，反而是在熊市中时不时暂停新股上市，那为什么牛市中扩容仍能涨上去而且经常是暴涨，而熊市则会大跌或久跌呢？显然，扩容与股市的涨跌趋势没有必然关系，股市大跌或走熊，主要是因为此前股指和股价涨幅太大了，即使没有扩容，也照样会跌，扩容只不过是加速了它的下跌和放大了跌幅。比如，1993年2月16日~1994年7月29日，股指从1558点大跌至325点，直接原因确实是股市大扩容，以至于上市公司的数量急速膨胀，上证指数随之逐步走低，但这不是根本的原因，根本的原因在于此前仅仅3个月的时间，股指就从386点爆涨到1558点，差不多翻了四番，因此，即使没有扩容或任何其他利空打击，它迟早也会跌下来。同样，2001年开始的大熊市和2008年的暴跌，许多人都将其归咎于国有股减持（相当于变相扩容），实际都不对。下跌的根本原因，都在于前面几年远离价值的暴涨，何况2001年6月份出台的国有股减持政策，很快就于2001年10月22日、2002年6月23日被宣布停止和不再出台具体办法，可股指仍然照跌不误，更加说明这次的熊市与扩容关系不大。

其二，当股指具备上涨的趋势力量时，扩容不仅不影响其上涨，反而涨得更凶。比如，2005年的世纪大底部就是在股改全流通后形成的，之后的2006年和2007年虽然上市了很多大盘股，可股指并不理睬地一路猛涨，这从反面证明了扩容与股指涨跌趋势没有直接的必然联系。

其三，在熊市之中，即使暂停新股发行，最多也只能激起短暂的反弹，而并不能挽救指数的下跌。从A股历史上超过1个季度的6次新股发行暂停的历史看，除了2005年为了股改外，IPO暂停的一个共同的大背景是市场下跌，股市低迷，管理层为了避免下跌，有意暂停发行以减少股票供给，但这并没有达到实际效果，6次中有4次市场延续跌势。比如，1994年的三大利好政策就有一条是暂停新股上市，但股市仅维持了一个半月的上涨，之后就继续下跌；在2008年暴跌中的9月之后，也是暂停新股上市，尽管跌幅已经很大了，可还是继续不断创新低。

当然，如果股市处于熊市，那么扩容会继续压制股指或促使其继续下跌。比如，2004年，从首发A股的筹资额看，据中国证监会统计，当年1月份为42.32亿元，同比增长3.5%，2月份为31.80亿元，同比增长25.49%，3月份增长更多，此外，中小板市场也在那一年开业，这样，就使原本在2003年有所反弹的股市继续在熊市中下跌。至于熊市中的再融资，对指数的打击则更大。2004年9月，宝钢股份迫不及待地发布的增发消息，使得大盘指数再次掉头向下，而2008年平安的巨额再融资计划，被认为是制造暴跌的元凶，实际迫于形势两家公司的融资都未能实施，但市场还是照跌不误。

　　除此之外，有研究者统计了自2004年1月～2009年8月，募资金额与市场涨跌幅之间的相关性，发现两者存在微弱的负相关，相关系数为-0.10。也就是说，没有证据表明融资金额的高低对市场走势存在负面的影响，以今年即2009年7月份为例，该月总计募资792亿元，在2004年1月以来的57个月中，排在募集资金最多月度中的第4位，而当月沪深300指数上涨17.94%，排名同期市场最高上涨月度中的第5位。

　　以上实证分析表明，无论是扩容还是暂停扩容，与股市涨跌趋势都不存在必然联系，只是具有助涨助跌的作用，因此，不能单独评估扩容对趋势的影响。如果反过来看，股市扩容实际上是紧跟股市上涨的，或者说是与股市上涨同步的，这是投资者和发行者的共同意愿：当指数处在低位、市场低迷时，尽管股价低廉、估值合理，但却没有多少投资者愿意购买股票，同样，也没有多少企业愿意以便宜的价格去发行股票(无论是IPO还是再融资)；当指数上涨一段时间后，投资者有了赚钱效应，就越来越有意愿买股票了，企业也开始有意愿发行股票了，扩容自然就加快加大了；如果指数在高位还继续上涨的话，那投资者买股票就更是趋之若鹜，哪怕股价已高、市盈率也到了五六十倍，依然坚持"死了也不买"，与此同时，企业融资和大股东套现的欲望毫不含糊，能卖个高价、不劳而获，何乐而不为呢？

　　二、再看需求中的增资。增资主要通过建立投资机构，允许有关资金入市，改善股票市场需求或壮大买方。

　　大力发展以公募基金为代表的机构投资者，是资金扩容和保障股市供需平衡的最重要手段。据统计，在A股市场成立初中期的1997年末，上海证券交易所股票账户的开户总数为1713万户，其中99.7%为个人投资者，机构投资者的开户数仅为0.3%，深圳证券交易所的情况也大体相同。而到了10年之后的2007年，中国股市已经形成了以公募基金为主导，包括社保基金、保险公司、QFII、券商资产管理、银行、企业年金、信托公司、财务公司在内的多元化机构投资者格局，其中公募基金的规模在1999年至今增长了55倍（见图1.1），发展速度远快于其他机构投资者。尤其

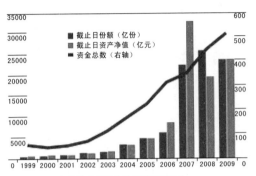

图1.1 1999年至今中国基金的规模不断壮大
数据来源：Wind资讯

是在2006年之后，仅当年成立的基金个数就达到79只，首发总规模达到3025.72亿份，属于偏股型基金的个数为59只，合计首发总规模为2339.48亿份，为2005年偏股型基金首发规模的5.51倍。因此，截至2008年底，各类机构投资者的持股市值达到了市场流通部分总市值的50%以上，其中，居于主体地位且发展时间最长的公募基金的持股市值占流通部分总市值的28%，保险资金、社保基金、企业年金持股占3.34%，QFII持股市值约占1.7%。

此外，公募基金除了零售业务外，其他业务也在逐步扩大。从2004年开始，分别有9家公募基金取得全国社保基金投资管理人资格，12家公募基金取得企业年金投资管理人资格，部分地涉足机构理财领域。而2008年1月1日起实施的《基金管理公司特定客户资产管理业务试点办法》则标志着公募基金专户理财业务已正式开闸。

随着股市规模的扩大和体制环境的逐步宽松，私募基金在近年也得到了很大的发展，尤其是2007年大牛市之后，由于私募在薪酬、投资领域和机制方面的优势，众多明星基金经理转投私募，越来越多的私募基金推出证券投资类信托产品，使私募基金逐步走向阳光化。国金基金研究中心的研究显示，2008年度发行设立的私募证券投资基金已逾100只，这一趋势在2009年得到延续，目前私募基金管理的资产规模已达400多亿元。

券商也是中国股市资金供给的一方力量，在股市早期更是如此，但现在的券商，其直接参与股市投资的资金，无论是在自身业务中还是在整个股市中的比例，都已不占重要地位了。

相比于扩容对股市趋势的影响比较复杂而言，扩容对股市趋势的影响总是积极的即体现为利多，但这并不等于就一定能推动股市上涨，只有在积累到一定程度且具备社会和市场大环境配合的条件下，才能形成上涨趋势且持续时间较长。比如，1996年~2001年持续时间相对较长的一轮大牛市，在前期阶段就是由早期的券商发动和主导的，后来才变为各种社会资金集合推动，而2005年~2007年的大牛市，基本上可以说是由公募基金为主的机构投资者推动或主导的，中后期更是如此。

在股市资金供给上，还有一个对趋势有一定影响的是银行信贷资金违规入市，但它的进出一般不能左右股市趋势，而只能起到加速或减缓趋势的作用，尤其是每次清查违规资金入市都会导致股市短期快速下跌，如果此时的股市涨幅已经很大的话，那就可能促发趋势反转。故有人总结说，中国股市上的几次"顶部"，往往都和"清查违规资金入市"相关，从现象上看，这确实是没有什么错，但真正的原因不在于清查，而是股市本身已经涨到头了，即使不清查违规资金，那也是迟早要反转的，只不过清查会使其反转得更快而已。

总体来说，资金对股市趋势的影响是巨大的，至今为止，中国股市基本上属于一个资金游戏市场，而资金的来源又主要是货币长期超速发行的结果。但是，资金与股市涨跌之间的关系并不是机械对应的，也不是静止不变的，虽然资金的不断积累迟早会爆发上涨趋势，可并不能说只要有了资金，股市就能马上涨。而且，股市资金是一个弹性特别大的参数，股市的上涨本身就有吸纳资金的效应，只要社会、政府、政策等能对股市提供强大和持续的信心支撑，如香港回归、百年奥运，那么，只需要少量资金点燃上涨趋势之火，就会有源源不断的资金流入股市，从而使上涨成为燎原之势，但上涨背后的真正推动力是社会群体心理或潮流，而不仅仅是资金。所以，不要机械地从资金多少去看待股市涨跌，目前通行的用资金流动性来解释或预测股市涨跌的普遍观点，是很片面的。

◎ **货币变动**

货币政策是现代经济中最常用的调节手段，也是最市场化的调节手段，无论是什么性质的国家都不例外。虽然货币政策很少是直接针对股市的，但其对股市趋势的影响却是很大的，尤其是在中国这种以投机为主的市场和以投资拉动增长的经济体中更是如此。

在中国，货币变动影响股市的途径主要有两个：一是金融利率的变化，一是存款准备金的变化。一般而言，降息有利于股市上涨，一方面促使货币持有者转向股市以谋求更高的收益，另一方面减少企业的借贷成本、增加利润。而加息则正好相反，它会抑制股市的上涨；存款准备金率的变化会直接增减资金的流动性，其效果和利率的变化差不多，调低存款准备金率就等于是增加资金供应，这间接有利于股市上涨，反之，调高存款准备金率，则会抑制股市上涨。虽然从总体上讲，货币变动尤其是过量的货币发行是影响中国股市涨跌的主要原因之一，但实际的过程和结果却不像理论那样简单，下面还是让事实来说话。

先看降息。自1996年4月1日停办保值储蓄以后，至2002年，我国央行连续八次降息：1996年5月1日，一年期存贷款利率下调0.98%和0.75%；1996年8月23日，一年期存贷款利率下调1.5%和1.2%；1997年10月23日，一年期存贷款利率下调1.1%和1.5%；1998年3月25日，一年期存贷款利率下调0.49%和1.12%；1998年7月1日，一年期存贷款利率下调0.49%和1.12%；1998年12月7日，一年期存贷款利率下调0.5%；1999年6月10日，一年期存贷款利率下调1%和0.75%；2002年2月21日，一年期存贷款利率下调0.27%和0.5%。这一降息周期，总幅度大、时间长，以一年期存款利率为例，存款利率从过去的10.98%下降到1.98%，贷款利率从过去的12.28%下调到5.31%。而在这个长降息周期里，股市与货币变动基本上是吻合的，出现两轮大涨，即1996年

3月～1997年4月、1999年5月～2001年6月产生了两次大牛市，但在降息的后两年股市转为下跌趋势。可以这么说，连续的降息是股市持续上涨一个很重要的条件，不过这并不是根本原因，对此，本章前后都有所论述。

再看加息。1993年5月和1993年7月两次加息，同期沪市大盘从1167.47点迅速下跌到777.73点，跌幅超过30%；第三次加息在2004年10月，当天股指以下跌报收，之后继续原有的下跌趋势；第四次加息在2005年3月，央行上调住房贷款利率，当天上证综指微幅下跌，随后市场冲向998点的大底。从2006年4月～2007年10月，中央银行上调存款准备金率7次，上调利率也是7次，但期间的股市却在走世纪性大牛市（见表1.1）。

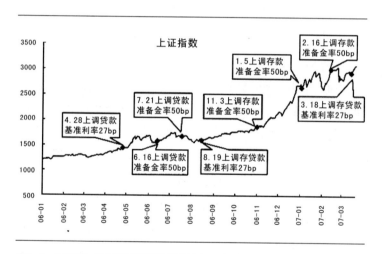

表1.1　2006年～2007年国家货币政策与股市走势表

从以上实证分析可以看出，宽松的货币政策总体上与股市上涨成正向关系，而紧缩的货币政策与股市涨跌的关系则要复杂得多，但无论怎样，货币政策虽然对股市的影响很大，但还没有达到决定趋势的程度。这也是可以理解的，因为货币既属于自变量也属于因变量，人们的预期变化同样可以改变货币状态，这一点，从货币内部的不同部分与股市的不同关系中更能获得说明。

一般来说，货币中的M1与股市的涨跌高度正相关，当股市好的时候，M1增速就会高于M2，而当股市不好的时候，M1的增幅则会低于M2的增幅，但M1的增长与货币政策的松紧并不是很对应的，多数情况下是因为股市上涨的赚钱效应，使M1大幅增长并流入股市。也就是说，是股票市场的预期和信心在影响货币结构的变化，而不是习惯认为的那样由货币增长带动股市上涨。至于M2与股市的涨跌关系则并不密切，分析前几年中国货币的供应总量，2003年~2007年M2的平均增长只有17%，并没有大的变化，中央实行的适度从紧的货币政策也一直没有大的变化，但期间的股市先跌后涨，且涨幅十分巨大。

如此看来，货币政策与股市的关系尤其是中短期内的关系是被夸大了，因为货币政策是一种跟踪型的调节手段，也就是事后诸葛亮，它一般是与经济趋势或周期逆行的，其影响也就会因此容易被削弱和迟滞，不仅中国如此，西方也同样如此。

国外有研究表明，包括美国在内的大多数国家，其货币政策与股市收益间的关联性已经变得很弱甚至根本不存在了，更让人吃惊的是，宽松或紧缩的经济周期与股市收益并无显著关联。研究者将样本区间细分为3个子区间，以每15年为一个子区间，结果发现：在最近的样本区间（1986年~2000年）里，16个国家中只有加拿大一个国家的股市收益或趋势与期间的货币政策呈显著的负相关关系，其余15个国家则没有明显的表现。不过在1956年~1970年、1971年~1985年这两个子区间，趋紧的货币政策与股价间呈显著的负相关关系。又假设趋松的货币政策将会导致股市较高的额外收益，而以额外收益为应变量的敏感性分析却发现：只有在把美国1957年~2000年的数据作为一个整体分析时，所得到的结果才会支持该假设，而接下来对美国所做的分段研究，则证实了该假设所描述的联系在近段时期已经不存在了；另外，某些分析结果甚至完全否定了该假设，如加拿大1971年~1985年的分析结果显示，尽管加拿大在这一期间实行的是紧缩的货币政策，但其股市的额外收益却在增长。

货币变动对股市的影响不仅要考虑本国货币，而且要考虑国际货币尤其是主导国际货币的美元的变化状况，这是由经济日益全球化所造成的，并使得国际之间货币的联动性和流动性越来越强，任何一国的经济和资本市场都摆脱不了这种影响。比如，2003年～2006年，中国国内居民储蓄存款的增加幅度，基本上与经济的增长幅度保持一致，并没有太大的变化，即并未出现大量储蓄流出银行进入股市的现象，但股市却阶段性地存在着过多的流动性，这其中必定有国外的大量资金，通过合法或非法的渠道流入中国内地股市，2006年之后的股市大涨，应该有外资进入和推动的一份功劳。

◎ 宏观经济

以美国为代表的西方成熟股市，其趋势尽管也有与宏观经济有背离的时候，但总体上却是与宏观经济相吻合的，因此，股市也被称为经济的晴雨表，这样，研判宏观经济的状况或变化，就是投资的先决条件。然而，如果据此将中国股市也看成经济的晴雨表并用它指导投资的话，那就不见得正确，至少在2005年前，中国股市的趋势或运行，基本上与宏观经济的状况没有太大的关系。

早在2001年底，西安交通大学教授张某就通过数理统计方法得出结论：以年为度量单位的话，国内股指与宏观经济指数的相关系数仅为0.02，几乎是毫不相干；以5年为度量单位的话，则相关系数为0.692。也就是说，从较长的时间尺度或周期看，股市与宏观经济的关联性还是比较强的，但短期却可能完全背离。这个结论既是符合实际的，也是符合社会基本原理的，对此，可以分别用一次大牛市和一次大熊市来加以验证。在1996年～2002年的这段时间里（大致相当于"九五"期间），由于前期经济过热，为避免东南亚式的金融危机，我国经济在加大宏观调控后进入软着陆阶段，经济增速也随之大幅下降，并多年在相对低位徘徊，实际GDP的平均增长率不足8%，最高速度也只有8.8%，从而形成宏观经济增长曲线的大底部；然而，这段时间股市总体上却在走大牛市，股指从最低的512点涨到2245点，差不多翻了四番，股市走势与宏观经济背道而驰。相反，在2001年～2005

年期间，股市长期走熊，但期间中国经济的增长速度却比1997年～2002年期间要高，尤其是2004年、2005年GDP的增速分别达到10.1%、10.4%，致使众多机构据此一致看好的股市，可股市却依然单边下跌，与宏观经济再一次背道而驰。所以，在1996年～2005年这段长达将近10年的时间里，股市基本处于逆宏观经济周期的运行态势，经济滑坡、股市暴涨，经济上升、股市暴跌。这种股市与宏观经济不一致的情况，直到到了2005年之后，才有了较大的改观，但现在还不能说就很密切了，虽然2005年～2007年股市上涨与宏观经济增长基本保持一致，却不能下结论说是宏观经济推动了这轮世纪性大牛市（见表1.2）。因为其

年份（年）	增长率
1991	8.6
1992	13.6
1993	13.4
1994	11.8
1995	10.2
1996	9.7
1997	8.8
1998	7.8
1999	7.1
2000	8.0
2001	7.3
2002	8.0
2003	10.0
2004	10.1
2005	10.4
2006	11.1
2007	11.4
2008	9.0

表1.2　中国股市成立之后历年的经济增长率一览表

中还有好几个重大因素在起作用，如百年奥运梦，2003年、2004年、2005年成立的众多基金公司积累了大量资金，世界性的商品期货大牛市，全球流动性泛滥，等等。

其实，中国股市与宏观经济是不一致的甚至是背离的，虽然它看起来很不合理，但却并不难理解，它是由多方面原因造成的，主要有：

其一，中国宏观经济的高速增长，多数情况下是靠投资和出口拉动的，它虽然促进了很多与投资关联度大的行业的发展，如建材、工程机械、有色金属、钢铁、建筑、房地产、金融等。但对终端消费的推动作用却有限，广大民众的收入也没有得到相应的提高，更糟糕的是，许多投资是没有效益的，属于形象工程或政绩工程，实际是社会财富的巨大浪费和仅仅少数人牟取到不正当暴利，所以，微观经济即企业的盈利反而有限。如2005年，我国国有企业的亏损额达1026亿元，同比增长56.7%，同比增幅上升49.1个百分点，亏损额增幅则创下近16年来的新高，可当年的经济增长率却达到10%。相反，宏观经济增长低，并不等于企业效应也低，如1999年、2000年，GDP的增速仅为7.9%、8.6%，但企业盈利增长却达到了80%、100%。

其二，在2005年之前，上市企业的数量和规模有限，股票市值占GDP的比例很低，尤其是已经上市的企业多半是困难企业，这样的股市当然远不足以代表整个宏观经济。

其三，投机心态占据市场主流，个股乃至股指的上涨根本就不考虑企业的盈利状况，也不考虑宏观经济的状况，庄家最关注的是题材和政策借势。

不过，虽然在过去的近20年中，中国股市整体趋势与宏观经济的关联度不大，但不少个股趋势与产业兴盛和企业业绩的关系还是很密切的。此外，随着中国经济从数量型增长转向质量型增长，从投资拉动为主转向以内需拉动为主，再加上股改后的全流通、大量大型国有企业的上市、股票市值占GDP比例的不断扩大、各种战略投资机构越来越主导股市以及中小投资者的日益成熟等，中国股市与宏观经济的联系会越来越密切，投资者需要特别重视这一点，而不能总是用老眼光看股市。

当然，股市趋势与宏观经济背离不是中国独有的现象，西方股市也照样存在这种现象，只不过二者的性质有所不同。西方的背离更多地表现为股市走势和经济走势的时间差，一般股市要超前于实体经济走势，比如，在道琼斯指数100年来的走势中，很多大周期往往与经济是背离的，当经济正处于高增长的时候，股市却往往已经下跌了，而当股市处在最低点的时候，却不是基本面最差的时候，这其中主要是投资预期所造成的经济与股市的时间差，其本质基本上还是一致的。但中国的背离不完全是因为预期造成的，过去的背离主要是社会变革中所形成的致富群体心理及其在股市上的投机所造成的，也是因为股市机制本身的不合理造成的，而投机只是充分利用了这种不合理。

◎ **企业经营管理**

上市企业是股票市场的基础，其经营管理水平本来应该是影响股市趋势（包括大盘和个股）的决定性因素。然而，由于中国股市还不是一个纯经济性质的市场和系统，所以，企业的经营管理在整体上对股市趋势不构成决定性影响，只有少数长期保持绩优的个股趋势才会受到企业经营管理的较大影响，当然也是积极的影响。但大部分个股的涨跌趋势几乎都与企业经营管理状况的好坏无关，而主要是与大盘指数的涨跌趋势相关，从而长期存在着齐涨齐跌的不正常现象。至于企业经营管理状况与大盘指数趋势的关系，就已经过去的20年来看，其关联度是很低的，只有极少数时候存在着正相关关系，如1996年初、2003年、2007年，何况中国企业的经营管理水平还远不足以推动一轮大牛市。

这是从股市中长期趋势分析的结果，至于股价的中短期趋势与企业经营管理的关系则比较复杂。一般而言，它与企业经营管理的外层或表层关系密切，如短期业绩的变化、新项目的建设、商业纠纷等，这些因素的变化对股价的影响很大，但与企业经营管理的深层要素则关系不大，如企业机制、企业战略、企业文化等。所以，从根本上来说，在股价趋势与企业经营管理之间，还没有建立起有效的联系。

如果从中国上市企业与国民经济的整体结构关系上看，那么企业经营管理水平与经营效益同样不存在必然联系，这是由两个原因造成的：其一，尽管中国经济自改革开放之后就高速增长，但主要还是数量型粗放增长，企业的绝大部分效益是通过高投入和压低资源、劳动力价格而获得的，从而导致资源浪费、环境破坏和内需长期不振；其二，许多盈利较好的企业或上市公司，都是在资源垄断或体制性经营垄断的条件下获得的，而并不是市场充分竞争下的合理盈利，能源、通讯、钢铁、有色金属、银行、房地产等，这些在2005年～2007年牛市中风光无限的产业和企业，莫不如此。

正因为这样，中国股市在整体上并不具备价值投资的条件和基础，研究机构个股分析报告中貌似有理有据的所谓的估值理论，也是徒有其表，一个运行趋势整体上与企业经营管理不相干的股市，又是根据什么进行价值投资和企业估值的呢？当然，这种状况不可能长期持续下去，世界金融危机就是一副很好的醒脑剂，中国经济以及中国股市，只有在下一步转到依靠经营管理和科技进步的发展模式上来，才可能健康地发展下去，才能够真正走向成熟，否则，就会暴露出更多的问题，股市的投机顽症也不可能得到根治。

◎ **社会大事件**

由于中国股市推动趋势的原动力即企业经营管理不强大甚至不可靠，而推动股市趋势的其他要素（即前面所谈的）要么关联度不大，要么变化不定，总之是难以确定和把握的。然而，投资者进入股市是带着赚钱的目的而来的，既然什么都靠不住，或者缺乏足够的正常推动力以形成便于盈利的大趋势或行情，那就只好另辟蹊径，在股票市场和经济系统之外寻找其他为全社会共识的要素，并使之与股市挂钩，这样一来，大行情不就可以产生了？

中国近百年来一直处于急剧变革之中，各种重大事件可以说是层出不穷，而且这样的事件一般与社会发展和民族前途息息相关，能够唤起社会群体的激情，获得广泛的共识，如辛亥革命、五四运动、北伐战争、抗日战争等，而在股市成立之后，也正好有三次这样的大事件发生，那就是香港回归、加入世贸、百年奥运，以这样的题材发动股市趋势，几乎没有谁不响应的。中国的几次大牛市就是以这种方式被推动的或者说被牵引的，并永久地留在了投资者心理，它正是中国股市近二十年中几次大牛市形成的谜底。可惜，这样的社会大事件今后肯定是越来越少了，因为中国已经逐步成为一个正常或常态国家，将来，也许只有两岸统一才有资格归入社会大事件，那股市又将靠什么来注入兴奋剂呢？无论是作为作者还是投资者，笔者不免有几分失落。

◎ 市场心理

市场在很多情况下，按纯经济学理论是无法完全解释的，比如，最常见的追涨杀跌，照理说，价格跌了，就更安全和有价值了，应该买入，可实际情况却恰恰相反，股价越跌，买的人越少，卖的人越多。反之，股市涨上去了，卖的人越少，买的人越多，这与日常生活中购买商品的行为或决策是背道而驰的。这种现象凯恩斯早就发现了，并提出了"选股如选美"和"空中楼阁"两个著名的观点。而价值投资之父格雷厄姆也做了生动的描述，他说："从短期来看，市场是一台投票机；但从长期来看，它是一台称重机。"在股票市场中好像有一个"市场先生"，他的情绪很容易狂躁不安，有时会过度乐观，有时又会过度悲观，如果你仅因为"市场先生"夸夸其谈就付诸行动的话，那你一定会输棋。凯恩斯似乎对股市中的心理因素及价格给予了较多的肯定，但格雷厄姆则完全是否定的，他提出的价值投资理论和方法，主要目的就是要排除心理的不良影响，滤去杂念，把精力集中到企业的内在价值等基本因素中去。

正因为心理对股市和股价影响很大，因此，国外就产生了一门行为金融学，它侧重从投资人的行为、心理特征来分析、解释资本市场上的某些变化原理和现象，并且有相当好的效果，弥补了单纯用经济学分析市场的不足，为认识市场和投资开辟了一条新途径。它把投资者的心理或人性，作为股市变化的一个重要因素。股市的变动在某种程度上就是人性的反映，其中的很多现象并不遵循经济原理，或者说与经济并不存在一一对应的逻辑关系，它主要是由人的行为和心理所支配的，因而也就显得特别多变和复杂。

这是很符合实际的，因为凡是由人参与的活动，都会受到人的认识和心理的很大影响，其中往往又是从人的情绪开始的，或最先受到情绪支配的，然后再慢慢过渡到理性支配，有少部分人甚至一直受到情绪的支配。所以，市场的变化，首先反应的是投资者的情绪，然后才是投资者的理性，想要理解股市，想要理解股市行为变化的过程，就必须站在人性和人类普遍心理的角度上去思考，而过去的市场理论总是假设人是理性的，并按照利益最大化的理性原则来行动，这是不准确甚至是错误的。更进一步，市场心理在时空坐标内，还有着大范围、中范围、小范围，及长期、中期、短期等不同力量规模和持续时间。当各种市场心理力量都向上运动时，市场必然会产生较大幅度的上升趋势，而当各种市场心理力量都向下运动时，则会产生较大幅度的下降趋势，而当各种市场心理力量相互冲突时，市场就会产生均衡的震荡运动。许多暴涨暴跌都是这么形成的，这在中国股市中表现得更加明显。

对于市场心理的作用，无论是巴菲特还是索罗斯都特别重视，而索罗斯更是据此提出了著名的反身性（也叫自反性、反射）理论，它可以说是关于市场心理最深入和系统的研究，并获得了很大的成功，影响也非常大，故有必要对其做专门的简要介绍。古典的市场经济理论认为，市场价格已经恰到好处地反映一切相关要素，因此，市场永远是正确的，是充分有效的。而索罗斯则完全推翻了这一根深蒂固的传统观点，反而认为市场总是错的，它是投资者的偏见使然，其中存在着双向扭曲，不仅市场参与者持有偏颇的观点，且他们的偏颇也会影响事件的发展，而错误的市场变化又会反过来影响投资者，并不断循环反复，索罗斯称这种双向关联为"反射"或"自反"。

索罗斯自反性理论的核心，可以简单地浓缩为两句话：投资者的看法和想法改变了市场，市场的改变又反过来影响投资者的看法和想法。而且，索罗斯基本认定投资大众的看法和想法是错误的"偏见"，但他又认为，尽管是"偏见"，却正是金融市场动力的关键所在，因为投资者持"偏见"进入市场，而这种错误的行为又会影响到市场看法及走势，当"偏见"只属小众的时候，其影响力尚小，但若不同投资者的"偏见"在互动中产生群体集合效应，那就会变成左右趋势的力量。

据此，索罗斯还较详细地归纳出分析判断大型趋势的主要步骤：第一，趋势还没有被确认；第二，当趋势被确认后，趋势往往会被强化，于是，市场便开始了自我强化的过程，流行的趋势与流行的偏见彼此强化，趋势依赖于偏见，偏见也因此变得愈来愈夸大，此时远离均衡的状况便出现了；第三，市场走向须经得起考验，当偏见和趋势经过各种外部冲击的反复考验后，会被存留下来即无可动摇，索罗斯称之为"加速期"；第四，当信念与真实之间的背离很大时，真相被认清的时刻可能就到来了，于是，趋势开始逆转。

因为索罗斯的投资理论和所揭示的现象，有着深刻的认识论和社会哲学背景，一般人很难理解，所以，投资者更容易认可持朴素价值理念的巴菲特，而对持独特观点的索罗斯则敬而远之或抱以神秘的态度。但笔者认为，索罗斯的观点更接近于资本市场多数情况下的实际，普遍适用性比价值投资更高，尤其符合中国股市的现实，只是其掌握难度更大而已。

由于自近代科学尤其是牛顿力学建立以来，物理决定论便深刻地影响着人类的思维，不仅自然科学领域如此，社会科学领域也同样如此，人们总是有意无意地把人当成环境或物质的被动接受体，而忽略人对环境或物质的能动作用，其在资本市场及其投资上的体现，就是单纯地把趋势归结为经济现象或经济作用的产物。其实，资本市场和所有社会领域一样，投资者的意识或心理对价格趋势起着很大的反作用。资产的真实价值可以看成经济作用，如果价格完全受经济左右即市场充分有效的话，那么，价格与价值之间应该总是平衡的，即使依然会存在趋势，也不会出现价格泡沫或价格贬值的现象，而实际上二者的背离是经常发生的，其原因就在于投资者的主观认识和心理作用，也就是索罗斯所说的投资者的偏见或市场错误。所以，投资者在分析和把握趋势时，必须把投资者的意识或心理考虑进去：一方面，意识或心理有自我强化效应，即一旦形成某种思维定势或惯性，就会持续很长一段时间；另一方面，意识或心理会扭曲或夸大基本面的事实，即在上涨趋势中，总是放大有利因素而忽视不利因素，而在下跌趋势中，则放大不利因素而忽视有利因素。

中国股市1996年～1997年、2006年～2007年的两轮大牛市，是投资者意识或心理主导趋势的典范，而促发投资者强烈看涨和追涨心理的，主要是有关中国崛起的社会大事件，而不是经济因素，前者是香港回归，后者是百年奥运。而在2001年～2005年的长熊和2008年的暴跌中，投资者的意识和心理在其中的作用同样是很大的，前者是因为股市太多的造假、无所顾忌的投机，使投资者对股市逐步丧失信心，后者则是因为世界金融危机给投资者造成了巨大恐慌。

通过上述对影响股市趋势的要素分析可以看出，中国股市与西方成熟股市不同，其趋势既不是由单一的经济因素决定，也不是由单一的政策因素决定，而是多种因素共同作用的结果。其中，社会历史变迁和社会群体心理占据着根本性影响，对趋势的形成及其暴涨暴跌起着巨大的推动或牵引作用，而且这种群体心理有着长期的历史积累和民族特征，是最具有中国特色的社会特征之一。它不仅仅出现在股市，更是弥漫于各个领域，只不过股市是它的一个最好的宣泄和展示平台而已。

因此，投资者在把握股市趋势尤其是上涨趋势时，必须牢牢记住这一点：仔细审视这种群体心理是否被诱发以及它的强度、持续性及其变化状况。单一的要素无论是利好还是利空，只要不从根本上触动市场和社会群体心理，其作用都是有限和短暂的，而且，能大规模、长时间维持群体心理的，往往不是经济和政策，而是社会大事件。

不过，中国的社会和股市已经发生了很大的变化，社会变迁的重大事件将越来越少了，股市规模和游戏规则也大大改变了。尽管群体心理还会长期存在，但由于其存在和作用的环境变了，故而其在股市上的表现也会发生变化，过去那种脉络清晰的股市线路图或指引坐标很难再出现，像过去那样难以想象的非理性暴涨肯定会减少，自然而然暴跌也会随着减少。股市尤其是股指更多的时候将呈一种相对温和的态势，投机将更多地转向局部板块和个股，股指和个股的联动性会比过去弱，而个股的分化会比过去强，投资者应将更多的精力花在研究个股上，对大盘虽然也还要重视，但不必像过去那样太过看重。

第三节　中国股市的总体向上和暴涨暴跌

Section 3

　　从大的趋势来看，中国股市近二十年的轨迹，有两种明显的特征，那就是总体向上和周期性暴涨暴跌，把握住了这两点，对投资成功非常重要。

◎　总体向上大趋势

　　证明这一点比较简单，一是直观地观测或用大型趋势线测度（图1.2），二是年度涨跌比例分配（图1.3），三是上涨周期和下跌周期总月份统计。

　　图1.2为中国股市成立至今的历史走势图。图中画出了三条线：下面的一条是底部趋势线，尽管倾斜角度小，但终归是缓慢上升的；上面的一条是顶部趋势线，角度非常大，说明上涨的欲望很强；中间一条是1994年～2001年区间的顶部趋势线，角度恰当，持续性较强，说明这段时间上涨的牵引力较大而持久。

　　图1.3为中国股市成立至今的历史走势年K线图，刚好是20根K线：其中阳线12根，占60%，阴线8根，占40%，还是上涨多于下跌；再看K线长短，无论实体还是影线，都是阳线长于阴线，

图1.2

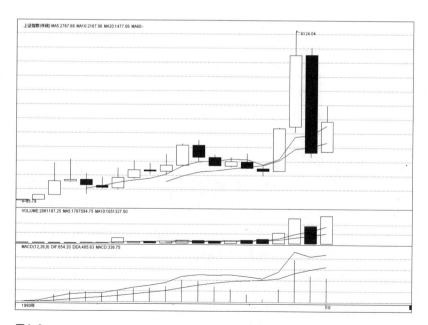

图1.3

在所有阴线中，唯有2008年出现巨阴线，算上下影线，也只有2根中阴线，剩下的5根都是小阴线，占一半多；而阳线，同样算上上影线的话，共有9根中大阳线，大约占阳线的80%，而真正的小阳线则只有3根。

笔者在《市场乾坤》一书中，曾将中国股市自成立至2008年10月的全部走势，划分为七个技术周期，如果将每个周期的上涨和下跌月份的时间分别累加起来，那么二者大致是相等的，这说明涨跌总时间是旗鼓相当。

所以，无论从哪个方面看，中国股市都是一个很强势的市场，涨强于跌或多于跌，可是，许多人却认定中国股市牛短熊长，其实这是站不住脚的，它主要是一种心理作用下的幻觉。因为在上涨过程中，投资者的心情比较轻松愉快，所以，他们就会感到时间过得很快，而在下跌过程中，投资者的心情抑郁不安，他们就会觉得时间特别漫长。另外，在牛市中，许多投资者都不是从头做到尾的，而且多半是中后期才进场；而在熊市中，他们一般是从头套到尾的。这两个因素结合在一起，就使投资者得出与事实不合的牛短熊长的不正确结论。

至于总体趋势向上的原因，笔者在《市场乾坤》一书中已经做过论述，那就是社会不断进步和货币发行的不断积累，使股市长期趋涨形成一个世界性现象，不为中国所独有，比如，在过去的44年中，标准普尔指数75%的年份都是上涨的。人类不断进步和发展，是股市总体向上的社会基础，英国经济学家著名凯恩斯将其命名为长期友好理论，它也是巴菲特价值投资的哲学基础。当金融危机袭来、许多人怀疑价值投资时，巴菲特是这样回答他们的："我觉得长期价值投资者不应该动摇他们的信仰，没有理由因为某一年有衰退现象就改变，你很年轻，在你的一生中会见到很多衰退，它们总是会发生的，但是最终，在10年后、20年后，比现在活得会更好，你自己、你的孩子、你的孩子的孩子也是如此，你不会得到一条一直向上的路径，但长期总是向上的。"

当然，中国股市总体向上，还有一个重要原因，那就是上市规模不断扩大，上市公司的质量不断提高，自然而然地就造成了

年份	全国合计	上交所	深交所
1990	10	8	2
1991	14	8	6
1992	53	29	24
1993	183	106	77
1994	291	171	120
1995	323	188	135
1996	530	293	237
1997	745	383	362
1998	851	438	413
1999	949	484	465
2000	1088	572	516
2001	1160	646	514
2002	1224	715	509
2003	1287	780	507

表1.3 中国股市1990年.2003年上市公司数量统计表

指数和股价的水涨船高（见表1.3）。

这种总体趋升的态势，今后还会继续，它既是社会普遍规律使然，更是中国国力不断增强的必然体现。因此，今后几十年，中国股市会有很多的投资机会，具备长期盈利的条件和可能。

◎ **周期性暴涨暴跌**

除了总体向上外，中国股市的另一个特点是周期性暴涨暴跌，如果说前一个特点主要属于资本市场普遍性范畴或共性规律的话，则后一个特点是真正的中国特色，属于特殊性范畴。这一点也不需要什么证明，打开中国股市历史走势图，就一目了然了。

根据中国股市的历史走势，结合中长期技术分析，笔者曾在《市场乾坤》一书中，将中国股市成立至2008年10月的走势（以上证指数为样本，下同），分成七个技术周期，也就是七个涨跌周期：1990年12月的96点～1992年11月的386点，高点为1992年5月的1429点；1992年11月的386点～1994年7月的325点，高点为1993年2月的1558点；1994年7月的325点～1996年1月的512点，高点为1994年9月1日的1052点；1996年1月512点～1999年5月的1047点，高点为1997年5月12日的1510点；1999年5月的1047点～2003年1月的1311点，高点为2001年6月的2245点；2003年1月的1311点～2005年6月的998点，高点为2004年4月的1783点；2005年6月的998点～2008年10月的1664点，高点为2007年10月的6124点。

这七个技术周期其实已经说明了中国股市周期性暴涨暴跌的特征，如果把周期压缩的话，那还能看得更加明显（图1.4）。在该图中，笔者将全部历史走势仅划分为三个大周期：从股市成立的1990年～1994年7月三大救市政策出台前为第一个周期；1994年7月～2005年6月的998低点（也是股改刚开始的时间）为第二个周期；2005年6月～2008年10月的1664低点（也是应对金

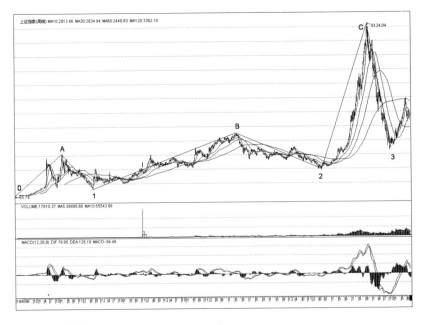

图1.4

融危机刺激经济计划出台的时间）为第三个周期。这三个周期不仅具有技术意义，而且具有经济社会意义：第一个周期相当于中国经济体制改革探索过程的基本完成，从而确定了有中国特色的社会主义市场经济大方向，也是股市的建立与尝试期；第二个周期则是经济体制尤其是股份制全面推进和发展的过程，又是股市机制和管理模式的探索过程；第三个周期是经济高速增长期及与国际经济全面接轨期，也是股市机制的改革推进期。

市场周期性的本质就是上升趋势和下跌趋势的不断循环，而采取暴涨暴跌的方式来运行，则完全是中国特色，主要形成原因就是前面分析过的投机性股市体制，也包括认识过程的起落反复，因此，暴涨暴跌可以说是投机的同义语，也是认识局限和过程的反映。所谓暴涨暴跌包括两个基本含义：一是从价值投资或基本面的角度来看的，属于脱离价值的超涨超跌，其中又以超涨为主流，超跌要少得多；二是从指数或价格的涨跌空间幅度和时间速度或长度来看的，属于技术面的特征。后者具体体现为两种不完全相同的方式：其一，涨跌速度快、空间大、角度陡峭，超出价格缓慢变化的常规，使大部分投资者来不及反映，更无法理解，中国股市过去的暴涨暴跌以这种方式为多；其二，涨跌的延续时间长，大的波动反复多，走势很不流畅，弄得投资者晕头转向，左右挨巴掌，2000年~2005年的中国股市就属于这种情况。尽管暴涨暴跌的总根源容易认识和理解，但具体来说还是值得探讨一下的，下面就以暴涨为例，做个较详细的分析。

无论是个股还是大盘，其暴涨的过程一般由三个环节构成：部分大资金借机造势—见风使舵的投资者推波助澜—不明就里的投资者盲目跟风。在这三个环节当中，第一个环节相当于开场做局或借办喜事敛财，也就是我们说的庄家和机构，类似于单位的头脑；第二个环节相当于吹喇叭抬轿者，就像单位里围在领导周围转的人，起着承上启下的作用；第三个环节相当于不明就里或迫于群体压力而赶场的人，就像单位中绝大部分相对弱势的群众。这三个环节是一个从复杂到简单的先后过程，最前面的环节充满着算计和操控，而最后面的环节则完全丧失理性和独立思考性；同时，这又是一个财富从后往前倒流的过程，前两批人赚钱，最后一批人或亏损、或长期套牢，也就是前面的人赚后面的人的钱，最后面的人则只有亏损的份。

为什么暴涨暴跌却能成功呢？关键是很容易搭建起一个环环相扣的链条。先看大资金借机造势环节，他们之所以能成功，取决于以下条件的存在：第一，股市值得进行长期价值投资的企业太少，而如果严格按价值规律投资的话，那就无法获得应有的收益，即使某些时候有一些值得价值投资的企业，其获利的速度也慢或盈利率不高，不能满足资本追求暴利的本性；第二，国家为了利用股市发展经济，往往会出台一些或明或暗的刺激、鼓励股市投资的政策，这使大资金有了投机的借口，即所谓的扯虎皮拉大旗，类似于古代挟天子以令诸侯的谋略；第三，有广泛的群体性跟风的社会文化基础，爱跟风、瞎跟风、凑热闹是我国民族几千年形成的根深蒂固的弱点，当出现看起来有利可图的机会时更是如此，只要说得好听或存在真假难辨的利益诱惑，许多普通人便会不假思索地参加，许许多多骗局就是这么形成的；第四，造势、造市几乎没有法律风险，哪怕有一些法律规定，也是形同虚设；第五，市场交易机制缺陷，中国股市是单边操作市场，很容易形成一边倒的状况。再看第二个环节，为什么见风使舵者愿意吹喇叭抬轿子呢？这些都是聪明机灵且老于世故的人，他们知道，在中国股市，只要有资金优势和一定的环境条件，造势、造市者是很容易成功的，而且他们同样知道，只要风势一起来，总有不少后知后觉者会盲目地加入。因此，只要摸到了大资金即所谓庄家造势的迹象，并趁早加入的话，就会十分安全又能很快获利，关键就在于夹在中间的他们，前后两者都在无形中保护了他们，这也是中国股市寻庄、跟庄氛围特别浓厚的原因所在。至于第三个环节即盲目跟风者，起码三五十年内，在中国都不会缺少大批这样的人群。

其实，暴涨暴跌的群体性潮流现象远远不限于股市，而是广泛存在于社会众多领域，可以说是中国国情最集中和普遍的体现。许多人常把国情挂在嘴边，实际上他们也说不清什么是国情。对此，还可以进一步探究下去，为什么中国会长期存在群体性潮流现象呢（这种现象有一个学术名词叫"大一统"）？好像还没有谁说得很清楚，但笔者却认为它并不难理解，主要原因在于中国几千年的社会结构和文化过于追求一致性（也叫同心同德、天下归一），而特别排斥多样性、独立性尤其是社会结构和思想文化的多样性。为了保证这种一致性以及更好地维护统治者的利益，必然以政治的高度集权（也就是排斥异己）和思想的高度统一（某种意义上也就是愚民、禁锢头脑）来控制所有社会资源和管理全部社会活动。由于权力没有有效的制约机制，统一也没有共同的契约或法律标准，结果，当权者的意志就成为了实际上的统一标准，整个社会完全人治化，一层层地顺着上峰的意志运转，即使法律写得明明白白的条文也没有人相信，因为法律同样被权力践踏，一切唯当权者是从。这样一来，不同的阶层、不同的领域，为了生存和发展，就必须与当权者保持一致或投其所好，否则就会遭到排斥甚至扼杀，长此以往，便使投机（冠冕堂皇的说法叫计谋或谋略）和群体性潮流成为一种本能的反应或社会潜意识，并进一步从政治领域扩展到其他领域，形成一种中国社会和民族特有的跟风赶潮流习性。

尽管中国股市今后会逐步从一个社会性市场变成一个经济性市场，但周期性的特征不会改变，且暴涨暴跌的方式时不时还会出现。这个特点对于把握趋势和买卖时机是非常重要的，只要投资者能基本判断出大中型涨跌趋势的周期性转折点，那么，就不会出现大的方向错误，就可以像索罗斯说的那样，利用市场暴涨暴跌的错误来盈利。

第四节 涨势合力所驱，跌势自在自为

Section 4

无论是股市指数还是个股，其趋势只有上升和下跌两种，因

此，要想很好地把握趋势，还得对两种趋势的自然性质有一个正确的认识。

股市虽然是社会现象，但归根结底依然属于物质范畴，遵循物质运动的自然规律，其中最主要的就是物理运动规律，上涨就好比推一个物体上坡，下跌则如同一个物体下坡。物理学和生活常识告诉我们，将一个物体推上坡或山顶，需要耗费很大的能量，坡度或山势越陡峭，需要耗费的能量越多，同样，要想使上坡或上山的速度越快的话，消耗的能量也就越多；反之，将物体推下坡或下山需要的能量就很少，只是一开始需要一点外力，而物体一旦启动，就不需要外部的能量了，靠物体自身的惯性能量就足够维持它向下滚动。驾驶过汽车的人，对此的理解应该最为透彻，上坡时，坡度越陡或者希望汽车爬坡更快一点的话，就得加大油门，只有不间断地给发动机输送很多的燃料，才能保持汽车爬坡的能力，一旦加油不够，车就爬不动了；而下坡就大不一样了，假如汽车一直在行驶当中的话，把油门关掉，汽车照样能下坡，坡度越陡下坡的速度也就越快，假如汽车原来是停在坡顶的，只要加一把油把汽车启动，然后把油门关掉，汽车就可以自行下坡了。

股市的上涨和下跌的原理，与汽车上坡和下坡的原理是一样的，稍微不同的是发动机的作用机制，汽车的发动靠的是发动机和汽油，也就是机械运动和化学运动的结合，而股市的发动要复杂得多，但也可以说投资者是发动机，其发动原理在于经济社会运动和投资者心理运动的结合。为了更好地理解股市趋势的发动原理，可以用男女之间的爱情关系来做参照。男女之间要想生出爱情并顺利发展下去，需要彼此间良好地互动，一般情况下，女子要有可爱或动人之处，这样，男子就容易产生接近的欲望，否则的话，即使男女之间长期在一起，也产生不了爱情；之后，男子要积极主动地追求女子，女子才有可能答应，否则，女子是绝不可能主动投怀送抱的。这样一路互动下来，爱情也就不断发展直到以结合作为归属。股市趋势的过程大体也是如此，经济社会状况（即基本面）相当于一段爱情过程中的女子，而投资者则相当于男子，二者之间要想迸发出爱情（即趋势尤其是上涨趋势），经济社会状况必须使投资者产生投资冲动，至少也要能找到投资或投机借口，并进而不断地投入资金买入股票（也就是追求女子），如此一来，一个或大或小的趋势就形成了。

此外，股市上涨趋势与汽车上坡以及男女爱情之间，还有一个不同之处，即股市的动力是一种合力或系统效应，不像汽车发动和男女相爱那样结构单纯，而是要复杂得多。无论是经济社会状况还是投资者的状况，都涉及到很多因素，这些力量并不是完全同方向的，既有正面利多的，也有负面利空的，最后谁能胜出，关键在于不同因素有机组合之后，哪一方面的力量更大，类似于少数服从多数原理，但更准确地说是一种自组织行为或现象。可以用街头聚众或群体闹事来大体比喻市场合力的自组织现象，当街头或社会中发生一件较大的事件时（相当于市场基本面的变化），最先知道的、就近的或有个人意图的人，往往会将事件扩散并有意无意地吸引其他人的注意，其他人同样也是有意无意地会加入其中，慢慢地就会变成一股风潮或一个更大的事件（相当于股市的趋势），于是街头聚众和重大群体事件就这样自发地形成了。这种自组织现象非常特别，你说有人组织或预谋吧，严格地说却谈不上，你说没有人组织吧，却总有那么几个起头的人，正因为如此，对于这种在社会和自然界中非常普遍的现象，要准确认识和驾驭很难，尽管人类已经对自组织现象做了广泛而深入的研究，可要真正运用还是很不容易的，这是很多群体性事件很难处理的原因。

最后，还要指出的是，股市下跌趋势与上涨趋势最大的不同在于，上涨趋势只有在正合力（即利多大于利空）作用下才能形成，而下跌趋势既可以在负合力（即利空大于利多）作用下形成，也可以不需要任何外力就能形成。从中国股市过去运行的实际来看，导致股市走下跌趋势的，多半源于股市自身的内在力量，基本面的利空只是起着推一把或助跌的作用，而并不是根本性的决定因素。也就是说，股市涨高了、能量耗尽了，自然就会下跌，即使没有任何利空打击，也照样会跌，假如此时出现利空的话，那也只不过是相当于把已经立在山顶的物体往下推了一把而已，所以，当上升趋势反转为下跌趋势时，投资者去找外部原因来解释，或怪罪于政府打压或不救市，都是很片面和表面的思维，是没有理解下跌趋势由市场自在自为力量所主导的本质。而只要理解了这一点，投资者就会知道，只要股市涨高、能量衰竭了，肯定就会下跌，而不需要任何理由，反之，只有当注入新的能量并大于下跌能量时，下跌趋势才会结束。

根据以上原理，在投资上升趋势时，必须对上涨的动力和持续性做出跟踪评估，只有能提供充足动力和具有较好持续性的基本面因素、题材，才能形成时空规模较大的趋势，也只有较大规模的趋势才适合投资，几周几天的趋势是没有多少投资价值的，对于信息掌握能力不足的中小投资者更是如此。比如，1996年～1997年的大涨，是在长期盘底的技术面与香港回归社会效应的合力推动下形成的；1999年～2001年的大涨，是在政府、网络新经济、加入世贸的合力推动下形成的；2005年～2007年的大涨，是在长期技术底部与股改、世界商品上涨、房地产攀高、流动性充裕、百年奥运等合力推动下形成的。它们都是影响大、持续性久的要素、事件，而历史上发生的放开涨停限制、暂停国债期货、五朵金花、降低印花税救市等行情之所以短命，就是因为促发上涨的要素或合力，无论是力度还是持续性都太弱的缘故，不分清这一点，一见上涨就追进，是很盲目和危险的。

由于这个问题比较抽象和复杂，怎么论述或比喻也不容易说清，但它对理解上涨趋势和下跌趋势又很重要，故而投资者只有慢慢体会和感悟，并不断用于实践，才能有所收获，这正是常说的悟道过程。

第五节　成交量辅证趋势

Section 5

成交量是判断上升趋势一个十分重要的因素，这是由刚才分析过的上涨趋势的性质决定的，也是上述原理在技术上的反映。这一点，大盘指数相比于个股更加有效，中国股市相比于成熟股市又更加明显。原因在于，指数是对整个市场的综合反映，资金总量及其进出与指数的关系是非常直接的，不会受到其他因素的干扰或扭曲，而个股则略微有所不同：一是资金不会平均用于所有个股，只会重点投资某些股票，因此，不少个股属于被动跟随大盘上涨，其成交量不会很大和有明显规律；二是有些个股筹码锁定较多，也不会出现大成交量，另外有些个股则因价格操控而存在对倒性的虚假成交量。

至于成交量在中国股市的上涨趋势中比国外成熟市场更明显，这主要是由于中国股市的上涨与企业微观状况关联度不大，也就是说，企业的经营管理对股价的推动力太弱，股市上涨更多地来自社会推动也就是所谓的资金推动，因此投资性强、换手率高，反映到指数上，成交量就必然会很大。而成熟股市的涨跌与企业经营管理关系密切，尤其是个股的上涨一般都有企业业绩或增长的支撑，从而使投资者倾向于长期持有，交易量在上涨的过程中一般不会很大。

总结中国股市近20年上涨趋势的实际，存在着两种上涨的基本类型以及相应的成交量模式。第一种是短期脉冲式上涨，一般上涨的角度陡峭，速度快、时间短，长的最多几个月，短则仅仅只有几天，就像往空中抛一颗石子，当一次性到达最高点之后肯定要转而往下直到落地，中途不会再有上涨了，成交量也是一次就放个够，不会有后续资金再跟进来推高指数。第二种是波浪式上涨，前面说到的三次大牛市都属于这种模式，其最突出的特点是一浪接着一浪上涨，中间是短暂或中小幅度的调整，一般都有三浪以上，大体上符合艾略特的上涨三浪模式（但其他方面则不见得符合），尽管波浪中也有上涨角度陡峭的时候，但总体上上涨角度保持在45°左右。这种波浪式上涨趋势中的成交量有较强的规律性特征：第一，上涨波浪的成交量采取温和放大的方式，且容易出现反复震荡拉锯现象，属于先知先觉的投资者因看好未来而进行的吸筹储备，其成交量的总和以排在整个趋势的第二位居多，偶尔也有排在第一位的；第二，上涨波浪的成交量一般采取持续放量的方式，假如持续时间长的话，那又会存在前后两个阶段，前期持续放量，后期虽无法再持续放量，但依然能保持较大的平均成交量，造成这种状况的原因，是在前一波浪上涨效应刺激和基本面利好的鼓舞下，资金源源不断地流入股市以及短线投资者的频繁交易所致。总之，这个波浪段是成交量最大的，天量肯定在这里出现，上涨空间一般也是最大且速度较快、角度较陡，习惯上称为主升浪；第三，上涨波浪往往属于惯性上涨，也是大资金出逃前制造的骗局，因此，成交量肯定是萎缩的，是整个趋势中成交量最低的波浪段，指数或价格虽然可能反复创新高，但总的涨幅很有限，价量之间会出现严重的背离，这也是判断顶部到来、趋势即将反转的重要依据和方法，而且可靠性很高。

由于这是一个实证性很强的问题，故而没有必要做太多的理论分析，通过图表实例更容易理解。

图1.5为上证指数1998年～2001年牛市走势，无论指数趋势

图1.5

图1.6

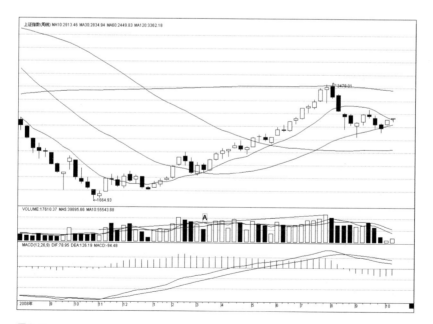

图1.7

图1.8

图1.9

还是成交量过程，都可以划分为三个阶段或波浪段，其中第一阶段即A段成交量短期放大迅速，第二阶段即B段成交量一直保持较大的平均量，第三阶段即C段成交量整体上趋向萎缩。

　　图1.6为上证指数2005年～2007年的大牛市走势，指数和成交量三阶段更加清晰和规范，A段温和放量，B段持续放量直到天量，C段交易量大幅萎缩，价量出现严重背离。

　　图1.7为上证指数2008年11月至今的走势，指数上涨和成交量放大紧密相连。

　　图1.8为道琼斯指数2004年～2007年的上涨趋势，但成交量并没有中国股市那样的放量特征。

　　图1.9为1995年～1997年恒生指数的上涨趋势，同样也没有明显的放量特征。

第六节　股市资金的类型及影响

Section 6

　　前面分析了影响股市趋势的众多因素，但所有这些因素都不是直接作用于股票指数和价格的，都需要投资者这个中介消化吸收后才能起作用的，而投资者又不是铁板一般，不仅不同投资者对同一因素会有不同的理解，而且投资者之间又是相互竞争或博弈的，即使他们对同一因素理解或看法一致，但出于各自利益的考虑，他们仍会采取不同的策略。因此，对不同投资者的力量大小、利益取向、投资策略的分析，也是把握趋势必须考虑的一个重要方面。

　　由于中国股市的上市公司在总体上是国有股和法人股占绝对优势，而且这两部分基本上都属于国有资产，而股改之前是不允许流通的即所谓的大小非，因此，中国股市中实际流通的市值是较小的，这也是造成投机的一个十分重要的原因。股改后，尽管大小非流通上的法律限制解除了，但也是逐步放开的，真正的全流通要到2010年才可能基本实现。不过，依笔者之见，即使全流通实现之后，也主要是法律意义上的全流通，经济意义上的全流通基本上是不可能出现的。其原因有三：国家和各级政府不会轻易放弃对上市公司的控股地位，因此，国有股的流通不会大规模发生；因为国有股是全民资产，而政府只是管理者，真正要流通会存在很多法律和技术障碍，而国有股管理机构及其官员，由于受到任职期限和官场风险的约束，谁也不敢轻易进行国有股交易；国有股交易涉及的资金庞大，收益及其利益又不好分配处理，因此，真正要启动一次国有股交易是很难的，从许多ST股票的艰难重组，就能够看出这一点。

正因为这样，无论是过去还是将来，左右股市的仍然是非国有股部分，这里的分析也是以这个假设为前提的，并且只对非国有股加以评估。就流动意愿和性质而言，中国股市（即非国有部分）大致可以分为三大类型的投资者或资金，它们有其各自不同的特点，对股市趋势的影响差异较大。

◎ 长期投资资金

这部分资金主要由三部分构成：一是非国有股控股资金，主要是法人股和民营上市企业的自然控股人；二是长线投资者或股东，包括非控股的法人股、上市高管持股、其他长期看好公司的社会投资者；三是公募基金。

这部分资金是市场的中坚力量，对股市中长期趋势的影响是最大的，它们对股市的看法和态度，基本上决定股市的趋势，一旦它们看好未来并加大投入，一般会形成较稳定持续的趋势，而一旦它们看淡未来并流出股市，股市则必然走熊。可惜的是，这部分资金的变化及其态度并不容易判断，只能到基金和公司会计报表中找，但会计报表对于判断资金进出的局限是很大的，一是时间滞后，二是分不清谁是长期投资谁是短期进出。再则，这部分资金一般采取沉默是金的态度，很少发表自己对股市和投资的看法，虽然从成交量判断大资金流向的方法很盛行，但除了基金外，这种方法实际上也很难检测到这部分资金的真实流向，更加分不清哪部分成交量是属于这些资金的以及有多少，更何况它们的交易频率是很低的，所抱的是一种实业投资的态度而不是炒股的态度，这一点与巴菲特类似。

这里重点谈谈基金。国家大力发展基金本来是出于稳定市场的目的，但由于股市的企业经营管理基础薄弱，多数不适合长期投资，再加上对基金持有一个公司股份的比例有限制，以及基金的管理体制和自身能力的不足，使基金很难做到长期投资，又由于基金的同质化严重即所谓抱团取暖，实际上基金未能起到稳定市场的作用，某种程度上反而强化了暴涨暴跌现象，而且更多地体现在指数上。比如，在2003年之前，基金还不占市场的主导地位，尽管之前的个股投机非常普遍，暴涨暴跌较多，但指数的暴涨暴跌主要是股市初期的自然特征，与机构、资金的关系不大；但在2006年之后，基金及相关机构已经占据市场绝对的优势地位，可从那时起到现在，指数的暴涨暴跌却比过去更严重，这不能不说是基金在其中起了很坏的作用。而且，现在基金的短期化、散户化现象也越来越明显，统计显示，2009年上半年，各类基金的股票交易换手率同比大幅上升，接近甚至超过2007年同期的水平。其中最高的为东吴基金，上半年的换手率超过了1000%，金鹰、诺德、天弘等3家基金公司的换手率在800%～1000%之间，新世纪基金公司的换手率在600%～800%，换手率在300%以下的基金公司有27家，即使是长城、国泰、广发、博时和光大保德信这五家换手率最低的基金公司，半年的换手率也接近160%。而且，与前几年不同的是，从整体上看，中外合资基金公司低换手的特征有了改变，部分中外合资基金公司的换手率排名居前。以上这些状况，正是造成2009年4月份后指数暴涨和8月份指数暴跌的直接原因。

从中小投资者的角度来看，如何认识基金的投资和操作特点，从而使自己更好地把握趋势，是一个重要的课题。笔者现在的研究还不够，提不出更多的好建议，但下面几点初步认识也许会对投资者不无启发：其一，基金的流向和态度与大盘指数关系密切，这在2003年前是没有的，之后这种关系就非常明显了，这主要是因为上证指数受权重股影响很大，而权重股的流通部分基金又占很大比例，而且基金由于规模大，也只有流通盘大的权重股才便于其进出；其二，基金具有滞后性，无论是进场还是出场，基金都要比私募、社保等效应性资金来得迟钝，这一方面是由于基金的决策机制和有关制度造成的，另一方面又与基金机械地理解价值投资、进攻性不足、保守性有余相关；其三，多个基金持有的个股，要么股性呆滞，要么急冲急跌，容易出现脉冲式行情，总之，走势不太流畅，尤其是单纯运用技术分析难以把握，这主要是因为基金要么相互掣肘、要么齐步走。当然，投资者自己完全可以发现其他更有规律性的特征。

◎ **阶段性运作资金**

所谓阶段性运作资金，虽然与长期投资资金一样，主要以股市作为投资场所，但它不长期持有仓位，有很多时间是空仓的，不以追求上市公司的实业投资效益为目的，而以追求价格波段差价为目标。一方面有很明确的中短期盈利指标，且一般以年为计算单位，另一方面讲究进出时机，时机不好，绝不进场，时机合适就大胆进场，大事不妙，又很快退出，然后等待下一次机会，非常类似于索罗斯的操作手法。这类资金主要是各种私募基金、部分特殊机构资金（如商业保险）、企业股票投资资金等，还有一部分个人投资资金。

这部分资金是市场中最具有进攻性的力量，无论是对政策还是对市场心理，其把握能力都相当高，一般都是先知先觉，进出都走在市场前列，虽然还不足以影响市场全局和大趋势，但对趋势的启动和扩展具有很强的带动性、引领性，是一支强悍的先头部队或先锋力量。而且这部分资金有如下一些明显特点：一般避开长线资金或基金占据的股票和大盘股，而喜欢中小盘的股票，特别注重宏观面和政策面的变化，而对企业基本面以及经营管理状况不是很在意，选股及其操作手法往往让一般投资者意想不到，主要策划、指挥的人物不是出身于券商就是出身于基金，有自己较强的独立思想和分析操作系统，加上多年的摸爬滚打，使其具备较高的敏锐性和直觉，投资之前和之中都表现得非常低调，保密性也做得非常好（中小投资者很难沾到它们的光和跟上它们的节奏），但事后喜欢表现一下，除了获得尊重外，也是业务宣传的需要。2009年上半年，这部分资金表现得非常抢眼甚至可以说是完美，连基金都对其投以嫉妒的眼光，笔者对之也较为敬佩。

这里有一点需要说明，那就是把保险列入其中。保险资金的操作水平一直受到市场的好评，但不少人将其与基金同等看待，这显然是不对的。虽然二者在本质上都是投资代理，但保险的独立性更强、灵活性更高，关键是保险尤其是商业保险是需要讲究年度结算的，因此，其操作模式与基金是不同的，反而与私募类似。如在2009年8月大跌之前，一些大型保险公司巨额赎回基金，而到了3000点之下，这些保险巨头又翻身杀入，对此，一家寿险公司的投资负责人毫不掩饰地说："下半年（指2009年）将加强波段操作。"

◎ 短期炒作资金

这类资金的来源最为复杂，但不管怎么样，总体上仍属于短期进入股市的资金，一般到期时必须退出，因此，其操作也是以短线为主，盈利目标不高，只要有赚就行。此外，也包括市场那部分专门只做短线炒作的资金，如涨停板敢死队之类、某些券商的自营资金等、喜欢追涨杀跌散户资金、银行违规入市资金等。

这类资金对趋势没有什么决定性的影响，主要属于一种跟随性力量，一般只能对趋势产生助涨助跌的作用，但市场的短期活跃却主要靠这部分资金，在每天的涨停板个股中，有相当一大部分就是这类资金操作的。作为中小投资者，对这部分资金不必过于关注，它们也没有什么值得借鉴的地方，反而会对投资有很大害处。

当然，以上对股市投资资金的划分及分析都是很粗略的，虽然对投资资金进行分析是判断趋势和个股最直接的方法，但对于股市中特别流行的找庄、跟庄，通过盘口来寻求资金运作规律和轨迹等的做法，笔者并不是很赞同，尤其是把一笔笔挂单或交易单拿来分析，然后得出庄家会怎么样的结论，多半属于自作聪明。这类五花八门的所谓短线秘籍、看盘技巧，并不像声称者认为的那样有意义，真实的价值并不大，完全属于可有可无的东西。其原因有三：其一，无论是个股还是大盘，都是许多不同资金在参与的，并没有任何有效的方法来分辨哪些是庄家的，哪些不是庄家的；其二，不同的庄家有完全不同的个性和思维，就像我们周围不同的人一样，并没有统一的做庄模式，哪怕你完全掌握了一个庄家的特征，而用在另外一个庄家时同样会失效，而且越是细节的东西越是如此；其三，庄家也是随着市场而变的，过去有效的东西，当环境和条件变化了之后，庄家自己都会放弃，你又怎么知道他下一步会怎么做呢？所以，笔者的观点是，对资金和庄家的分析宜粗不宜细，掌握大体规律和共同的基本特征也就够了，钻得过深过细反而有害，很容易陷入牛角尖，从而犯只见树木不见森林、攻其一点不及其余的片面性错误。对看盘和跟庄之类泛滥成灾的书籍、文章，投资者翻翻就可以了，不要将它们当宝贝，更不要轻易模仿。

股市趋势对投资的成败至关重要，尤其是在不成熟的中国股市，看准了，可以说投资就成功了一半。可是，趋势的把握是一个很大很难的课题，需要非常高的修养和洞察力，笔者自觉仅仅到达及格的水平，上面的论述也只是对中国股市历史走势的一种分析思路和方法，将来的股市趋势肯定与过去不同，但分析的思路和方法是大同小异的，但愿这部分内容能对投资者有所启发。

附录　关于未来几年中国股市的走势估测

Appendix

未来几年是中国股市迈向新阶段的转折期，其转变的核心是从非常态向常态、量变到质变的两个过渡，因此，这个时期会形成相应的独特变化和走势，而且时间可能相当长，其快慢或长短的关键取决于中国经济转型的速度和效果。为了使投资者更好地把握未来一段时期的投资操作，笔者对此做了一个简略的评估，但由于篇幅所限，加之下一本书将专门研究这个课题，因此，这里的论述仅仅是提纲式的，不做详细深入展开，请读者谅解。

◎ **变化要素与结果**

未来一段时期，中国股市会发生很多变化，这些变化或大或小地要影响到股市的运行。

一、规模扩大。这是毫无疑问的，一是新股还会不断上市，其中还可能包括国外企业，二是原有上市公司股本的扩张。规模扩大的背景则是中国经济的总体水平还不高，结构也很不平衡，发展依然是硬道理，而且发展的空间还很大。但股市规模具体的增长速度和最终达到的峰值是多少，尽管有各种不同的预测，实际上却是很难得出准确的结论，所以，定量的预测值作用并不大，从定性上把握就足够了。

二、全流通性。股权分置改革政策在2005年就确定了，但之后两三年的实际进程却是较缓慢的。到2008年6月16日，尚未有一家公司实现了全流通，要真正实现这一点，必须等到2010年结束之后，到时才可以说中国股市进入了全流通时代。而一旦股市进入全流通，市场状态和行为就肯定会发生某些变化，至少有两点是可以肯定的：一是在法律上所有股票都可以交易流通，只有局部股票可交易的状况将不再存在，交易规模自然也就会扩大；二是投资者的结构会发生变化，随着原来不可流通部分的流通，这部分投资者即大小非将会影响到股市的整个运行态势，具体方式还很难评估，但像现在这样一味地认为大小非必然会导致股市下跌的看法则是片面的。

三、市场心态。对于股市这一完全属于来自西方的新生事物，我们每个人都会经历一个陌生、好奇、难解甚至是恐慌的阶段，但经过20年的风风雨雨之后，无论是国家还是投资者，对股市和投资的认识都必定会越来越深化、全面、冷静、客观，自主意识和独立分析判断能力及行为的稳定性也会大大增强，盲目性、跟风性、短期性行为会逐步降低。这就像一个人的成长，过去是青少年，今后就是向中年转变了。这样，市场的理性成分会增加，而非理性成分会有所减少，投机造市者要利用散户和市场操纵股价，就不像过去那么容易了。

四、开放性。过去的中国股市基本上是一个自我封闭的市场，2005年之前更是如此，这表现在多个方面：区别于国际惯例的运行规则；涨跌脱离世界经济大环境，既不能影响世界，也很少受世界影响，我行我素的性格很突出；投资不向世界开放，也不接受国外公司上市，等等。将来这种局面肯定要逐步打破，从而使中国股市融入世界，世界经济的变化也会极大地影响中国。

五、企业主体地位加强。在过去，作为股市主体的企业，在股市运行和趋势中，基本上处于边缘状态，影响股市的基本力量是投资者和政府之间的博弈。企业不关心、不在乎股市（指二级市场），而只在乎一级市场的融资和二级市场的再融资；投资者同样对企业漠不关心，不在乎其好坏，而只关注股价的涨跌；政府也好不到哪里去，不是把股市监管的重点放在企业，而是放在指数、股价及投资者身上。这种错位状态也会逐步改变，其中企业的主体地位将越来越突出，对股市和股价的影响也会越来越大。

六、投资主题由表及里。在过去，尽管也打着价值投资的大旗，但要么是虎头蛇尾，要么是幌子，投资者真正追逐的是各种可以用来投机进而推高股价的借口，如政策变动、社会大事件、群体心理、国际潮流等，总之，都是那些表面的、现象性的东西。而这一点又是不能单纯责怪投资者的，它是由社会和经济大格局、大环境所决定的。改革开放是利益的重组，主要是从资源分配、数量增长开始的，因此，在改革开放的前30年中，整个社会的驱动重心是权力分配、扩充地盘，手段是不讲法则、各显其能、成王败寇，尽管经济也获得了很大发展，但很大程度是靠资源消耗、权力垄断、损人利己等非常规的方式换来的，类似于资本主义早期的原始积累过程。现在，这个阶段基本上已完成了，中国经济要想继续发展和保持较高的增长速度，就必须走依靠科技、管理盈利的道路，因此，股市也必然会顺应这一大转变、大趋势、大潮流，投资主题也会从主要关注外在的非价值因素转向内在的价值因素，这样价值投资才能真正扎根下来。

◎ 不会改变的要素

尽管中国股市的变化是必然的，但也有一些根本性的属性或要素是不会变的，只不过这方面的范围要小得多。

一、政府管控。中国的国体是社会主义，发展市场经济和股市只是发展经济的手段，必须在社会主义的大前提下进行，二者结合起来就是有中国特色的社会主义道路的经济内涵，因此，政府作为股市的管控者的本质是始终不会改变的，也是不应该改变的。不可否认，任由市场经济盲目或不加管制地发展，有改变国体的危险，因为资本一旦强大之后，必然会寻求与其相适应的政权、政体，以便永远维护既得利益和资本任意赚取利润的自由，而且国内外确实有一股希望中国向资本主义看齐的强大势力，只要有机会就与国际接轨，企图把中国变成一个由资本精英、官僚精英、知识精英执政并与西方结成联盟的国家。但这是不可能实现的，也是根本走不通的道路，即使中国像前苏联、东欧那样被颠覆，中国人民也不可能再像国民党以及封建时代那样听命于精英的安排，而肯定会进行再次革命以重新建立起社会主义。所以，政府管控股市虽然存在很多缺陷，但放弃管控不是一个应该讨论的问题，问题应该转到如何更好地管控上来，而这是可以逐步解决的，那就是最大限度地遵循市场规律，发挥广大投资者的聪明才智，用市场和民主手段来管理股市，其实在这一点上政府已经取得了很大进步，今后还会更加完善。

二、国有股的控股地位不变。这与上一点是相关联的，但其含义并不一样。政府管控股市是国家政治性质的必然结论和要求，而国有控股主要是经济手段，不能把国有控股与社会主义、民营即私有经济与资本主义等同起来，这已经是世界性的共识。

尽管中国股市即将进入全流通时代，但国有股的控股地位依然是不会改变的，这就会带来两个结果：其一，股市中真正经常性流通的部分还是只占总市值的一部分，相当大一部分是被锁定或沉淀了的（这在前面已经分析过），但到底是多少，则需要对所有上市企业进行评估后才能得出相对准确的数字，不过，从单个上市公司看差别会很大，不少中小企业常流通的比例会很高，而国有控股的大中企业常流通部分的比例就会低得多，这一点通过股权结构分析是不难测算出来的；其二，像西方股市那样的控股权争夺即企业兼并现象不会经常发生，大中型国有控股企业更是如此，一方面控股的各级政府不会轻易放弃股权控制，另一方面国内其他体制也难以实现控股权的转移，除非政府内部协调沟通（就连绝大部分ST重组都是这么做的），单纯通过二级市场股权收购谋求控股的模式，只适用于少数企业，而不适用于大部分企业，因此，股市交易的重心依然在股价而不在股权。

三、投机性难以避免。过去的中国股市投机可以说是主流，这一点今后虽然会弱化，甚至可能逐步退出主流，但投机本身依然会较普遍地存在，只是程度和方式会有较大变化而已。主要原因有三：其一，中国权力集中的国家管理模式和几千年的历史政权有形式上的吻合之处，而投机文化和心理也可以说是中国人的一大传统，致使投机在中国拥有民族的隐性认可和广泛的土壤，只要存在权力寻租空间和可利用的民众弱点，投机就会顺应而生，像股市这样广泛的利益争夺场，更是诱发投机及投机生存的最好领域，无论怎么管制都很难杜绝投机；其二，股市投机比政治、商业领域的投机更难界定，投资与投机的关系十分模糊，甚至可以说投机是股市交易的必然组成部分，有利于活跃市场，即使像商业领域的非法集资等界限明确的投机，在政府的各种严打之下都屡禁不绝，界限模糊的股市投机就更加普遍和难以治理了；其三，投机并非中国股市所特有，是世界性现象，即使是美国这样成熟又管理规范的股市也都存在投机，只不过由于各种现实的、历史的等原因，中国股市的投机更普遍罢了。

◎ **运行区间与特征**

　　将以上分析与中国股市过去运行的历史轨迹结合起来，就可以对中国股市未来一个时期的走势做出如下的大致判断或估测。

　　一、抬高的底部和中轴。这在前面和笔者此前的书中已经多次分析过了，这里不妨再简单重复一下。中国股市从成立至今，其底部和中轴是逐步抬高的，尤以底部更为明显。以上证指数为例，底部大致以500点的空间为台阶，拾级而上，现处于第四个台阶之上。第一个台阶为原始台阶即起步时的100点，第二个台阶在500点左右，第三个台阶在1000点左右，第四个台阶稍微变得复杂一些，但大约在2200～2500点左右，相当于在2001年的高点附近（图1.10）。

　　至于中轴虽没有底部那么明确，但还是较清晰的。第一个中轴位在700点左右，1996年之前的股市基本围绕这一中轴上下波动；第二中轴在1500点左右，1997年～2006年间的股市基本围绕这一中轴波动；2007年之后的一段时期（至少在10年上下）内，

图1.10

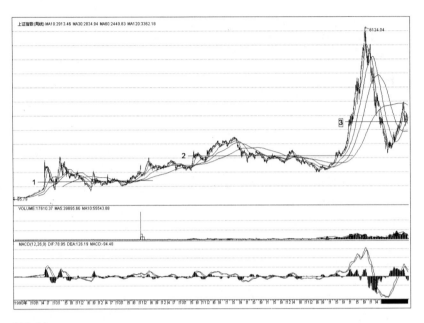

图1.11

中轴应该在3000点左右，而整个波动空间应主要在2500～5000点的范围内（图1.11）。

二、难以突破的投机顶峰。以国庆60周年为分界，之前近二十年的股市，投机和暴涨暴跌是基调，而这一时期投机的顶峰为2007年10月的6124点。现在的中国社会经济正迈入的新发展阶段，再也不可能也不允许以投机为主来分配权益和谋求个人利益的最大化了，必须走合作、共赢、和谐的新发展道路即科学发展，表现在经济和企业上，就是要依靠科技进步、自主创新、提高管理水平来获得效益，并使整个社会受益，而不能像过去那样仅仅是少数投机者获利。这样一来，股市大面积、高强度投机的社会基础就不再存在了，同时，像香港回归、百年奥运那样可以触发或牵引股市全民投机的大事件也没有了，因此，尽管股市投机还会存在，但再也没有力量突破上一个时期的投机顶峰6124点。这一高点的突破，只能依赖中国经济在技术、管理、效益上获得很大发展之后才有可能，而这个时间的到来是很难预测的，但有一点可以肯定，那就是它不是在三五年甚至七八年的短期内就能够实现的。

三、暴涨暴跌逐步弱化。暴涨暴跌，一方面源于股市体制的不合理和企业基础的不牢固，另一方面源于社会大环境的影响，但这两个方面已经正在发生变化，今后还将继续向好的方面转化，这样一来，暴涨暴跌尽管不会完全消失，但其频率肯定会大大降低，反过来，股市的投资安全性会比过去有所提高，投资者的行为也会更理性。这一点，在今年的股市走势中已经有所反映，上半年的个股暴涨和下半年的指数暴涨暴跌，多少会给人一种无可奈何花落去的感觉，投机资金和机构似乎是预感到了股市将发生很大的变化，今后胡作非为的空间小了。在此之前需要对暴涨暴跌做最后的梳理、总结及谢幕表演，因此，许多暴涨的个股已不再有往日那样的底气和从容，而是显得比较局促，指数也是摇摇摆摆。

四、齐涨齐跌逐步淡化。齐涨齐跌是过去股市的重大特征，也是投机主导的表现，指数大涨时最差的股票也鸡犬升天，指数大跌时最好的股票也不能幸免，这是很不合常理的，今后肯定也会逐步淡化，该涨的才涨，该跌的才跌，既不能滥竽充数让无能者都受益，也不能良莠不分让好人无端受损。不过，这一点虽然在今年的股市中多少也有一些迹象，可还不是很明显，但笔者相信会逐步发生这种变化的。

第二章
Chapter 2

买卖时机要准

买卖时机是与趋势相关联的投资问题。相对而言，趋势更宏观或粗线条，时机则是对趋势的细化或操作化，其要求更为详细和局部一些，但无论如何都不能把两者割裂开来，只有将两者很好地结合起来，才能取得好的投资成绩。

第一节　下半年买股，上半年卖股

Section 1

要把握中国股市的买卖时机时，首先必须了解上下半年的巨大差异及内在根源。从近二十年的历史来看，如果股市要上涨的话，基本上都会发生在上半年，哪怕在熊市中也一样；如果要下跌或调整的话，基本上都会发生在下半年，哪怕在牛市中也一样。换句话说，历年的秋、冬是股市的淡季，而来年的春、夏则将形成股市的旺季。于是，股市中有"冬播夏收"一说，更有人总结为"春生、夏不涨"的规律，并提出"冬播、春收（6月前）、夏歇、秋抢"的八字投资方针。除了个别大牛大熊的极端年份外，上述规律是符合中国股市实际的，也是中国特色的反映，下面先看一下10年来的实证，再做简要的理论分析。

1998年。由于1996年～1997年是中国股市成立后第一个持续时间较长的大牛市，整整连续上涨了两年，指数涨了两倍，而个股涨4～5倍的很多，也正是这种过大过快的上涨，最后导致了政府的严厉干预。在这样的情况下，1998年总体上属于一个大涨之后的调整年，但即使是这样，其上半年也是上涨的。1998年春节后的2月9日，沪综指开于1258点，跳空30多点，虽当月收盘于1206.53点，跌幅为1.34%，可紧接着的4月和5月却引发了一轮局部牛市，其中资产重组板块的表现最为突出，而整个下半年则是向下调整的。

1999年。在这一年的5月之前，依然承接上一年的调整态势，但并没有大幅下跌，而是窄幅震荡。之后，在政府的刻意推动下，爆发了著名的"5·19"行情，且持续到6月底，在不到两个月的短短时间里，指数涨幅接近70%，为上半年画上了完满的句号。由于上半年涨幅巨大，下半年自然就要调整，加上新股、配股上市步伐加快，国有股开始配售流通，以及证监会要求上市公司做好1999年度四项拨备工作等因素，故而加快了调整步伐，也加深了下跌幅度，导致整个下半年没有任何行情。

2000年。由于政府对股市的态度在1999年发生了几乎一百八十度的大转变，如解除了以前对股市的种种限制措施，并反过来出台了一系列积极扶持股市发展的政策，包括允许证券公司和基金展开股票质押、进入银行间同业拆借市场，允许保险资金间接入市，允许"三类企业"入市，及在新股发行中试行向二级市场投资者配售，等等。政府的这种态度转变和相应的鼓励政策，既推动了"5·19"这样的特殊行情，更造就了2000年的人为大牛市。尽管当年的整体涨幅不大，上涨速度也不快，但全年基本上都是上涨的，这是之前中国股市从未有过的先例，上半年自然也是上涨的，可下半年还是发生了两个月的局部小幅度调整。由于当年春节后的第一个交易日，正好是2月14日的西方情人节，因证监会宣布50%新股向二级市场配售政策，加之春节放假期间，美国纳斯达克股市疯狂上扬，受此双重利好影响。在网络、科技股的带领下，当日沪指大幅高开57个点，从节前的1534.99点上涨到1673.94点，涨幅达9.05%，涨停的股票比比皆是，成交量也放大近五成，股民笑称其为"红色情人节"。

2001年。之前的人为牛市本来就是脆弱的，何况从1999年5月19日的巨大井喷到2000年全年的黄牛爬坡，基本上已将全部的力气都用尽了，但趋势总是不会甘心于失败的，尤其是较大规模和较长时间的趋势，一般都有惯性的最后一冲或一跌，2001年的上半年就是这样。从2000年12月25日开始，曾大出风头的中科创业因资金链断裂，庄家不得不跌停出局，从而形成了连续9个跌停板的壮观景象。1月10日，证监会宣布查处中科创业违规操纵案，几天后，有经济学家吴某曾发表了股市赌场论，人为的牛市已摇摇欲坠。于是还有一批经济学家坐不住了，于2月11日联合举行恳谈会，他们提出要像对待新生婴儿那样看待和爱护我国的证券市场，与赌场论针锋相对，恰好2月19日B股突然暴涨，当天晚上证监会又宣布B股对内地个人投资者开放，从而刺激了A股市场，从2月23日起，沪指重新上扬，并于6月14日创出了2245.43点的高点，这也成为后来几年股指的重要历史顶峰。这样，当年上半年还是上涨的，至于下半年的下跌也已是必然的了，而且是大熊市的开始。

2002年。这年刚好是大熊市的早期，但即使是大熊市，中途也会出现中继反弹，再加上《深圳证券交易所大宗交易实施细则》的发布实施，更刺激了投资者对股市短期向好的预期，因此，春节之后爆发了一轮反弹行情，直到6月份才结束。所以，上半年还是上涨的，下半年则自然要重归熊途。

2003年。这年属于大熊市的中期，全年基本上处于震荡向下态势，但即使是这样，上半年的1月和4月也各有一次小规模的反弹行情，且整个上半年是上涨收阳的，下半年则是跌跌不休，最后两个月才有所反弹。

2004年。这年属于熊市中期向后期的演变阶段，大涨是不可能的，但反弹还是可以期待的，上年底的反弹已经预示了这一点，正好1月31日又颁布了《国务院关于推进资本市场改革开放和稳定发展的若干意见》，俗称"国九条"。且这种政策形式在中国股市史上还是首次。它是一个战略性、纲领性的文件，区别于过去的具体措施，试图从整体上来统筹解决中国股市的问题，给人一种耳目一新的感觉，足以引发一轮反弹。事实也是这样，何况经过近3年的熊市，人心思涨，投资者更认为中央政府会再次推动牛市，于是，沪指从1月份的1500点上涨到4月的1783点。这样，上半年仍然是上涨的，只不过没有涨到惯常的6月就提前结束了，下半年则展开了熊市的最后一跌。

2005年。这对中国股市是一个特殊的年份，一方面是漫长熊市的尾声，另一个方面又是对股权分置顽疾进行根本性改造开始实施的一年，因此，习惯的运行节奏完全可能被打乱。事实也正是这样，年年都有的上半年上涨当年不见了，只是2月份有个象征性的小反弹，反而违背常规地下跌。这种不合常规的走势，其实是从反面验证了熊市即将结束。下半年同样违背常规不再下跌，反而是在震荡中慢慢抬高底部，为趋势反转构筑了比较坚实的技术基础。这种反常现象，也表明市场在发生着转变，预示着牛市即将到来。

2006年。这是新的大牛市在新的背景下展现勃勃生机的一年，股市又回到常规节奏，告别了长达近5年的熊市后，股权分置的畸形状态将被逐步打破，同时也摆脱了严重受政策左右以及与经济背离的状态，股市规模与以前也不可同日而语，并且初步具备了全球眼光，封闭的状态也开始打破，与国际间的联系也增强了。2006年4月14日，QDII正式开闸，在央行进行社保基金海外选秀的10家投资管理机构中，全球顶尖养老基金管理机构几乎全部被收入其中。在这种态势下，上半年的大涨就是在情理之中了，而下半年尽管仍继续大涨，可还是经历了一个季度的调整，许多个股的调整时间比指数更长，多数达大半年以上，因此，同样符合上半年涨、下半年跌或调的规律。

2007年。孕育于2005年、爆发于2006年的这轮大牛市，本来就来势凶猛，力量很大，气势很足，所以，2006年的中途调整也很强势，这已经预示了2007年的大涨。虽然因为上一年涨幅大、涨速快，从而导致2007年春节前后的大幅震荡，以及5月份的政府打压，但房地产的强劲涨势和世界商品期货的牛气十足，加上企业效益（尽管许多企业的利润来自股市投资）快速提升和资金流动性遍布全球，以及奥运在即，给股市注入了强大的动力，刺激投资者蜂拥入市。因此，可以说整个2007年涨势如潮，但在政策的强制性打压和三线股投机退潮的双重作用下，下半年还是经历了三个月的宽幅调整和最后两个月的顶部反转下跌，这样，上半年涨、下半年跌或调的格局依然如故。

2008年。按照趋势惯性和此轮牛市的力度，2008年应该还有最后一小波上涨，并形成这轮世纪大牛市的高点，但早已发生世界金融危机开始波及中国，因为出口是中国经济发展和增长的重要马车，故而全球经济受金融危机影响大幅滑坡甚至恶化的状况，必然会严重影响到中国的经济和股市。对此，在2007年下半年股市的高歌猛进中，外资已经悄然退出，等中国投资醒悟过来时，大跌就难免了，本该在当年上半年结束的最后一波冲高也不再有了。相反，由于突如其来的连续暴跌和对金融危机的过分恐惧，一轮快速的超跌熊市不可避免。尽管这样，2008年年初还是迎来了一轮中级反弹，其近1000点的幅度并不算小，只是时间有限而已，这使上半年上涨的惯例，在这一年受到很大破坏，而下半年的下跌也不是常态。

2009年。在经历了2008年惊心动魄、极为罕见的暴跌式大熊市之后，2009年的股市又恢复了上半年涨、下半年跌或调的常规。2009年上半年的股市，也可以说是超常性地上涨，1月~7月连收7根月阳线。但这也并不难理解，因为2008年太超跌了，无论是基本面还是技术面，本应在2500点左右止跌回稳的，可最后竟跌至1600多点，超跌了近800点。因此，在2009年的上涨中，2500点之前属于超跌回归范畴，剔除这一因素，实际真实的上涨只有1000点左右，在国家大力度、全方位拯救和刺激经济政策的支持下，基本上是合理的。而8月份开始的下跌和调整，也是符合常规的，只是短期速度过快、幅度过大，但整体上仍在正常范围。所以，尽管2009年在笔者撰稿时还没有结束，但上半年涨、下半年跌的格局基本是可以确定的，并且根据这一常规，今年下半年在2800点一带，应该是买进的机会和区域，以等待明年即2010年上半年不难预见的上涨，这也是对惯例的遵循。

以上近11年的简要回顾说明，中国股市上半年涨而下半年跌或调的规律性特征再明显不过，其中有9年十分吻合，只有2年属于例外，概率高达80%以上，这一点通过季线图也可以看出一个大概（图2.1），今后这种状况依然会继续。之所以会这样，是因为有着深刻的社会体制基础和悠久的历史文化渊源。

第一，中国社会的整个运行具有高度的集中性和统一性，严重依赖中央的决策和指挥，而中央的重大决策程序，一般是依据上一年的状况，通过年底研究后，于第二年上半年的一季度集中出台，并在出台后推进落实。这种高度集中化的运行，必然会导

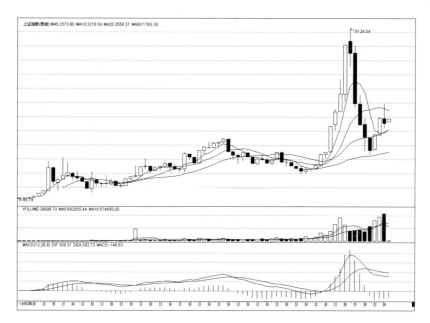

图2.1

致两种结果：一是政策的执行越往后力度越弱；二是政策的不完善及其弊端，随着时间的推移会越来越明显，从而导致政策的调整。由于中国股市没有扎实的企业基础和健全的运行机制，主要靠投机炒作获取利润，而投机炒作的最大由头，就是利用政策造势造市，因此，上半年涨、下半年跌，既是对政策的同步运用，又是整个社会大节奏的一部分。

第二，无论是基金、券商还是社保这些主要影响股市的机构，其管理和运行模式本质上都是与政府相似的。一年有一年的计划，投资盈利一般也是着力于上半年，下半年则更多放在兑现、总结、论功行赏及为来年储备，这样一来，也会导致上半年做市，下半年收市，甚至为了保障第二年的利润而故意留有余地。

第三，对中小投资者来说，通过一年的工作，年底是收入大幅装进口袋的时候，这样，市场资金在上半年就较容易获得新的储备和补充，机构也自然会在开春之后做出上涨姿态，以吸引这部分资金入市，并进而给予收缴和吞没，这是他们从股市获得收益的主要来源。

第四，中国几千年的农业社会，形成了一种春播秋收的强大心理定势，新年尤其是新春一过，就会规划和执行新一年的致富目标，而且总是雄心勃勃、自信满满、情绪高昂，这样的全社会心理共振，很容易在上半年诱发出一波上涨行情。

如果投资者能够深刻认识和理解这一规律，那么，以年为单位来把握买卖时机，应该说是会有很大成功概率的。

第二节　底买顶卖的周期法则

Section 2

低买高卖是所有商业交易最基本的法则，股市投资也不例外。可惜的是，尽管我们在股市上天天都会听到低买高卖这个建议和词语，但并没有几个人真正理解什么叫低买高卖或怎样才能做到低买高卖。绝大多数投资者仅仅是从价格局部的单一变化来看待低和高的，这虽然并没有错，但离本质却相距甚远，有人则把低买高卖与底、顶联系起来，应该说这已经深入了一大步，但还是停留在现象层面。要真正全面深刻地理解低买高卖，必须认识和理解市场及其趋势的周期性。

◎　周期的本质及市场蕴涵

周期是众多自然和社会现象的普遍规律，它在现象层面很容易被观察到，如自然界的一年四季、日夜交替、潮起潮落、物种的代代相传，社会领域的人类阶段性发展（原始社会—奴隶社会—封建社会—资本主义—社会主义）、改朝换代、富不过三代等，但对于周期的本质能深刻理解的恐怕不多。本来，周期是一个抽象程度很高、涵盖面很广的哲学领域的范畴或概念，但遗憾的是，哲学教科书却没有纳入这一概念，致使很多人不能很好地理解周期的深远意义。

依笔者的认识，周期是对两个基本哲学问题或命题的高度概括和浓缩：一是运动的时空制约性，二是运动的对立统一性，而且二者是相互联系的。由于要完整地论述这个问题，既非常抽象又需要很大的篇幅，因此，这里就不赘述了，有兴趣的读者可以参考笔者《市场乾坤》一书中的相关分析，在这里大家只要知道周期规律是认识事物必不可少的一把钥匙就足够了。同样，如果我们用周期的眼光来看待市场、股市，就不会显得那么无序或杂乱无章了，反而会使线条和脉络变得清晰起来，它总是在高低两端来回地周期性波动，与大家十分熟悉的钟表指针来回不停地转动的原理是完全一致的，差别仅在于钟表是十分规则的均匀运动，而市场价格则是不太规则的非均匀运动。

市场、股市之所以会周而复始地在高低两端之间来回地周期性波动，主要是因为受到以下市场和经济社会规律作用的结果：

第一，价格围绕价值波动。价值决定价格，这是经济的基本和普遍规律，尽管价格在具体的时间总是偏离价值，但从长期来看，它却总是被价值牵着走，再怎么波动或暴涨暴跌，其围绕价值上下运动的核心还是没有变，这也正是价值投资和趋势投资共同的理论基础。如果将指数、价格不断波动的高低连接起来，就是股市的高低两端，其内涵则是价值或PE的变化，自股市在荷兰诞生之后的400多年来，无论其如何波来动去，市场或价格就始终都在这两条PE区域之间波动，低的时候是十倍甚至几倍的PE，高的时候是30~60倍的PE，400多年一直未变，只不过每次高低会有所不同而已。

第二，投资者的认识、心理围绕市场变化而波动。如果说价格围绕价值波动，是市场、股市客观物质属性的运动的话，那么，投资者的认知、心理随市场波动，就是主观对客观事物的认识运动，也就是认识—实践（投资参与）—再认识—再实践的周期性循环。因此，市场的波动，一方面是价格围绕价值波动的结果，另一方面又是价格与投资者相互作用的结果。在这其中，投资者的认识、人性有着意识对存在或物质（即市场）的很大反作用，而且这个反作用经常会出现错误即违背市场价值规律，然后，又必然会被市场规律纠正。具体地说，在上升趋势的过程中，投资者的认知和情绪一步步地从谨慎到乐观再到疯狂，并像大串联一样地形成市场自我激励的内生机制，使得市场即使脱离基本面，也能保持强大的需求力量，最后导致暴涨，中国股市2006年～2007年的上升趋势，就非常经典地演绎了这一点；而在下降趋势的过程中，正好反过来，投资者的认知和情绪一步步从平静到悲观再到恐惧，并形成了市场的自我惩罚机制，使得市场即使出现价格相对于价值已经偏低的状况，也能维持较大的供给力量，最后导致暴跌，中国股市2008年的大跌，就非常经典地反映了这一点。这种市场或投资者的认识错误，也同样是价值投资和趋势投资的理论基础，巴菲特"在别人恐惧时大胆，别人大胆时恐惧"、索罗斯利用市场错误赚钱的策略，无不源于这一点。

第三，市场是涨跌两种力量和趋势的对立统一。没有只涨不跌的市场，也没有只跌不涨的市场，涨多了、久了，自然要跌，跌多了、久了，自然要涨，这都是大家非常熟悉的道理，其本质就是两种对立统一的力量相互之间的转化。在市场、股市运行中，多空之间没有一刻不是冲突的，但总有一方占据主动、另一方处于被动，上升趋势为多方优势，下跌趋势为空方优势，可优势地位不是恒定不变的，而是永远处在不断转化之中的，这样，周期性也就形成了。

第四，经济社会的大周期影响股市周期。经济社会同样存在周期性，只不过比股市的周期更宏观，可其对股市的影响也是很大的，只是多数时候这种影响是间接的、隐含的，而不是直接显露的，但只要是发生大的经济危机，股市就必然会发生下跌甚至是暴跌，历史上的多次股市暴跌都缘于此，经历过2008年的所有投资者，已经充分地体验到了这一点。此外，在这方面，中国还有个特殊性，那就是国家高度集中管理所带来政策周期对股市的影响，上面谈到的下半年上涨、上半年下跌，就是这种周期在股市上的体现，当然，还有比年度周期更大的政策或国家战略周期，如五年规划、几十年周期的战略转变，等等。

通过以上分析可以得知，股市的周期性运动，是决定买卖时机的最根本规律，也是低买高卖法则的主要依据和标准。只要我们掌握了这个规律，再加上足够的耐心，就可以稳稳地获得盈利，那就是使用最原始和笨拙的守株待兔式方法，严密监守周期性的高低两端，只要市场或价格到了底端区域就大胆买进，就算中短期被套也不必在乎；反之，只要市场或价格到了高端区域就坚决卖出，就算卖出之后又继续上涨也不足惜。

◎ 底、顶的周期性含义与买卖策略

股市趋势的底部和顶部是客观存在的事实，也是实施低买高卖的重要标准和判定方法，但并没有多少人理解它们的真实含义，因此，也就很难把握，这也是事实。于是，许多书籍和投资者便据此提出"涨不测顶、跌不测底"，跟随趋势操作就够了，底部和顶部只有事后才能知道，没有人能事先知道。对此，笔者是不能完全赞同的，相反，笔者认为，投资必须要对底部和顶部进行判断，这是投资分析的主要内容，也是投资成功的基本前提，更是对分析判断能力的检验。所以，笔者认为"涨不测顶、跌不测底"的观点是错误和有害的，无论是价值投资还是趋势投资，都需要对股市周期性的高、低点尤其是较大周期的底、顶有较好的把握，判断底、顶的关键问题不在于需要不需要，而在于做得好不好，仅仅因为底、顶很难预测准确，就否定判断底、顶的必要性，这是因噎废食或"一朝被蛇咬、十年怕井绳"的愚蠢理论。之所以会出现排斥底、顶判断的谬论，主要是因为对底、顶的认识或含义不能正确理解，并进而对底、顶的判断方法运用不当或掌握不全面。

对底、顶的错误理解，主要体现为局限于单纯地从空间上看待底、顶，并进而把它们当成指数或价格上的具体点位，而正确的理解应该是，底、顶是股市周期性运动的时空转折区域，它们应该是一个时空统一的区间，而不是一个孤立的点。

一、底、顶是市场或价格周期性的时空转折区间。在许多投资者眼里，总是直观地、机械地从空间上看待底、顶，只把指数或股价的最低点看成底部，最高点看成顶部，却不理解甚至不考虑前后、上下之间的内在联系和市场的整体结构。比如，6124点就是

2005年～2007年大牛市的顶部，1664点就是2008年大熊市的底部，这虽然没有错，但却是很片面的。因为这两个极点不是孤立地出现的，更不是随随便便、瞎走瞎撞形成的，而是市场周期性规律作用和变化的结果。同时，要把握这样的周期，必须把股市与经济社会甚至世界经济以及自身发展历史作为一个大整体来分析，从这样的大视野角度看，一个市场、股市大周期的形成，往往需要花费8～10年以上的时间，其中的空间变化也会几起几落。因而，无论是顶部还是底部，其第一个基本含义就是趋势的大反转或周期的大转换，这样的底部和顶部是多年才会出现一次的，也是大趋势判断分析和中长线操作的重点。比如，从1996年至今15年间的中国股市，这样的顶部和底部分别只有两个，那就是2001年和2007年的顶部、2005年和2008年的底部，而且2008年的底部至今仍没有完成，这样一来，下一个周期性大顶部的到来，就至少是三年以后的事了。假如这样来看待底、顶，尽管仍有很大的不确定性，但也并非是无边无际或天马行空的，而是有着相对确定的框架制约的，这种大的周期性框架，正是判断底、顶的主要依据。当然，在大趋势周期性底部之上或顶部之下，还有阶段性顶部和底部，但由于这样的阶段性顶和底并不能改变长期趋势，故而它们也就不是判断分析和操作的重点，对长线投资者而言更是如此，它只对波段和短线投资者有较大意义，比如中国股市1997年和1999年指数的阶段性顶部和底部，长线投资者只需防患而不需要操作。

二、底、顶是形态上的带状时空区间。周期性大型顶部和底部，应视为一个指数或价格区间，而不应看成具体的点数或价格，这个区间的宽度一般在20%左右。这样一来，对顶部和底部的判断，就变成了对区间的判断而不是预测点位或价格，其可以借用的方法就会更科学，准确性也会更高。比如，2001年开始的大熊市，尽管时间漫长，具体跌到什么点位谁也预测不准，但完全有足够的依据判断出底部区间应该在1000～1200点之间的范围；同样，2005年开始的大牛市谁也说不准最终涨到哪里，但根据2007年下半年所发生的许多现象，再结合历史走势，基本可以确定5500～6500点是顶部区间。同样，落实到操作上，底部买进并不是买在最低点，顶部卖出也不是要卖在最高点，只要是在底部和顶部区间就很不错了，这比起不切实际的最低点买、最高点卖，应该容易得多。比如，2007年在5500点之上卖出、2008年在2000点以下买进，难道不是既简单又科学吗？如果非得在最高的6000多点卖、最低的1000多点买，那就最好离开股市，因为没有一个人能做到这一点，即使那些确实是在最高点卖出、最低点买进的人，也只是百年难遇的巧合，并非它们就很厉害、很神奇。

第三节　大周期底、顶的判断依据

Section 3

如果投资者能把底部和顶部正确地理解为大周期、大趋势的转折区间的话，那么，尽管要对其做出科学合理的判断，依然是一件很困难的事，但毕竟会有更多的理论依据和历史参照方法。从理论上看，至少有如下逻辑线索，可以帮助我们把握大周期顶部和底部的轨迹：第一，大周期的时间跨度有助于判断底、顶。无论是底部还是顶部的形成，都是需要较长时间的，除了股市初期因规模小、规则不完善、认识不足等导致涨跌周期很短外，只要是有相当规模和一定成熟度的市场，其完成一个大的涨跌周期，总是需要多年时间才能实现的，因此，假如从一个比较明确的底部或顶部开始后的时间较短的话，一般不可能很快就出现大周期性的顶部或底部。第二，时空的互补效应有助于判断底、顶。市场趋势是在时空中完成的，二者具有很强的互补性。也就是我们常说的时间换空间或空间换时间，如果涨跌空间很大的话，那么即使时间不够，也同样会导致顶或底的出现，2008年的大跌就是一个经典例子，与同属大熊市的2001年～2005年相比，只有不到1年的时间，但空间却极大，达到70%以上，非常罕见，自然也就会跌出大底部来。第三，价值的轴心作用有助于判断底、顶。股票无论如何涨跌，总是以价值为轴心进行上下波动的，假如价格脱离价值上涨过高，迟早会向下回归到价值轴心，那么，顶部就会在这个过程中慢慢形成。反之，假如价格脱离价值下跌过深，迟早会向上回归到价值轴心，那么，底部就会在这个过程中慢慢形成。而且这一方法用于底部判断的可靠性要高于顶部，因为底部一般离价值轴心比较近，大约在30%的范围内，很少有超过50%的，这是由市场最基本的价值规律决定的。市场上低价贱卖的状况是比较少且难以长久的，像中国这样以投机性为主的股市更加如此，中国股市近二十年的走势，基本就是在20～60的市盈率之间波动，所以，只要平均市盈率跌至20之下靠近价值轴心，那离底部也就不远了，如果接近10的话，那就基本可以肯定是底部区域。

当然，由于市场心理和社会重大事件等不确定因素对股市趋势影响很大，上面三个规律往往会受到一定程度的破坏，但万变不离其宗，偶然或意外因素的影响总是暂时的，最多只能在短期内使价格超涨或超跌，只要抓住了最基本的结构，那不管价格再怎么波动，还是跳不出市场规律的。

除了市场基本原理外，历史走势的经验，也能帮助我们对周期性顶部和底部判断出个八九不离，这方面的内容和方法很多，笔者只能就其突出的内容做简要介绍，以供投资者参考。

◎ 价量背离法

也就是前面说到的在股市大型上涨趋势最后一个波浪（一般是第三波浪）中，会出现价量背离现象。这在2001年和2007年的两个大顶部中都非常明显（见前面的图1.5、图1.6），投资者可以自行验证，但这一方法不能用来测底。

◎ 指标背离法

指标背离与价量背离的原理是相似的。由于指标很多，故而不要每个都用，选择一两个常见而自己又比较熟悉的就够了。笔者推荐的是最常见的MACD，但笔者的理解与常规含义有所不同，不仅仅把它当做趋势指标来看，更把它当成势能指标来对待。比如，1997年和2001年一中、一大两个不同规模的顶部，利用MACD势能指标背离现象，都有很好的判断效果。此外，指标虽然既能测顶又能测底，但测底的可靠性不如测顶高，因此，用于测底时必须降低其权重。

◎ 指数中轴或区间位移法

这是专门用于测底的方法，即利用指数的底部和重心不断抬高的趋势来判断周期性或大型底部，由于相关内容在第一章中已经谈过了，故而在这里仅提示一下就够了。

以上三种非常重要的方法，笔者在《市场乾坤》一书中，都有较为详细的论述和图表实证分析，有兴趣加深了解的读者可以参考。

◎ 个股共振法

由于指数是综合所有股票构成的，只要所有个股涨无可涨或跌无可跌的话，那大盘指数就必定会成为顶部或底部，这是很好理解的原理，历史上所有重要的顶部和底部都印证了这一点。比如深沪大盘自1999年"5·19"行情启动到2000年底，几乎所有的股票都被翻炒过了，各种各样的概念都经过了充分的挖掘，市场上几乎再也找不到值得买进的股票了，因此，大盘指数肯定已经是在顶部区域了，下跌或反转是迟早的事。同理，2005年，经过近5年的熊市之后，所有个股不仅跌无可跌，而且基本上在各自的历史低位盘整（即做底）了很长时间，因此，大盘指数底部也就形成在即了，可谓"万事俱备、只欠东风"，反转上涨也是必然的事。所以，当投资者判断指数顶部或底部时，不能单纯地看大盘指数，而必须与个股一起结合来看，由于个股太多，很难全部仔细地看完，为此，用分类指数代替也可以，同时对为数不多的权重个股加以单独分析，也能达到指数与个股相结合的效果。

◎ 政策导向法

也就是政府的政策导向会影响趋势的变化以及底、顶的形成，投资者习惯称为之政策顶、政策底，但这不能绝对化，因为无论是政策顶还是政策底，市场都不一定会接受，只有当两者吻合时，政策的导向作用才会见效和明显，这在第一章中也已经论述过了。政策导向是中国股市特有的现象，且在2005年之前最为明显，后来逐步有所弱化，但中国股市的特殊构成和中国国家的特殊管理模式，决定了这种状况不会彻底改变，只不过会变得委婉和间接一些罢了，比如在2001年6月的顶部和2008年10月的底部确认中，就有很大的政策导向因素在起作用。

◎ 市场心理法

这是一种虽然有效但又比较模糊、难于定量和标准化的方法，更多地要靠直觉来感悟或把握，因此，只能作为参考方法，而不能盲目或主观乱用。一般而言，在上升趋势中，当投资者和舆论对上涨犹犹豫豫、不敢肯定时，一般不会形成大型顶部（熊市反弹除外），最多是阶段性头部。而当市场十分火爆甚至疯狂、投资者和舆论坚信不疑时，大型顶部就已经在酝酿之中了。此时，主力资金为了吸引投资者追高买入，往往会发动一轮快速而短暂的上升行情，突破重要技术关口位，给人感觉巨大的上涨空间已经被打开，从而诱使其他投资者接过自己手中的筹码或接力棒，而自己则抽身而退，或且战且退，顶部也就在不知不觉中自然地形成了，哪怕最后还能创新高，也已是回光返照，气数将尽。

而在下跌趋势中，恐慌情绪是基调，越是接近底部，市场的恐慌气氛越浓厚，人气极度低迷，舆论一边倒地看空，"割肉盘"明显地增加，大多数投资者均出现严重亏损和套牢，并且无所适从，甚至有了绝望心理，连资深的老股民都放弃看盘，曾经抄底的也不敢再抄底。但是，早早出场的资金却看到了投资机会，不过他们往往会顺势打压股价，使得原本似乎要形成的底部被无情地彻底击穿，从而更加深了投资者的恐慌情绪，使投资者在低位不计成本地盲目杀跌割肉，而主力资金则乘机吸纳大量廉价筹码，故而在熊市尾声时，往往会出现不同寻常的温和持续放量现象，这样，底部其实也就在眼前了。

当然，以上方法主要是用于指数大型底、顶的判断，至于个股则不需要这么复杂，运用一些常见的技术分析方法就足够了，但前提和关键是要与指数周期即底、顶保持一致或衔接，而不要脱离指数单独来判断个股的底、顶，否则的话，绝大多数情况是要出错的，因为真正能摆脱大盘指数，形成自身独立的底、顶的个股，是少而又少的。

最后要提醒投资者的是，上述方法，有些完全是过去特定历史条件下的产物，而随着社会、经济和市场的发展变化，将来可能很难再适用，所以，投资者必须学会与时俱进，不断研究市场变化的新规律或特征，这样才能更好地把握股市趋势以及底、顶。

第四节　特殊的腰部买进法

Section 4

底部买进是投资者最为熟悉的方法，也是最好的方法，只是理解不够、运用不好而已。除此之外，笔者经过多年的技术研究和观察，还发现一个非常有效、普遍性也很高的特殊方法，并将其命名为腰部买进法。

◎　腰部的含义

腰部的定义是通过将大型或完整的上升趋势结构与人体结构的对比而来的。笔者通过理论和历史相结合的方式发现，一个大周期范围内的上升趋势，总是采取波段式上涨的模式来完成的，一般会形成三个性质有所不同的大波段，这三个波段之间既有其各自明显的特征、差异，又有内在的关联性或逻辑性，从而在整体趋势上形成了比较完整的结构。而且，这种结构与人体结构有着类似之处，这样，大体上就可以将大趋势划分为足部上升阶段、腰部上升阶段和肩部上升阶段，而腰部正好属于足部上升段和腰部上升段之间的过渡期和蓄势期，因此，腰部是上升趋势发展过程中一个非常特殊的过程、区间、区域，这就是其基本含义或定义。腰部的这个定义是比较抽象和模糊的，为此，需要对其明显的特征进行分析概括，才可能更好地识别和把握，下面将逐一对其进行分析。

◎ 腰部的位置

腰部位置的确定，有两个标准或参照物，也就是时间和空间。时间上，必须在始于趋势足部即底部第一上涨波段高点之后，因为只有先完成第一波上涨才会出现腰部，所以，第一波的高点就是识别腰部的一个最重要的标准和参照物。但这里需要注意两点：一是底部必须得到可靠的确定，否则，就有可能误把反弹当成趋势第一波，至于底部的判定前面已经论述过了；二是第一波是一个总体范围，并不见得就是单纯的一波，更可能是反复而又性质上平行的多个小波。空间上，腰部必须在底部最低点之上50%~150%的范围内，超过这个范围的话，一般就不是腰部。假如超过底线的话，那就可以肯定不是腰部，说明底部还没有完成，因为，既然是腰间，就必须离最低点有足够的距离；而假如超过高限的话，则较难判断，要么是极为强势的品种，要么是极为投机的品种，还可能是短期涨幅过大但已经到顶的品种，最好不要参与。此外，腰部的底线位置，还有一个很可靠的常规技术判断标准，那就是必须在年线附近，一般会与年线缠绕在一起，股票必须如此，而期货则用短一些的均线更好。

◎ 腰部的形状

总的来说，腰部必须是较窄幅的价格区间，在20%~30%的范围内是最普遍的，也是较好的，宽度一般不超过50%，如果将图表尺度拉长的话，看起来就像一条腰带，这也是腰部形象上的含义。至于具体的形状大体有三种：一是箱型或三角形震荡区间；二是半月形区间；三是标准的平台。以前两种居多，而以后两种为佳。对此，常规的中继形态学虽有一定的判断价值，但却并不全面，最大的缺陷是脱离大盘而孤立地分析，很容易出现形态判断失误。

◎ 腰部的成交量

总的来说，腰部的成交量是逐步萎缩的，整个上升趋势中的地量，绝大多数会出现在这个区域，但不能把缩量绝对化，其中局部也还是有放量的，且成交量有限的起伏也是正常的，只不过放量必须温和，且不能过大，过大的话多半就存在问题。

◎ 腰部的均线和指标

腰部区间的均线必须满足以下三个条件或特征中的两个：一是受到年线的支撑，紧贴年线盘整或窄幅波动，但年线较适用于股票，期货、外汇以60或90日均线为佳；二是日周期内的长、中、短各种均线必须收敛或聚合在一起，中短期均线之间的距离必须在10%以下，长期均线也不能离得太远；三是日线、周线的均线和指标形成同步，也就是说，彼此在几乎相同的位置。这三个条件其实就是不同技术周期的共振现象，这是非常有价值的技术和买点。

◎ 腰部的时间

腰部的时间跨度虽然没有共同的标准，但却以半年到一年之间为佳。否则，过短的话，腰部调整就会不充分，蓄势不足，后市的上涨很难把握；而过长的话，则说明品种弱势或不是主流品种，不应该选择。但时间跨度必须和另外三个重要因素联系在一起来分析：一是流通盘大小。一般而言，流通盘的大小与腰部的时间成正比关系。这是因为盘子的大小与筹码收集、形态调整关系密切。此外，它与个股受市场关注程度也有关，热门股通常腰部时间较短，而冷门股通常腰部时间要长一些。二是大盘指数。如果指数长时间调整或弱势的话，那就必然会拉长个股在腰部驻留的时间，反之亦然。三是与该品种趋势启动前的底部形态相关。如果是长期盘整或震荡的底部，那腰部时间就会短一些，如果底部停留时间不长，则腰部必然会拉长，这也是符合能量守恒或此消彼长的道理的。

综上所述，腰部是一个十分重要而技术特征又较为明显的位置或区间，在此买进有很多的优势：其一，确定性好，买进标准明确，可以用来认定腰部的方法很多又相对简单易行，这一点与底部买进比起来更加明显，因为底部的判断难度是很大的，可用的方法一般投资者也不容易掌握；其二，安全性高，因为之前的底部已经确定，排除了继续大跌的风险，腰部的出现和完成更加封闭了下跌空间，即使买入价格不太理想，也只会浅幅和短期被套，而并没有什么可怕的；其三，见效快，盈利高，稳定性好，不会像底部买进那样，可能会受很多折磨或等待之苦，因为在腰部之后，就是趋势的主升浪。

当然，腰部买进还有两个需要注意的问题：第一，腰部特征

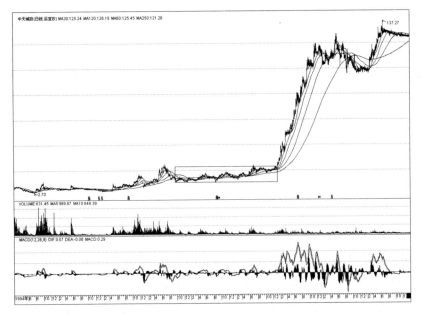

图2.2

以及技术比较适合个股，而不太适合指数，或者说指数的腰部没有个股那么明显和容易把握；第二，腰部买进主要是一种趋势投资的技术分析方法，侧重于从上升趋势的结构、形态等外部特征来捕捉买入时机，但仅此是不够的，还必须进行基本面分析，尤其选股更是如此，不能光看技术面，没有基本面支撑的个股，即使技术面很好，也不要轻易买进，更不能重仓买进；第三，这一方法特别适合捕捉那些持续强势的股票，如介于白马、黑马之间的二线股以及未被市场充分认识的优质股、潜力股。

最后要说明的一点是，腰部的概念和方法与艾略特波浪理论中的上升趋势五浪结构类似，也是受到其启发而产生的，上升趋势的足部、腰部、肩部三个上涨波段，大体可以视为波浪理论中的第一浪、第三浪和第五浪，但笔者是不赞同波浪理论中那些不合理或违背现实的规定或所谓铁律的，因此，不要用波浪理论来看待和使用腰部技术。

腰部买进在理解和运用上虽然不算太难，但涉及的理论和具

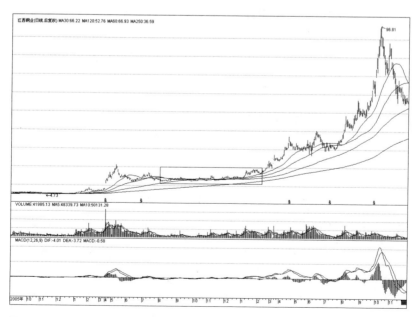

图2.3

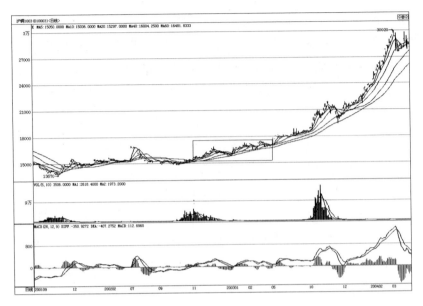

图2.4

体方法还是有很多，对此，笔者在《市场乾坤》、《图表智慧》中有更充分的展开说明和具体的案例，这里只举三个强势腰部的例子（图2.2、图2.3、图2.4，图中方框处即为腰部），更多的案例请参看笔者的《图表智慧》一书。

第五节　严进宽出

Section 5

　　以上所讲的主要是确定买卖时机的一些基本的也是最重要的方法，但仅此还不够，还有一个与买卖时机相关的大原则也是必须坚持的，那就是严进宽出，实际上这是买与卖之间不完全相同的安全法则。

　　买进中的"严"字主要包括以下要求（其中的内容在选股一章还要详述，这里只是扼要地加以介绍）：

◎ 严肃慎重

许多投资者在买进股票时过于随便，一般都是在受到短期因素的影响下买进的，如大盘上涨、个股冲高、机构媒体推荐、朋友建议等，无论是对大盘还是个股都没有深入研究，最多也就是在技术走势上做了一些粗浅的分析。总之，缺乏严肃认真的态度，这样轻率地投资是很危险的，更是难以成功的。正确的态度应该是，每一次投资、每一次买进，都必须当成人生的一次重大抉择来看待，就像对待就业找单位、婚恋找对象、安家买房子一样。只有这样，才会慎之又慎、比较又比较、考虑又考虑，尽管最后仍然还有可能出错，但起码不会后悔没考虑，只是受能力、经验所限考虑不全面或不深入而已。因此，只要深入、谨慎、耐心地思考过，那即使是错了也会学到很多东西，能力也可以得到快速提升，不至于因为没有经过认真思考，错了之后也是糊里糊涂，从而很快就忘了。

◎ 标准严格

这一点虽然也包括对大盘的分析判断，但更主要的是体现在个股的选择上。由于大盘涉及的因素众多，要想准确把握，相对于选股而言，难度也许要更大一些，这难免会造成错判的风险。因此，个股的选择就显得更为重要，也必须更加严格，在避免个股本身的风险，同时也降低大盘错判的风险，尽可能地在出现最坏的情况下争取最好的结果，那就是即使大盘或底部看错而跌了，自己的个股也比较抗跌或者比大盘跌得少一点，但若能逆势上涨那就更好了。

在这方面，巴菲特依然是最好的学习榜样。他曾反复说过，他买进一家公司的股票，最好是能持有几十年的，不仅大盘跌无损于它，哪怕是交易所停办也不怕，正是这种严格，使巴菲特在50多年的投资生涯中，选出了政府雇员保险公司、华盛顿邮报公司、可口可乐公司、美国广播公司、吉列公司、富国银行等12只值得长期持有的股票，并为其赢得了世界首富的伟大成就，相当于平均4年才选出1只符合他标准的股票，其严格真是到了苛刻的程度。在巴菲特的榜样作用下，国内也有这样的投资者，提出要用364天去看年报、调查、思考，而只用一天时间去买股票。所买入的股票必须"万千宠爱在一身"：既要企业有竞争力，又要寿命长；既要有垄断优势，又要管理层能干；既要能高速成长，又要负债低等。而且严格规定凡是超过20倍市盈率以上的，不管是什么股票，通通不买，必须等到价格合适的时候才买，即使等三五年都没关系，否则，宁愿放弃。虽然这种做法有些绝对化了，在中国未必行得通，但其思考的方法和严格的做法，却是十分可取的，很值得投资者借鉴。

◎ 简单易行

除了标准严格外，还得要求标准简单易行。如果仅仅是为了标准严格而把标准弄得很复杂的话，那同样是不可取的。这方面巴菲特依然是大师和榜样，为了遵循简单易懂的原则，连比尔·盖茨及其微软都被他排除在外。他说："我只喜欢我看得懂的生意，这个标准排除了90%的企业。你看，我有太多的东西搞不懂。幸运的是，还是有那么一些东西我还看得懂。我要找到它们，就要从最简单的产品里找到那些杰出的企业。因为我没法预料到10年以后，甲骨文、莲花或微软会发展成什么样，所以，尽管比尔·盖茨是我碰到过的最好的生意人，微软现在所处的位置也很好，但是我还是对它们10年后的状况无从知晓，同样我对它们的竞争对手10年后的情形也一无所知。"由于不符合他简单易懂的要求，故而巴菲特从来不买科技股，即使是比尔·盖茨邀请他买自己的微软，他也仅仅是买了一点点。原因很简单，对于那些主营业务不熟悉的企业，自己不好把握。把世界信息产业的霸主都排除在自己的投资选择之外，除了巴菲特，应该没有第二个人能做到了，由此足见他真是达到了很高的自控境界，比世界上最遵守清规戒律的教徒有过之而无不及，令人敬仰。

其实，简单是商业或生意领域的最高境界，往往越是简单的方法越能赚大钱，复杂的方法反而只能赚小钱。比如，沃尔玛始终坚持"天天平价"的理念，想方设法靠最低价取胜，结果做成了世界最大；英国女作家罗琳，40多岁才开始写作，而且专写哈利波特，竟然写成了亿万富婆；日本战败后，邀请了美国质量管理大师戴明博士给松下、索尼、本田等许多家企业讲课，而他只讲了最简单的方法——"每天进步1%"，日本企业家也老老实实地照着去做，结果取得了奇效，日本战后经济的崛起，可以说有戴明博士的很大一份功劳。

与买进时的"严"相反，卖出的标准需要的是"宽"，有句投资格言说得好："买进需要很多理由，而卖出只需要一个理由。"这里的所谓"宽"，主要指的不是卖出标准的具体内容和方法，而是指不确定性风险，一旦投资者觉得自己对大盘或个股的未来走势把握不住时，就应该坚决卖出。卖出的要求之所以与买入的要求差别巨大，是由于二者所蕴含的风险或安全状态是完全不同的：在买入股票之前，资金是自由的也是最安全的，而一旦买进了股票，则一方面获得了盈利的机会或可能，另一方面也拥有了投资的风险，即资金从安全状态进入不安全状态，同时，还丧失了其他投资机会，也就是增加了机会成本，因此，必须慎之又慎，不能打无把握之仗；而在卖出股票时，正好与买入股票相反，一方面结束了未知的盈利机会，另一方面却保障了资金的安全，同时，还拥有了进行其他投资的机会，所以，一旦发现不利情况时，必须立即撤出，就像打仗一样，打得赢就打，打不赢就跑。此外，即使没有遇到不安全因素，如果有更好的投资机会，那卖出也是有利可图的。

与买进的严格与简单相比，卖出的标准似乎要宽泛得多，但是，宽泛只是表面现象，本质上同样必须是严格和简单的，那就是市场的危险性或者自己的无把握性，它是卖出的真正标准。甚至可以这么说，卖出的标准是买入标准的反向运用和操作，当你持有股票时，你必须假设自己还没有持有，这时依据自己的买入标准，是不是同样还会买进已持有的股票呢？假如你不会买进，那就是该卖出的时候了，因为你不买进的理由，其他投资者同样会想到，那就说明该股已经没有什么上涨空间了。因此，买进和卖出的标准和方法，在本质上是统一的，只不过它是一种辩证的对立统一，而不是机械的等同。

第三章

操作次数要少

根据市场规律、投资原理以及中小投资者自身的特点，应该对操作频率做出严格限制，笔者对此的建议是，以年为单位，一年的操作频率最多在3～5次之间，这其中还应包括属于纠正错误的操作在内，若没有出现选股错误的话，那么1～2次就够了。这里的一次操作指的是从买进到卖出的完整交易，严格地说，应该是属于一次整体的投资战役，因此，在一次整体性的投资中，出于战略战术的考虑，分批买进和卖出相同的目标个股，不算是多次交易，而仍然是算作一次。这个规定是以目前单向交易的股市为主的，期货、外汇交易则需要适当放宽，如果股市今后改为双向交易的话，那也应适当放宽。

减少操作可以说是提高投资成功率、获得稳定盈利的不二法门。它是由市场规律和人类认识规律两个方面决定的，实际上也是对趋势的遵循和运用，只不过涉及到较多的理论问题，比起理解趋势来要更复杂一些，而且国内对这方面的研究极少，故而更加需要做专门的探讨，下面将择其重要方面加以阐述。

第一节　投资与概率

Section 1

马克思曾经说过，一门科学只有当它发展到运用数学时，才会完整；我国近代著名思想家及西方文化翻译者严复也有同样的看法，他认为，只有引入了数学，一门学问才能称之为科学。这都是非常正确的结论，因为数学既是自然和社会存在的逻辑表达，又是认识自然和社会最基础的工具。当然，所谓运用数学，最重要的不仅仅是运用数学知识和具体方法，更主要的是要运用数学中的严谨逻辑思维。投资是一门十分复杂的科学和一项高风险的经济活动，更加需要数学思维和方法，其中最突出的是概率。

概率原本是数理统计学中的一个基本概念，用以衡量事件尤其是微观随机性事件发生的可能性大小。在自然和社会之中，有很多现象就其具体过程来说是无规则的，但是通过大量的试验和观察，就其整体来说，却呈现出较大的规律性，那就是概率。所谓概率，用理论的语言来说，就是指受宏观规律制约的某一或某组结果、事件。其发生可能性的大小排列或分布，大体上，如果发生的可能性在30%以下，那就是小概率事件；如果可能性在30%～60%之间，那就是中概率事件。如果可能性超过60%，那就是大概率事件。大家最熟悉的小概率事件现象是彩票，经过科学计算，体育彩票特等奖的中奖概率分别是：30选7的中奖概率为二百零三万分之一，35选7的中奖概率为六百七十二万分之一，36选7的中奖概率为八百三十四万分之一，37选7的中奖概率为一千零二十九万分之一，"6＋1"数字型玩法的中奖概率为五百万分之一。许多赌博游戏也是小概率事件，所以才叫博彩。大家最熟悉的中概率事件是投掷硬币定胜负，以及双方实力旗鼓相当的比赛结果竞猜，都是一半对一半。大家最熟悉的大概率事件是生物遗传性和生活习性，如龙生龙、凤生凤、老鼠的儿子会打洞，狗改不了吃屎，萝卜白菜各有所爱，门当户对，小人得志便猖狂等。

正如法国数学家拉普拉斯所说："生活中最重要的问题，其中绝大多数在实质上只是概率的问题。"针对不同事件的概率大小分布，人类普遍的决策原则是，选择大概率事件而放弃中小概率事件。比如，恋爱结婚，假如男女之间各方面条件相当或者男强于女的话，那么成功的概率就高，而若是男方各方面条件总体上与女方差距很大，那成功的概率就较低；又如民众的富裕程度，假如某个地方土地资源好、文化水平高、技术水平发达，那么，民众达到普遍富裕的概率就高，反之贫穷的概率就高。正因为这样，人们在婚恋时，就会尽量找门当户对的人家，而在就业或迁移时，就会尽量选择富裕程度普遍较高的地方。但人类中也有一部分人特别喜欢甚至迷恋于中小概率事件，其原因是多种多样的，有些是出于无知，有些是出于贪婪或想走捷径，这类人常被称为赌性大，有些是因为有强烈的好胜心或出人头地的愿望，从而敢于面对挑战。这其中的多数情况是不可取的，比如，社会中总有少数人，毫不考虑所追求结果的可能性有多大，仅凭强烈的主观意识或很偶然的成功经历，就一厢情愿地蛮干或盲目坚守，这是对客观规律尤其是概率大小缺乏基本认识的表现，守株待兔的典故就是对小概率事件无知的讽刺。另外还有更多的人，明知自己所追求的东西或结果成功的可能性小，但却总是在侥幸心理的支配下，不顾一切地投身其中而不能自拔，博彩、赌博甚至许多犯罪，都属于这种类型。但社会中也有许多领域，虽然属于中小概率范围，却是社会所需要的或有重要意义的，如革命、作战、探险、科考、科技攻坚等，从事这些工作的人，既需要面对很大的困难和挑战，又需要面临失败的巨大风险，明知山有虎，偏向虎山行，这是非常值得敬佩和学习的。

市场趋势和价格变化属于经典的概率学范围，其判断预测和投资操作总体上属于中小概率分布，其未来的具体方向基本上是无规则或不确定的，因而事先不可能准确地画出或测定从A到B的轨迹，最多只能大致确定其发生的概率。因此，资本市场的投资也就与概率密切相关，甚至可以说投资就是对市场运行概率的评估和选择，如果不能深刻地理解和正确地运用概率，那么想要获得投资的成功，几乎是不可能的。

当然，掌握投资上的概率并非一定需要高深的数学知识，就像巴菲特说的那样，有小学数学知识就基本够了，最核心的是要掌握概率中所含的思维方法和决策理念。其实，追根溯源，概率本质上就是哲学中必然和偶然关系的数学表达或具体化，只有真正把哲学学通学透，才能真正理解概率，才能在投资中更好地运用概率，至于是否懂得高深的数学，则并不是问题的关键。

第二节　市场的中小概率机会

Section 2

虽然社会中的绝大多数人是以大概率事件或分布来作为宏观

决策依据的，但人类社会中总是存在许多属于中小成功概率或中小概率分布的领域，除前面刚提到过的之外，还可以列出不少，像文艺创造、竞技体育、政党竞选或执政、高级官员选拔等都是。这些领域，从整个社会构成的角度看，属于机会较小、成功难度大或成功比例低的领域，常常被称为高风险领域。所谓高风险，实际上就是指中小概率机会。尽管这样，但由于其为社会所需，有存在的客观要求，故而必然就需要有人去做，也必定会有人去做，虽然其付出的代价或失败的可能性大，但成功后的收益也大，即所谓的高风险与高收益相匹配。资本市场投资也正是这样一个领域，其中小概率机会或分布表现在好几个方面，对此，简要阐述如下。

资本市场投资的利润，一方面来自上市公司的红利，另一方面来自股价上涨的差额，由于中国的上市公司能持续分红的很少，即使分红比例也很低，因此，投资股票的主要收益还是来自上涨的价差。而要获得价差，就必须有趋势，也就是我们常说的有行情可做，所以，中国的股票投资主要是靠行情吃饭的，假如股价长期静止不动甚至下跌的话，那么就不会有盈利了，若是买入价格过高，则还会发生亏损。可是，上涨趋势不是说有就有的，更不是中小投资者个人所能决定得了的，即使是大资金、大机构，也无力独自仅凭资金实力就制造出上涨趋势来，趋势的有无、大小，完全是市场说了算。

根据以上原理可知，股票投资和古代的农业很类似。古代农业一半靠劳动，一半靠天吃饭，即使在科技已经很发达的今天，这一状况也没有完全改变，所以，农业要想获得好收成，除了勤奋劳动外，还得有老天爷风调雨顺的配合，假如自然灾害频发，那农业肯定就要遭殃，而气候条件的好坏是由不得农民自己决定的。同样，股票投资的收益状况，一方面取决于投资者的个人能力，另一方面更取决于行情或趋势状况，前者是投资者通过努力可以提高的，而后者则是投资者完全无能为力的，如果没有行情或趋势，投资者唯一能做的就是等待即不操作，假如没有趋势也要轻举妄动，那就必然会受到市场的惩罚，就像农业遇到灾害一样。

从概率的角度来看投资，尤其是单向交易的中国股票市场，其上涨趋势行情的分布，在时间上最多也只能达到中概率程度（这在前面已经分析过），因此，它实际上还不如靠天吃饭的农业收成的概率高，即市场出现无法盈利的下跌趋势或无趋势的概率，要大于农业遇到自然灾害的概率。建国以后，中国平均每3.0～3.5年就会出现一次严重的自然灾害，其中旱灾占57%，水灾占30%，风雹灾占8%，霜冻灾占5%。也就是说，以年为单位的话，农业遭遇灾害的概率约为1/3即33%左右。而同样以年为单位，中国股市至今为止的走势，出现盘整或熊市即没行情的时间则占到一半多一点，也就是50%多一点，如果将时间单位一步步缩小到月、周、日的话，那没有盈利趋势的时间比例还要更高，即使是在牛市，也不是天天都涨的，大小调整的时间也要接近牛市总时间的约一半，这样算下来，中国股市几乎有将近2/3，即70%左右的时间都是没有盈利机会的，也就是不能操作的，剩下趋势明显、适合盈利的时间则只有1/3多一点，即不到40%的概率。单就盈利趋势的概率就可以看出，频繁操作是不符合市场客观规律的，如果采用中长线策略投资的话，那投资所需要的操作次数就更加少了，一年2～3次操作和5次为极限的规定，基本上就是这么得出来的。

总之，在常规的中长线投资原则下，就大趋势上涨概率而言，股票操作必须多看少动，才符合市场规律。

前面已经谈过了指数中等的上涨趋势概率，据此，要求投资减少操作，下面再随机抽取两个个股趋势，来看看情况会怎样。

图3.1为界龙实业1994年上市至今的全部历史走势的周线图。即使就现在的事后诸葛亮来看，根据趋势原理、技术方法和波段投资要求，也只有3次投资机会，即A—B、C—D、E—至今，但其中C—D的机会，对绝大多数投资者而言都是没法把握的，因此，15年中真正有把握的机会只有两次。

图3.2为深康佳1992年上市至今的全部历史走势的周线图。从现在的角度看，根据趋势原理、技术方法和波段投资要求，有5次投资机会，即在A、B、C、E、F处买进，但B处的机会不容易把握，C处则是一次失败的底部，F处必须结合大盘才能把握，

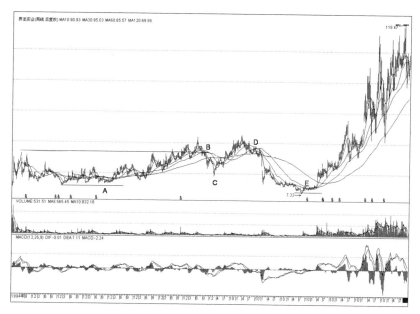

图3.1

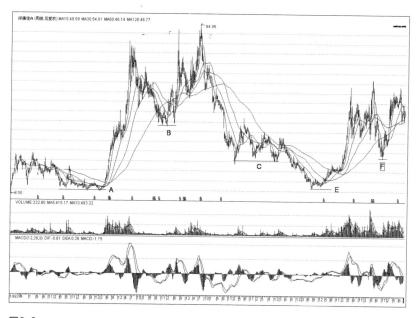

图3.2

单看本图不是合适的机会，因此，仅仅从该个股的历史走势看，17年中真正有把握的机会也只有两次，即A和E。

最后，从最基础和稳妥的投资方法即价值投资及其安全边际理论来看，更是属于小概率分布，因为，只有当价格低于价值且其企业经营管理出众时，才符合价值投资的要求，才能进行投资。以这样苛刻的买入条件和选股条件来衡量市场的话，其时间、机会占市场运行总时间和所有股票的比例也是很低的，也就是小概率分布。像中国等新兴股市，指数和个股符合价值投资的机会更加少，连1/5即20%的时间和概率都不到。假如严格以价值投资的标准来衡量中国股市已经过去的近20年，那单就指数而言，就只有1995年、2005年、2008年三次大熊之后的底部，才基本满足价值投资的买入条件，且持仓时间也没有多长，因为指数或股价上涨之后，很快就由于超出了价值投资允许持仓的范围而必须卖出了。就个股而言，虽然情况要好一些，但也好不到哪里去。

所以，无论是以趋势还是以价值为投资的标准，市场和个股符合标准的时间和个股数量都属于中小概率分布，从而也就必然要求减少操作。由于这个问题后面还会进行论述，这里就不再展开了。

第三节　投资的大概率法则

Section 3

尽管资本市场的投资是一个属于中小概率机会的领域，但为了资金安全，投资又必须遵循大概率事件选择或决策原则，或者说在不确定的市场中寻求确定性较高的部分，这就是投资上的大概率法则或确定性法则。只有这样才能做到最大限度地规避市场风险，赢得市场利润。从概率的角度来看，股市投资就是在中小概率机会中寻找大概率事件，或者说选择大概率事件，放弃小概率事件。

如此看来，投资是一个在概率上相互对立或矛盾的选择：一方面，资本市场整体上只有中小盈利或成功机会，属于中小概率事件领域；另一方面，要想获得投资成功，就必须在中小概率领域中寻找大概率事件，这样才能把有限的机会变成丰厚的利润，这虽然是一对矛盾，但却是符合辩证法的。凡是矛盾的事物，要么由一方消灭另一方，要么由一方改造另一方，只有这样才能在矛盾中取得胜利，否则，就必然会失败，而很少有共存的余地。在革命和战争中，你不是打败敌人或改造敌人，就是被敌人打败，而绝对没有共存的余地，投资也是这样。所以，投资是非常艰难和残酷的事业，不是成功就是失败，几乎没有妥协和相容的空间，必须时刻小心谨慎，没有较大的把握，绝不能出手，而这自然就要排除频繁的交易，只有少做才会少错，否则，就必然是多做多错。

其实，将投资的中小概率机会和大概率要求换一个角度来看，本质上一点也不矛盾。投资的中小概率机会，主要是站在客体即市场对象各种不同状态的分布角度去看的，也就是说，市场运行中值得投资的趋势、时间、时机即机会，占市场运行的比重是中等偏下的，是一种局部与整体的比例关系；而投资的大概率要求，则主要是站在投资者主体即个人的立场去看的，也就是说，投资者的每次操作都必须建立在较深入、全面的分析从而具有较准确的判断基础之上，才能获得成功，它比较的是主观认识与客观市场相符合的程度，也是指具体趋势、机会本身的可认识性程度，这样一来，即使趋势、机会发生的概率在整个市场运行中是小概率事件，但只要趋势、机会具备较多的可知特征或规律，同时，投资者又具备相应的认识把握能力的话，那么对一次特定的投资来说，它依然可以变成大概率事件。因此，所谓投资的大概率法则，既包括市场的客观规律性要求，又包括投资者认识和驾驭市场的主体能力要求，是一个在实践中难度非常大的原则，正所谓富贵险中求、艺高人胆大。就像驾驶飞机、走钢丝、复杂的医科手术、野外探险等活动，它们对于绝大多数普遍人来说，是成功率很低的高风险领域，但对于能力超群的飞行员、杂技演员、名医、探险家来说，却依然可以说是大概率事件，否则，若是经常发生事故的话，那他们的职业也就没法干下去了。

为便于理解，可以打个如下的比方来说明机会小概率分布和投资的大概率法则之间的关系：有个叫王老五的投资者，自股市成立后就参与投资，尽管进进出出，但由于辨不清涨涨跌跌的方向和形形色色的个股，故而总是亏损，这就迫使他改变投资策略。当觉得市场模糊、自己看不清时绝不出手，哪怕一年一年地等待也坚持这一点，但2005年的大底部他看准了，于是，他选了一只多年透彻研究的股票买入并持仓两年多，结果仅这一次投资就让他翻了身。这其中的概率关系或原理，与古代古董经营"三年不开张，开张吃三年"的生意经是一样的。

要想实现投资的大概率法则，有两个基本途径：一条途径是不断提高市场的趋势判断和驾驭能力，从而纵横捭阖、战胜市场，这是索罗斯所选择的道路；另一条途径就是设定严格的投资底线或原则，不做聪明人而做本分的老实人，这是巴菲特所选择的道路。笔者认为，对绝大多数中小投资者而言，更适合走巴菲特的道路，若走索罗斯那样的道路则是不太现实的，因为具备索罗斯那样的天才般能力的神奇人物，是极少的，就像政治领域几千年才出一个毛泽东一样，资本投资领域中的索罗斯，也可能是几千年才出一个。

为什么说巴菲特的道路更适合投资者呢？这是由资本市场的社会性所决定的。尽管资本市场投资属于高风险的人类活动领域，但它是建立在社会经济基础或实体经济之上的，是典型的社会实践领域，与上面提到的驾驶、走钢丝、医科手术、探险等完全属于改造自然的领域，是有很大不同的。那就是，资本市场的风险不是自然力量所天赋的，而是在投资者的认识冲突、矛盾、局限以及体制缺陷等相互作用下所形成的。因此，这样的风险比起自然风险来，其实是具备内在的自我保护机制的，用通俗的话来说，就是存在着兜底功能。这一点，和游泳池的原理一样的，因为去河流、大海中游泳，有着难以预测和克服的天然危险，于是人们建起了游泳池，尽管这样也不能完全排除危险，但由于游泳池的底部和水位是固定有限的，更是事先设计清楚的，故而其危险也受到了很大的限制和约束，即使是最不会游泳的人，去到游泳池最深的地方游泳，也是相对安全的，所以死在游泳池的人几乎没有，而死在河海中的人却有很多。资本市场所具有的社会性兜底功能，其实就是我们常说的价值，价格始终是围绕价值在反复波动，尽管我们无法知晓其具体的波动轨迹，但只要我们看住这条价值底线，坚持等到价格低于价值时才参与投资，那么风险就大大降低了。这与投资的大概率法则恰好是一致的，也正是价值投资的依据和理念所在。因此，价值投资不属于索罗斯那种追求聪明的做法，而是假设自己最愚蠢的保守做法，它之所以成立，是依赖于市场价值底线的存在，就像许多人尽管不聪明，但只要按照遵纪守法、勤劳刻苦的社会和人生底线去做，就不会存在什么大的社会危险，不遇天灾的话，至少是能够平平安安过完一生的，发财致富也是完全有可能的？

价值投资看似简单保守，但却是获得投资大概率事件最有效的保证，因为它依据的主要不是个人的聪明才智即对市场的分析判断能力，而是社会和市场公认的底线和准则。这是一种大智若愚的做法，当市场上绝大多数投资者都这么做时，也许还看不出它有多大好处和有什么突出之处，可当市场上的投资者都不这么做时，价值投资反而会显得尤为突出，巴菲特的成功不能不说是存在着这样的背景，那就是没有几个人能像他那样确信价值投资并长期不懈地坚持下去。

任何投资都是在和不确定性作战，不可能有100%成功的投资方式，但由于有价值底线或中轴的存在，故而市场的风险或不确定程度才就有了一个可衡量的客观社会标准。单纯就理论而言，在股票价值所在的位置买进的风险是不高的，当价格向上不断远离价值时，其风险率或不确定程度也就随之不断加大，因此是绝对不能投资的。而当价格向下不断远离价值时，其风险率或不确定程度也会随之不断降低，也就越接近于大概率事件，用价值投资的术语来说，就是安全边际越高。所以，在价格跌到价值的位置后，再继续往下跌的话，就应该越跌越买，这正是倒金字塔买进策略的本意。

投资大师巴菲特所坚持的价值投资，其本质上就是坚持大概率事件或确定性法则，他说："我们希望进入那些概率计算准确性高的交易""我把确定性看得非常重，承受重大风险的根本原因在于你事先没有考虑好确定性。"并且他认为这种确定性与股市波动和股价涨跌无关，"我从不试图通过股市赚钱，我们购买股票是建立在假设它们次日关闭股市，或者在5年内不重开股市的基础之上的。"巴菲特追求的确定性主要在于两个方面：一是来自于公司内在价值的持续增长，因而，他坚信价值最终会决定价格，"市场可能会在一段时期内忽视公司的成功，但最终一定会用股价加以肯定"；二是来自于安全边际即买入价格和内在价值之间的正离差，它是投资成功的基石，只有足够的安全边际，才能提供足够的投资安全保障，"铺设桥梁时，你坚持可承受载重量为3万磅，但你只准许载重1万磅的卡车通过，相同的原则也适用于投资领域"。让我们来看看巴菲特买入韦尔斯·法戈和购买可口可乐普通股票的决策过程，看看他是如何具体运用大概率或确定性法则来进行投资的。

1990年10月，伯克希尔·哈撒韦公司购买了500万股韦尔斯·法戈公司的股票，共投资2.87亿美元，每股的平均价格为57.88美元，从而使伯克希尔成为这家银行的最大股东，拥有已发行股票的10%，可是，这笔交易别人却是难以理解的。韦尔斯·法戈位于美国西海岸的加利福尼亚地区，而该地区当时正处于严峻的经济衰退之中，尤其是银行的贷款资金都被住宅抵押所充斥，而该银行又是加利福尼亚地区拥有商业不动产最多的，故而，在年初股价曾攀升至86美元后，随着投资者的大批抛售，股价急骤下跌，但巴菲特却心中有数。

伯克希尔曾在1969年～1979年间拥有伊利诺伊国家银行和信托公司，它使巴菲特认识到，一家银行的长期价值取决于它的管理层，优秀的管理者总是在寻求降低成本的方式，而且他们很少做有风险的贷款。韦尔斯·法戈银行当时的总裁是卡尔·理查特，他从1983年就开始经营这家银行，且成绩显著。在他的领导下，银行建立起了坚实的放款业务，银行的收益增长率以及资产回报率均高于平均值，而且它们的运营效率也是全国最高的。尽管如此，巴菲特还是考虑到了以下三方面的可能风险：一是加利福尼亚发生大地震，从而完全摧毁了借款者进而摧毁贷款给它们的银行；二是发生全局性的企业萎缩或者金融恐慌，从而殃及所有高度借贷的机构；三是建设过度，导致西海岸的不动产价值下跌，并将这个损失转嫁给融资给它们的银行。虽然哪一种可能都不能排除，而巴菲特却根据自己的研究和判断，认为发生地震和金融恐慌的概率都极低(巴菲特没有给出具体数据，但以他一贯的做法，低概率应该是指低于10%的概率)，然后他重点分析第三种风险，并且认为，不动产价值的下跌不会对妥善经营的韦尔斯·法戈银行产生太大的问题。巴菲特解释说："考虑一下具体数字吧。韦尔斯·法戈目前的税前年收益在扣除贷款损失的3亿美元之后，仍超过10亿美元。如果银行全部480亿贷款的10%（不限于不动产贷款）遭受像1991年那样的重创，而且产生损失（包括前期利息损失），平均损失量为本金的30%，那公司仍能保本不亏。"这等于是说，即使银行放贷业务的10%遭受损失，仍然存在保本的安全边际，而且这种情况被巴菲特排在低概率一档之中。巴菲特继续说："如此糟糕的一个结局——我们认为发生的概率很低，似乎不可能——也不会使我们沮丧。"这样，在巴菲特脑中罗列出的这几种场景，无论哪一种对韦尔斯·法戈产生长久重大损失的概率都很低，所以，购买韦尔斯·法戈股票赚钱的机会是2∶1，相对犯错误的可能性只会减少而不会增加。尽管如此，市场仍将韦尔斯的股价打压了50%，只不过这伤害不到巴菲特。这个例子充分说明了概率和确定性对投资的重要性，还是巴菲特的话说得更专业："请记住，如果你用概率权重来衡量你的收益，而用比较权重来衡量你的亏损，并由此相信你的收益大大超过你的亏损，那么，你可能刻意地进行了一桩风险投资。"

巴菲特购入可口可乐股票，更是对大概率或确定性法则更为经典的运用，同时也运用了集中投资和长期持有的原则。他经常说可口可乐代表着几乎肯定的成功概率，因为可口可乐有着100多年的投资业绩数据可查，这些数据构成了一幅频数分布图，所以，自1988年起，巴菲特就注意到，市场上对可口可乐的定价比其实际的内在价值低了50%～70%，与此同时，他对公司的信念从未改变过，他坚信可口可乐能击败市场平均收益率的概率正在不断地上升、上升再上升。由于大家对此都比较熟悉，故而此处就不再详述了。

关于大概率或确定性法则，国内股市也有少部分这样的个股，比如大家熟知的贵州茅台。对此，国内的价值投资者李某，在2005年深圳"市民投资论坛"上所做的《如何在中国做价值投资》的演讲中，有过精彩的描述，不妨摘录如下：它有本行业而且还有本民族赫赫有名的"国"字号顶尖品牌，有悠久的历史、持续稳定的盈利能力；它的产品独一无二，离开了它所在的地方，别的地方没法生产，因此，它本身不会被任何外地企业所复制；它的产品不怕积压，甚至越积压越值钱，它的存货价值就高达几百亿；它的产品具有极强的自主定价、提价能力，能够抵御原材料涨价和通货膨胀，有利于投资者保值增值；它的产品口碑极好，国家历任领导人都给它做过无形广告，不需要多少广告成本；它的产能因为工艺复杂，总是供不应求，市场占有率只有1‰左右，总有发展空间，你不用担心它的市场会饱和；它的每股净利润指标、净资产收益率在本行业一直名列前茅，它的年平均利润增长率不低于30%，它的毛利率高达80%；它的负债率极低，因而抗风险的能力极强，自有现金非常充裕，即使不融资，也可以马上自主投资扩大生产规模；它的产品还未销出，就收到大量预付款，没有应收款的麻烦；它的管理层优秀，是本行业的技术权威，且管理得法，一直立足主业。这样的企业及其发展，没有任何可担忧的，其投资收益也完全是看得见的，属于确定性极高的大概率事件。

第四节　投资的认知局限性

Section 4

从根本上说，投资的成功率靠判断的准确性来保证，而提高判断准确性的基本途径，只能是不断提高投资者的分析判断能力，但有一个前提条件，那就是减少操作。不仅如此，而且减少操作同时也是一种投资策略，且这一策略或方法与能力的关系不大，人人都可以掌握和运用，关键在于要做到自我控制和严格遵守。但是，要完全、深刻地理解这一点，必然涉及到一个较复杂、深奥的哲学基本问题，那就是客观事物和主观认识的关系。在上两个题目中，探讨了股市盈利趋势、机会的中小概率分布和投资的大概率法则尤其是价值投资的底线保守性，那些已足以证明股市投资必须少操作的客观依据，但减少操作的理由并不限于客观方面，主观方面同样也存在着必须减少操作的制约性，那就是投资者对市场及个股认识判断的局限性和错误的可能性。

虽然实证分析已经确认，中国股市的趋势性上涨达不到总时间的1/2，但为了研究的方便，就假设一半时间上涨，一半时间下跌，因此，理论上适合操作和不能操作的概率各占50%，单从这一点来看，能操作或持股的总时间仅占所有交易时间的一半。可是，这只是从宏观上确定了盈利或操作概率的分配，而具体什么时候趋势上涨并操作持仓的问题并没有解决，就像投掷硬币确定胜负或猜测生男生女一样，人人都知道是一半对一半的机会，但事前谁也无法确定机会是否一定会落到自己所押的一方。尽管股市的上升趋势作为单独事件，不像投掷硬币或生育那样完全无法预测，但要时时或次次都判断准确，同样是不可能做到的事，且不说短期的走势，就是中期以上的趋势，判断准确率达到70%以上的都很少。可是，如果大势判断准确率低于60%的话，那基本上就没有盈利的可能，因为剩下的40%错误再加上交易成本，已经足够抵消掉60%成功判断操作的盈利。对许多投资者而言，不仅判断准确率达不到60%，就算能达到，还会因心理或其他原因导致错误及亏损，比如，看得准做不好，大盘准个股错，盈利时盈不足而亏损时却不断放大，等等。

从认识论的角度看，无论是客观世界的整体还是局部，也无论是人类整体还是个人，其对客观事物的认识，都是一个由浅入深、由少到多的漫长过程，这其中要经过很多的曲折和错误，付出很大的代价乃至牺牲。就拿我们最为熟悉的中国近现代的发展和复兴来说吧，自西方通过资本主义取得领先地位之后，中国就一步步地衰落了，但由于闭关自守和独自尊大，故而并没有意识到这一点，直到鸦片战争彻底失败后方才醒悟。此后的一百多年，为寻找富国强民、重新崛起之路，几代人开始进行接力探索：先是试图走保留封建体制的改良或改朝换代的道路，如洋务运动、戊戌变法、太平天国，但很快就失败了，证明此路不通；接着想完全复制西方的资本主义道路，进行资产阶级革命，这就是辛亥革命和国民党统治，虽然推翻了几千年的封建王朝，使社会、经济、文化获得了一定程度的发展，但贫穷落后、被动挨打的状况却并没有得到根本改变；最后，在共产党的领导下，选择了走社会主义道路，把马克思主义与中国实践相结合，先是通过统一战线取得民族革命和民主革命的胜利，再建立社会主义新中国，这样一来，才奠定了中国强大的基础。至此，还只是获得民族政治上的解放，如何发展经济、实现真正富强的问题还没有解决，于是，建国后继续进行社会主义发展模式的探索，到今天又经过了60年，方才确定了有中国特色的改革开放社会主义发展道路的方向和框架，但依然有许多问题还需要继续探索。这样看来，对中国现代化和复兴之路的认识，将要花费整个中华民族两百年以上的漫长时间，可见认识之艰难、代价之巨大、个人甚至一代人的局限性之显著。

当然，股市的复杂程度与中国这样一个历史悠久的大国和现代化这样巨大的课题，是不能相提并论的，但股市认识的难度对单个投资者而言，与一个民族认识和选择自己的发展道路，在性质上可以说是完全一样的，何况股市本身就是一个小社会，更是整个大社会和时代的浓缩。更详细地分析起来，导致投资者对股市认识困难和局限的因素，主要有以下方面：

第一，从股市内部来看，它是一个极为复杂的自组织社会经济系统，有基本制度和众多法规、条文，有企业、政府、投资者等多种不同利益群体参与其中，有各种各样的阴谋诡计，等等。因此，其复杂程度不亚于人类社会的任何其他领域，如政治、军事，要想准确认清这样一个复杂的对象、系统，其难度可想而知。

第二，从股市与外部的关系来看，股市系统与所在国其他系统乃至整个世界的政治经济，时时刻刻都在发生着密不可分的联系和变化，国家乃至世界的重大要素都会或多或少地掺杂在其中，要想弄清其中错综复杂的结构、格局，肯定是很不容易的。如果割裂或忽略股市与外界的联系，那么单看任何一个方面，得出的结论肯定都是不正确的，关于中国股市政策市、资金市、晴雨表的说法就是如此。

第三，无论是股市内部还是外部及其相互联系，都是不断地动态发展变化的，这种不断的变化，同样会给投资者的认识带来很大困难。可能你已经对过去的股市有所认识和感悟，自觉摸索出了一套行之有效的技术分析方法，今后准备据此大干一场，但市场却很快就发生了变化，尤其是像中国这样的新兴股市，其变化更加迅速，从而使过去的认识更片面了，过去的方法也就随之失效了。回顾不到20年历史的中国股市投资，这样的例子太多了，想当初20世纪90年代，券商呼风唤雨，做庄顺风顺水，可没几年大批券商就资不抵债、门可罗雀，不得不被重组或兼并；同样，像德隆、中科等曾经傲视群雄的庄股大鳄，无不相继被淹没；至于个人投资者中的所谓股神、专家、技术秘诀等，至今到底又有几个是真正成功的呢？

第四，投资的客观和主观之间、基本面和技术面之间，总是相互缠绕在一起，很多时候很难分清楚到底是谁影响了谁，及哪个的影响更大，中短期的价格波动或趋势更是如此，市场也往往不按常规出牌即不按常规的技术逻辑运行，反而会经常受到某些非经济、非理性因素的左右。索罗斯就是这么看的，并获得了成功，而且这种状况在过去的中国股市是非常普遍的，投资者盲目地追涨杀跌无时不有，由此促成的涨停个股几乎天天可见，就是大盘指数也因经常受到全体投资者心理、预期、偏见、情绪等主观影响而暴涨暴跌。可是，这种主观的、群体的心理变化，比任何基本面、技术面的变化都来得更快和更缺少规律性，中小投资者要想准确把握这种纠缠不清的市场，何其难也。

第五，投资者的知识和经验缺陷，极大地限制了其对股市的正确、全面认识。每个投资者由于其各自的成长经历不同，所受教育程度不同，所学专业不同，所从事的工作不同，所具备的知识结构不同，所拥有的学习和思维能力不同，兴趣爱好不同，等等，故而对股市的认识往往会受到较多的局限，经常会犯知其一不知其二的机械片面化错误，就像盲人摸象，摸到什么就认为是什么。学经济的就把股市看成晴雨表，学金融的就把股市看成货币作用或资金推动的结果，学社会或心理学的就把股市看成群体行为或非理性的产物，学财务的就从企业会计报表找投资依据，学数学的就从市场统计找投资依据，学法律的就从市场规则找破绽，学物理的就想方设法计算市场各种力量的相互作用，学技术分析的就总是在K线、成交量、形态、指标上兜圈子，而研究基本面的就总摆脱不了政策、经济增长、企业估值等的纠缠，等等。这种认识上的片面性，是一种非常普遍的先入为主的社会现象，是思维定势对认识的干扰或不良影响，其对投资的危害是很大的，比对股市毫无所知的危害还要大，因为无所知反而可能会让投资变得谨慎，可一知半解最容易胆大妄为和自以为是地固执，就像夜郎自大和坐井观天一样。

第六，投资者的个人主观欲望和不良的心理素质，会严重地妨碍对股市的客观认识。当一个事物与当事人没有利害关系时，当事人一般比较容易保持较客观的态度或较公正的立场，而一旦某一事物与自己存在利害关系时，当事人对事物的认识判断，就很容易受到主观心理或态度的影响甚至左右，正所谓"不识庐山真面目，只缘身在此山中"。投资是与当事人的利益密切相关的认识和实践活动，胜则盈利，败则亏损，而且非胜即败，十分残酷，因此，当投资者决定投资或已经参与其中时，对市场的认识判断往往会受盈亏影响而变得很主观，从而降低甚至完全丧失判断的客观性原则。持股在手的话，总是偏向于看涨，而对不利因素，则有意无意地过滤掉；空仓的话，则总是偏向于看跌，而对有利因素，则会有意无意地过滤掉。许多投资者应该都曾有过这样的感受，当自己不参与投资或操作时，对行情判断的准确率较高，而一旦自己投资操作，判断就常常出错，其原因就在于利害关系严重影响了认识的客观性。

第七，散户的诸多条件限制。相比于职业投资者和机构投资者，中小散户在认识上的限制更多，局限性更大。诸如信息渠道不畅、时间精力不够、企业调查不能、市场研究不足、投资训练缺失，等等，所以也就更加难以全面、深刻、准确地把握市场，面对机会和风险，要么浑然不知，要么不知所措。

既然投资者认识股市存在很大难度、诸多障碍和局限，那么除了提高认知能力和心理素质外，减少操作更是一条保障判断准确性和投资成功率的重要途径和原则。减少操作，可以起到如下一些重要作用：

其一，降低盲目性，使投资操作更加有的放矢，避免无谓的损失。当自己看不清楚或没有把握时就不要操作，哪怕行情很红火也一样，只赚自己有能力赚到的钱，自己看不到的钱，就不是自己该赚的钱，正所谓"宁愿错过，不可做错"，"留得青山在，不愁没柴烧"。

其二，少做多看，使自己拥有充裕的时间精力，以便更好地研究市场，反省自己的不足或弱点，提高自己的分析判断能力，为准确地把握好下一次投资机会做好充足的准备。假如像有的投资者那样，成天进进出出的话，那又哪来的时间和精力去深入研究分析，这样也就很难提高水平和能力，而只能吃老本或止步不前了。

其三，少操作其实也是对自己精神世界的修炼和心态的自我调控。投资有一个区别于其他事业的突出特点，那就是它不能老是使劲，不能盲目地勤奋不断、战斗不止，它必须要静养等待，这不是无所作为，更不是偷懒，而是市场和投资特殊性的必然要求，因此，静养等待也是投资的一部分。这一点与古代自然农业必须遵循气候的四季变化和土地休耕的原理是一样的。土地生产只能在春季播种，秋收后翻耕，冬季静养，如违背这一原理的话，哪怕是再勤奋努力，也是劳而无功，不仅无益，反而有害。同样，投资也要遵循趋势的发展变化规律，由于趋势很多时候处于漫长的调整或积累之中，这时是不能操作的，长线投资自然不必说，就是中短线也不能做，如果勉强去操作的话，那必然会以失败告终，既然市场规律要求投资者休息，若逆规律而行的话，就肯定要受到惩罚。所以，静养等待既是一项投资的基本功，更是衡量一个投资者成熟与否的重要标志，在资本投资领域，应把更多的时间精力放在观察和跟踪市场上，而不是放在操作上，这就像猎人打猎，将绝大多数的时间用于寻找猎物和等待最佳出击时机，而扣动扳机射击的时间则是极为有限的，假如一个猎人时不时地经常扣动扳机，那他绝对不是一个优秀的猎人，也就不会有好的收获。

笔者提出股市认识的难度和有限性问题，并不是说股市完全不可知或毫无规律，不管股市有多复杂、认识有多难，它总是存在不少相对固定的规律的，而且这些规律是可以被认识的，否则，股市就没有投资的可能和价值了。对此，笔者的《市场乾坤》一书已经做过较充分的阐述，这里之所以从反面来指出股市认识的困难，是为了让投资者更谨慎地对待股市和投资，不打无把握之仗。

第五节　财富的时间复利

Section 5

无论是价值投资还是趋势投资，要想使收益高或实现财富的最大化增长，最好的办法就是利用时间的积累效应或者说资本的复利式增长效益。正因为这样，价值投资才提倡长期持有，而趋势投资也要遵循让利润随趋势充分增长、把损失控制在一定范围内的原则。这就要求减少操作，不要因为频繁的进出而破坏投资时间的连续性或积累效应，它同时还是概率的运用，因为时间的积累效应属于大概率事件，滴水穿石、愚公移山就是这样，而短期利润最大化则是小概率事件，花无百日红、好梦难圆就是这样。

所谓时间积累效应或资本复利增长，就是大家所熟悉的利滚利，尽管如此，笔者还是要提供一些分析材料、数据，以加深投资者的印象。用24美元买下曼哈顿，是一个在美国流传已久的故事，其大致梗概和含义是这样的：1626年，荷属美洲新尼德兰省总督Peter Minuit花了大约24美元从印第安人手中买下了曼哈顿岛；而到2000年1月1日，曼哈顿岛的价值已经达到了约2.5万亿美元，这样看来，以24美元买下曼哈顿，Peter Minuit无疑占了一个天大的便宜。但是，如果转换一下思路，Peter Minuit也许并没有占到便宜，假设当时的印第安人拿着这24美元去投资，按照11%(美国近70年股市的平均投资收益率)的年投资收益率计算，到2000年，这24美元将变成2380000亿美元，远远高于曼哈顿岛的价值2.5万亿，几乎是其现在价值的10万倍。如此看来，Peter Minuit是吃了一个大亏，那么，又是什么神奇的力量让资产实现了如此巨大的倍增呢？它正是建立在时间连续积累基础上的资本复利，所以，大科学家爱因斯坦就说："复利是人类发明的第八大奇迹，它的威力远大于原子弹。"一个不大的基数，以一个即使很微小的数量增长，假以时日，都将膨胀为一个庞大的天文数字。

当然，尽管24美元对任何一个现代人而言都不是问题，但370多年确实是太长了。下面，我们另外再看一个一生可完成的例子，如果你可以做到以每年32%的收益率让财富增值，且坚持30年以上，那么，你的财富就可以从25万增长到10个亿，这正是巴菲特和索罗斯的财富之路。1956年，巴菲特与朋友投资10.5万美元入美国股市，从此开始了其投资生涯，同年，索罗斯携5000美元来到纽约，也开始其投资生涯，而到2007年，巴菲特的财富已由起家时的10.5万美元达到520亿美元，索罗斯则由起家时的5000美元达到85亿美元，其各自的财富分别增长50万倍和170万倍。也就是说，1956年投入的1美元，在经过50年后，巴菲特把1美元变成了50万美元，索罗斯则把1美元变成了170万美元。看一看巴菲特投资中国股市的个案实例，应能更加清楚：他在2002年～2003年期间，购买了总价4.88亿美元的中石油H股，到2007年底出手时已达40亿美元，守了5年的时间，却获得了10倍的增长，年收益率为200%。

尽管要达到索罗斯那样高的年平均收益率和巴菲特投资中石油那样的短期高收益率，对很多人来说并不现实，但达到巴菲特长期约30%的年平均收益率，在中国股市投资者中，还是有少部分人有能力可以做到，而要达到美国股市长期约10%的年收益率，则有更多的人可以做到。可无论是哪种情况，能真正持续做到的却很少。问题的关键在于，中国的投资者有着极不正确的强烈暴富心理，他们并不满足于10%～30%的年收益率，反而幻想通过不断短炒来提高收益率或增长率，结果，欲速则不达、聪明反被聪明误，这是对投资概率缺乏认识或者即使认识到却没有耐心做到的缘故。

资本投资致富与其他劳动致富有着本质的不同，那就是资本投资不像其他致富或成功那样，与勤劳成正函数关系，越勤奋努力越有可能致富。相反，资本投资是与时间成正函数关系，也就是要少操作，而不要瞎折腾，尽可能依据原则长时间持有不动，用耐心来与时间配合，这和道家所说的无为而无不为的道理是一样的。巴菲特的耐心也是常人难及的，比如，面对市场大熊的到来，他在1969年离开市场，直到1973年才回来，此外，即使巴菲特买进的是好股票，照样免不了短期的下跌可能，他也只能靠耐心等待，这一点在纳斯达克网络狂热时表现得最为明显。

从以上分析中可以看出，资本或股票市场投资，是受到很多主客观因素约束的，不管是客观制约还是主观制约，都能使投资无论是在时间上还是空间上都不能随意而为，而必须接受市场规律和个人局限性的约束。不仅投资是这样，其他社会事物或活动也是如此，越是难以达到的目标，约束就越多，比如宗教，由于行善的目标最难实现，所以宗教的约束是最广泛严厉的；同样，政党为了维护组织力量，对于秘密、变节的约束也是很严厉的；而婚姻由于是大众化的社会生活，故而其约束则相对较少及简单，一般只是规定婚姻的合法性就够了。

第四章

Chapter 4

持股品种要少

少而精，可以说是成就任何事业的一项基本原则，股票投资也不例外。这一点说起来简单，但要做好却很不容易，它涉及到很多因素，需要多方面的知识，笔者只能就个人的理解，提出一些原则性的参考建议，不可能面面俱到。

第一节　持股数量和选股方法

Section　1

中小投资者的资金一般在几万到几十万之间，过百万的不多，如果上了千万的话，那就不能再算中小投资者了，而是已经接近于大资金的范围。而即使是最小流通量的个股，在股价最低的时候，其市值都要超过一个亿，因此，一个中小投资者就是把全部的资金投入一个股票，对其价格也不会造成什么影响，更是远远达不到法律需要公告的界限，同样也就不存在进出不畅的问题。因此，中小投资者集中买入和持有一个股票，不存在任何法律和技术上的障碍，但要是如基金那样的大资金，那就不一样了。

那么到底持有多少股票才合适呢，虽然没有绝对标准，但依据以下理由，笔者建议中小投资者持股数量的极限是5只，以1~3只为佳，并且一般来说，在大牛市环境下，持股可以适当多一些，其他市道，如果有好的局部趋势或个股机会的话，仓位最好集中于一个股。也许是所见略同吧，巴菲特也认为投资者买入6只股票就是极限了，"一旦你进入对企业做评估的领域，下定决心要花时间、花精力把事情做好，我会认为投资多元化，从任何角度来说，都是犯了大错"，"对任何一个拥有常规资金量的人而言，如果他们真的要懂得所投资公司的生意，6只已经是绰绰有余了。"

持股要少而精的主要理由，有以下几点：

第一，好股票少。巴菲特从1956年开始，50多年来投资了近百个股票，但最赚钱的还是可口可乐、吉列、华盛顿邮报、运通、富国银行及多个保险公司等，加起来也不超过20只；日本的首富山英太郎，他的成功也是投资了几只日本证券市场的龙头股。之所以会这样，就是因为好股票太少了，一旦看准了好股票并有了好的买入机会之后，就必须坚决买进并长期持有。在世界经济数一数二的美国、日本尚且如此，在市场经济和股市历史都很短的中国，好股票就更加少了。假如把因为资源或历史特殊原因而成的茅台、五粮液、云南白药去掉，再把由于政策垄断而起的万科、招商银行、平安保险等去掉，真正以技术和经营管理等完全竞争条件下的优势衡量的话。依笔者之见，中国股市只有中兴通讯、格力电器等几个有限的股票基本上符合好股票的标准，或者说已经具备了好股票的雏形，绝大部分股票或企业，要么不成型，要么没有得到市场充分竞争的检验，或多或少享受着国家政策或特殊体制的保护。

正因为好股票少，才使得投资成功也变得很难，假如好股票众多的话，那投资反而就变得简单了。不过，这也是符合历史和社会规律的正常现象，就像历史上的政治家、军事家、思想家、文学家等一样，特别优秀并获得普遍认可的人总是极少数。尽管企业经营领域比起政治、军事、思想等领域来，内涵要小一些，而参与其中的人数却要多得多，但真正要长期搞好一个企业也并不容易，其涉及的面非常广，所需要的素质和能力也非常高，与治理一个中小国家本质上差不多，所以，好股票少完全在情理之中，在世界经济已经基本全球化的今天，无论是一般消费者还是投资者，即使从全世界的视野看，公认的好企业仍然是屈指可数。

第二，自己能把握的股票更少。每个人的能力都是有限的，每个人的优势也都是有限的，在所有的股票当中，无论其优劣程度怎样，一个投资者真正能理解和把握的个股也是为数有限的。所以，在股票投资选股中，虽然理论上所有的股票都能选，可是按知己知彼的原则，选股实际上是受到个人能力、经历、专业等很大限制的，可选择的范围是很有限的。即使是巴菲特，为避免自己认识或知识局限带来的错误，在2008年之前，就从来不选自己不了解的科技股，连鼎鼎大名的微软都要放弃，一般投资者就更不要说了。

第三，集中投资是成功的普遍原则。组合或分散投资一直被认为是科学的投资法则，许多中小投资者也相信这一点并加以采用，结果，哪怕是只有两三万的资金，也要买两三只股票，而有几十万资金的，最终会持有几十只股票。其实，无论是从理论上还是从实践上看，分散投资都是错误的做法，看似正确的把鸡蛋放进几个篮子的安全策略并不成立。生活常识告诉我们，人们去市场买了鸡蛋后，放入一个篮子或袋子并好好保护才是最稳妥的，没有谁会把一两斤鸡蛋分成十个八个篮子分开装，即使是卖鸡蛋的，也是一大篮一大篮地装起来的。再看实践，巴菲特、林奇、费雪、索罗斯等最成功的投资家，哪个不是集中持有或重仓出击，国内这样的例子也很多。例外的只有公募基金，它们迫于法律规定，必须采用组合投资，但这未必就是投资经理的真实想法，像连续15年跑赢指数的Legg Mason基金经理比尔米勒就说过，如果不是契约的限制，他只会买三只股票，这说明他也是认同集中投资的。这一点，在实业投资领域也是要遵循的，全球500强里最优秀的公司，都是实行清一色的专业化经营战略，而搞多元化投资或经营的则很少有成功者，一百多年来硕果仅存的几乎只有一个通用电气。国内较好的上市公司，也是一些集中做主营的企业，经营多样化的公司，多半都是经营不善的企业，许多垃圾股票更是如此。

第四，时间精力也不允许持有太多股票。管理学上有一个叫管理幅度的理论，又称控制幅度。该理论原理表明，一名主管人所能够直接领导、指挥和监督的下级人员或下级部门的数量及范围是有限的，法国管理学者格兰丘纳斯认为，控制幅度应限制在"至多5人，可能最好是4人"之内。笔者是相信这一点的，因为我有过在国家事业单位和中型民营企业分别从事过多年中层和高层管理的实践经验，股票的管理也应该遵循同样的道理，而且甚至更难。所以，持仓超出5个以上的话，就会出现混乱，就很难做到恰当处理，说得难听点，当出现不利情况需要止损出场时，恐怕会连股票代码都记不得，更不要说及时交易了。

　　至于选股方法，内容就非常多了：一方面，有基本面方法和技术面方法之别；另一方面，在基本面和技术面方法的内部，又有很多分支和具体方法，尤其是技术分析方法更是数不胜数。但不管怎么样，万变不离其宗，归根结底，既要有基本面的根基，又要有技术面的印证，这与要求一个人表里如一的道理是一样的。基本面是一只股票的内涵，技术面则是其外表或言行，言行夸大就是华而不实、投机，是靠不住的。反之，虽然有内涵，但却总是无法施展出来，也同样是有问题的，这说明其内涵存在较大缺陷。

　　由于选股的具体内容下面将要专门论述，所以，关于选股方法，这里只强调一点，那就是必须用时间来检验一只股票到底好不好。俗话说："路遥知马力，日久见人心。"选股也是如此，不经过长时间的检验，就很容易被许多短暂的假象所蒙蔽，这样的例子每个投资者肯定都经历过不少。那么，多长时间比较合适呢？依笔者之见，认为至少要半年以上，也就是说，如果你打算买某只股票，你就必须对它有超过半年的研究和跟踪观察，没有这么长的研究观察时间的话，就坚决不要买，半年之后，如果仍然看不清，那就继续观察，直到你能准确地下结论为止。不过，这样一来，就存在一个投资的衔接问题，而解决这个问题的办法，应该像企业的产品开发一样，生产一代、储备一代、研究一代，形成三个梯队。换成投资，则是分别规划持有的股票、储备的股票、研究的股票，也是不断保持三个梯队，一般来说，上一年要选出下一年打算投资的股票，这样，投资就会很有计划、准备和步骤了，就不会造成盲目、轻率、混乱的状况。

第二节　首选兴盛产业个股

Section 2

　　选股不管用什么方法，最根本的一条，是要确定一个相对宏观的总范围，也就是选股的宗旨和最高标准，依笔者之见，这个宗旨或范围，只能是在投资当期及未来一段时期处于兴盛状态的产业。这里的所谓兴盛状态不能完全从经济学、产业学的意义上去理解，而必须将其与投资及股市的实际状况相结合一起去理解，因此，它包括多层含义，但主要是三个领域或范围。

◎　**长期稳定的产业**

市场经济的本质，是通过生产分工和产品交换来满足人类需求，而人类需求是非常广泛的，这些不同的需求有着不同的重要性和特质。根据美国心理学家马斯洛的需求层次理论以及人们长期的生活经验，不难得出这样的结论：那些有关生命、安全、尊重和文化习俗等方面的需求，不仅在需求的量上很少发生变化，就是产品形式的变化也都是较缓慢的，这样的产业、经营就具有较长期的稳定性。就我国来说，最明显地属于这类产业的主要有餐饮、食品、饮料等与吃相关的消费品，尤其是与文化习俗和社会风俗相关的酒类、烟草等产业和产品，更是长盛不衰，因此，在这些领域也就容易产生牛股。中国股市过去的大牛股，基本集中在这个领域，如茅台、五粮液、张裕、云南白药、恒瑞医药、双鹤药业等，也使得消费品和医药成为机构尤其是公募基金最偏爱的投资领域，今后，这些领域依然会是长期的热点或稳定的投资对象。

巴菲特更是特别看重长期稳定的产业，他指出："对于投资来说，关键不是确定某个产业对社会的影响力有多大，或者这个产业将会增长多少，而是要确定任何一家选定的企业的竞争优势，而且更重要的是确定这种优势的持续性。""我喜欢的是那种根本不需要怎么管理就能挣很多钱的行业，它们才是我想投资的那种行业。"他进一步将产业的稳定性与产业吸引力联系起来，并用百货零售业与电视传媒业的对比，来说明其产业吸引力的概念：虽然许多零售商曾经一度拥有令人吃惊的成长率和超乎寻常的股东权益报酬率，但是零售业是竞争激烈的行业，这些零售商必须时时保持比同行更加聪明，否则突然间的业绩急速下滑就会使得他们不得不宣告破产，许多人不理解巴菲特为什么没有投资沃尔玛，原因恐怕就在这里。相比较而言，作为电视传媒业的地方电视台，即使由水平很差的人来经营管理，仍然可以好好地经营几十年，如果交由懂得电视台经营管理的人来管理，那么其报酬将会非常高。由于美国经济相比于中国经济，处于一个更高的层次和阶段，再加上文化、国情的差异，故而其长期稳定产业与中国有较大差异，主要集中于高端或规模化的制造业、服务业、石油采掘业等领域，大牛股也往往产生在这里，如通用电器、可口可乐、吉列、沃尔玛、微软、花旗、汇丰、埃克森石油等。而中国长期稳定的企业，除了垄断性行业外，要么在相对低端且消费同质性强的食品领域，要么在消费差异化较大的医药领域，但随着中国经济的进一步发展，情况肯定会发生一些变化。

◎　正在兴旺期的产业

一个国家在漫长的经济发展过程中，不同的阶段会有不同的产业居于主导地位或处于兴旺期。它们或者受巨大消费力量的拉动，或者受社会和科技变革的推动，或者是受国家产业政策的优惠，抑或是产业自身的升级，总会有那么一段时期增长快速、业绩突出，那么，这样的产业就是最好的投资对象。

中国改革开放后尤其是股份制改革和股市诞生后，大约经历了四次不同产业的兴旺更替以及相应的投资高潮，相应产业的兴旺和炒作时间都在3年左右：第一次主要是外贸、商业、家电等产业，时间在1996年～1998年之间，它们是改革开放最先市场化和受益的产业，从而造就了苏物贸、厦门国贸、辽宁成大、王府井、四川长虹、青岛海尔、新大洲、连大冷等第一批大牛股；第二次是以高科技、信息网络为主的相关产业和企业，涉及面很广，但主要在电子、信息、医药等领域，时间在1999年～2001年之间，但这个产业在中国的水平很低，并不成型和成熟，更多的是受美国信息网络化和所谓知识经济的影响，因此，带有较大的泡沫性、投机性，但同样产生了很多牛股，如深科技、天津磁卡、清华同方、紫光古汉、夏新电子、海虹控股、上海梅林、东方明珠等，历史上几个最著名的投机庄股也是在这个背景下产生的，如亿安科技、中科创业、银广夏、东方电子等；第三次是以国有大企业为代表的重化工业等国民经济支柱产业，主要是化工、电力、钢铁、汽车、石化、能源等基础和支柱行业，其涉及面非常宽，诞生的相关牛股也非常多且时间宽度大，其中以"五朵金花"最具代表性，尽管其行情发动的2003年～2004年间，大盘处于熊市弱势环境且都是大盘股，但同样产生了宝钢股份、长安汽车、上海汽车、扬子石化、中国石化、华能国际、长江电力、招商银行等熊市牛股；第四次是以房地产（包括关系密切的银行）、工程机械、建筑材料、有色金属、能源煤炭等为主的资源型产业和上游产业，时间集中在2005年～2007年之间，余波至今还在，其根本的推动力源于中国投资拉动型的经济发展或增长模式，且在这些产业中有不少同时具有政策和资源的双重垄断性质，再加上世界性资金流动泛滥所导致的货币贬值和国际商品期货的大涨，使得这次投资炒作最为疯狂，所产生的牛市更是多不胜数。以此类推，下一次的高潮产业肯定会发生新的变化，其中，以新能源、高科技、机械制造、服务等产业兴旺并成为投资主流的概率较大。

相反，只要行业高潮过去或衰退，其相关企业就不再有很好的投资机会了。例如，四川长虹、青岛海尔、TCL、乐凯等不错的公司，因消费饱和或产业衰退，再加上缺乏自主知识产权，技术含量不足，也就难以获得投资者的青睐了。当然，在衰落的产业中，有些整体上是很难再风光了的，有些则是周期性起落的，后者常有周期性机会。

◎ 主流资金追逐中的题材、板块

把主流资金追逐的题材、板块也列入兴盛产业，是从股市投资的现实状况出发来考虑的，也可以说主要是从虚拟经济的角度看待的，这与前两个方面完全是从实体经济的角度来看待是不同的。如1996年开始的香港回顾题材，就使深圳股市大受其益，远远强于沪市，导致深强沪弱达两年之久，如果当时不顺着这个潮流投资深市或沪市的话，收益会大大降低；始于1999年的网络概念也流行了多年，相关股票都有过一轮大涨，随便投资一个网络股都收获不小；而今年出现的新能源概念，也使相关股票大炒特炒一把，只要买入其中一个股票，收益都会超过大盘指数。至于板块轮动更是中国股市的普遍规律，抓住热点板块和踏准板块轮炒的节奏，也是中短线投资的不二法门，不如此的话，中短线投资就很难成功。比如从2008年10月的大跌底部开始，到2009年8月的一轮中级大反弹行情，就反复进行着板块之间的轮动：大致的次序是：医药、农业、建材、建筑板块，创业板、创投概念，新能源板块，有色金属、煤炭板块，房地产、家电、汽车板块，钢铁、银行板块，后来又出现过医改、甲型H1N1流感疫苗、物联网、旅游、60周年国庆等题材的快速转换。

我们知道，中国股市特别流行概念炒作和板块轮炒，只要是与流行概念沾边的个股和属于热点的板块，就会有大量资金流入其中，从而不断推高股价，带来投资机会，而实际上这些概念和板块，往往并没有实质性内容或根本性变化。所以，它仍然属于投机性质，只不过这种投机带有群体参与性，与单个股票投机还是有所不同的，它具有较大的中短期确定性和安全性，比较适合短期资金和职业投资者中短线参与，但中小散户还是少参与为好。

第三节　紧盯竞争优势白马

Section 3

这里的所谓白马主要包括两方面含义：其一，在某一方面或多个方面具有突出优势的企业，一般是各行业的龙头；其二，已经被广泛知晓和认可了的企业。具体又主要包括以下三类上市企业：

◎　资源垄断和品牌效应、特殊意义的企业

由于自然条件、社会历史、文化风俗、长期品牌等特殊原因，使得某些行业中的极少数企业，或占据着特殊资源的垄断

权，或拥有别人无法复制的品牌效应，或二者兼而有之，那么，这样的企业就是最好的投资对象尤其是长期投资的目标。贵州茅台、云南白药就属于特殊资源垄断和历史品牌效应兼而有之的企业，白药是只有云南才有的中药，而茅台酒也只有在当地特殊的地理、气候环境下才能生产出来，尽管这种垄断的主要功劳不能归之于企业，但既然为其所占有，就能产生长期的、很好的效益。还有一些属于社会原因产生的资源垄断也具有同样的性质，如中央电视台、人民日报、烟草专卖等，这类企业假如上市的话，也是有好的投资价值的。而像马应龙、全聚德等老字号以及万宝路、可口可乐、沃尔玛等或历史悠久、深入人心的品牌，尽管没有资源垄断，但其品牌别人同样是无法复制的，也是不允许模仿的，因此，它们同样是好的投资目标。除了上述两类企业外，还有一种企业也具有类似的性质和价值，即那些具有创新意义并占得市场先机从而独具一帜或占据行业制高点、带有标杆价值的企业，如深发展、华侨城、小商品城、苏宁电器、戴尔、联想等，它们要么有独具特色的商业模式或价值，要么有行业发展的代表或象征意义，而方正科技、飞乐音响等企业则具有某种特定的历史意义，它们虽然不如前几类企业那样具有持续稳定性，但在一定的时期内往往具有很大的爆发力和投资价值，从而成为大牛股。

所有这类企业同样是巴菲特喜欢投资的类型，且他把它们归入经济特许权范围，其含义或特征是：产品、服务或是顾客需要或希望得到的，或是被顾客认定为找不到类似替代品的，或是价格不受限制的，从而使公司具有赚取更高资本报酬率的能力，不仅如此，经济特许权还能够容忍不当的管理，虽然低能的经理人会降低经济特许权的获利能力，但并不会对它造成致命的伤害。事实也证明了巴菲特的结论是正确的，根据美国《财富》杂志的统计，在1977年～1986年之间，全美1000家大企业中，仅有25家能取得持续的优秀业绩，即连续10年平均股东权益报酬率达到20%且没有1年低于15%，而这些企业都有着某种强大的经济特许权，能在某个领域长期保持着遥遥领先且难以替代的核心业务。

◎ 技术垄断企业

在完全自由竞争的市场经济条件下，就单一盈利武器而言，只有两个，除了上面分析过的资源垄断外，另一个就是技术垄断，至于品牌则往往是建立在二者的基础之上的，仍然属于延伸的结果，而不是本源因素，只不过一旦品牌得到牢固树立，也就具有了相对独立的意义。因此，技术垄断企业自然也是投资的最佳选择之一，可口可乐和微软就是这方面最经典的例子。在"可口可乐"的产品中，99%是一些水和普通的原料，其奥秘只在于剩余的1%的配方之中，由于公司采取十分严密的保护措施。100多年来，人们对其配方中的神秘物质进行过无数研究、实验，但仍无法破译，竞争对手也想尽了一切办法力图超越，也都失败了，故"可口可乐"至今仍畅销不衰，其创富能力就像是开了一个造币厂。微软的技术虽然启动时不是最尖端的，但在迅速推广并进一步标准化、格式化后，加上公司利用成功后的雄厚财力不断开发更新技术，最终使得其技术和标准几乎统治了整个全球电脑世界，尽管一直受到反垄断打击、制约，依然撼动不了其技术和商业帝国，并使其创始人比尔·盖茨长期占据世界首富地位。

巴菲特应该是推崇这种技术垄断企业的，因为其很早就公开声称要永久持有可口可乐死了也不卖，在1996年的年报中他又说："像可口可乐和吉列这样的公司很可能会被贴上'注定必然如此'的标签。没有人怀疑可口可乐和吉列会继续在其遍布世界的领域中占据主导地位的能力。实际上它们的主导地位很可能会更加强大。在过去的10年中，两家公司都已经明显地扩大了它们本来就非常巨大的市场份额，而且所有的迹象都表明在下一个10年中它们还会再创佳绩。"但巴菲特却不投资同样属于技术垄断的微软，这不能不说是他的失误或对技术、社会变革认识的局限，他自称是因为不了解或看不懂而放弃微软的，这是个诚实的解释，也算是自我解嘲吧。

可惜的是，中国企业的技术水平还比较低，科技创新能力不足，很多核心技术都依赖西方发达国家，关键设备和高端产品得从西方进口，因此，还谈不上技术垄断企业，最多只有在国内拥有一定技术优势的企业。但笔者相信，随着产业从低端向高端的不断发展，经济增长方式从外延、数量向内涵、质量的转型。在国家自主创新、科技强国战略的指引下，以中国人特有的聪明才智、刻苦勤奋、自尊自强精神，经过几十年的努力，一定会出现中国自己的技术垄断企业，将来的最好投资机会也一定会出现在其中，目前这样的势头已经开始出现。

◎ **经营管理优秀的企业**

如果说科技是硬技术的话，那管理就是软技术，而且软技术对硬技术的影响很大。在经济领域和企业中，拥有垄断或尖端技术的毕竟是少数，要绝大部分企业都达到这样的程度是不现实的，但达到平均技术水平并取得一定的优势，则是完全可以做到的；此外，管理是企业的共性，是综合性因素，也是任何企业都能实施的竞争和提高效益的手段，对那些技术含量不高的产业而言更是如此，如商业、文化产业、房地产业、金融证券业、交通运输业、轻工业等，它们本身并不存在太多的硬技术，其经营所用的设备、技术，基本上都是由其他行业提供的，因此，其经营的好坏、企业的生命力更加取决于管理。

这样看来，那些软硬技术平衡发展、管理优秀的企业，是投资的主要对象和最大目标群，巴菲特选股中评估企业价值的几项重要指标，如高净资产收益率、持续充沛的自由现金流、低负债、优秀的管理层等，都属于管理中的内容或结果。只要深入分析世界上优秀企业的长盛秘诀，最后必然会归结到管理上来，美国管理学者吉姆·柯林斯，经过多年的跟踪和大量的数据统计，在此基础上所撰写的《基业长青》和《从优秀到卓越》两书，是对优秀管理造就伟大企业这一命题的最好解答。

中国经济整体上还没有进入管理制胜的阶段，企业经营的好坏主要与产业周期、国家体制、政策垄断关系密切，从而导致同一行业好时大家好、差时大家差的同步化现象，真正具备内生性的核心竞争力的企业、上市公司非常少，假设在一个相当长的时期，以年利润增长率不低于15%、净资产收益率不低于10%为标准来衡量的话，那么中国股市的优秀企业、股票大概不会超过5%。尽管这样，也还是有很少量的企业，其在行业中的竞争优势或地位，主要是通过管理获得的，而并不是政策惠及或行业处于勃兴期所致，如格力电器、青岛啤酒、双汇发展、张裕、三一重工等，而像万科、招商银行、中信证券等较优秀的企业，虽然主要是受惠于国家体制和政策的间接支持，但其领先于同行业的管理，也是其成功的重要因素。

最后，结合中国股市实际，还可以将各大行业及其细分行业中的龙头企业，视为白马看待，一旦行业的机会来临或板块炒作开始，产业龙头都是比较理想的选择，尽管不一定收益最大，但安全性高，获得平均利润绝不成问题。

当然，在白马股中，上面的几个要素往往是集中于一身并相互作用的，靠单一要素就成为白马的并不多，所以，在运用这一方法时不能机械地看待。再者，在一般情况下，白马股的价格都是比较高的，这样，大部分时间是没有好买点或时机的，那就需要耐心等待，一旦大跌尤其是大熊市来临时，就是这些白马股的好买点。这一点中外同理，如在1972年，麦当劳的股价被抬高到50倍市盈率，此时，麦当劳承认它们的盈利无法达到如此之高的预期，于是股价从75美元狂跌至25美元，市盈率变为13倍，这时买进就比较合适了。

关于白马，还有一个重要的命题需要在这里提及，那就是成长企业或成长股，这是价值投资大师也是巴菲特的老师之一费雪提出的选股方法。对此，其在1959年出版的《怎样选择成长股》一书中，对成长股的标准、如何寻找成长股、怎样把握获利时机等一系列重要问题，进行了全面而详尽的阐述，提出了判断成长股的15个要点。其实，从全书的内容尤其是关于成长股的论述来看，都是属于企业管理范围的，只不过作者用了"成长股"这样一个非常有吸引力的名字而已，但从逻辑上分析的话，成长股这个概念是不科学的，更准确的说法应该是他1958年出版的《非常潜力股》一书中的潜力股概念，因此，成长股的真正含义，其实与巴菲特的长期稳定企业是一样的，却不如长期稳定容易理解，反而容易导致误解。因为成长是一个时间概念，如果用于过去的话，那它已经发生了，也就不可能再去投资了，而如果用于未来的话，那它还是不确定的或有待验证的东西。因此，所谓成长股，用于评价过去是毫无问题的，比如，截止2007年，中信证券1年翻15倍、驰宏锌锗1年翻20倍、苏宁电器3年翻30倍、伊利股份11年翻50倍、万科16年翻60倍（均指股价），将它们归入成长股都没有大错。但是，如果将成长股概念用于未来的话，那就只能是一种评估和预测，既然是预测，那无论是定性还是定量都属于概率性质，而没有绝对的必然性，从这个意义上来说，它并不能成为一种独立的选股方法，只是侧重于从企业发展的纵向角度来加以估测而已。而中国投资者却夸大了这一概念，并出现了严重的滥用，随随便便就给一个企业安上成长股的高帽，实际上却是投机。

第四节　关注逐步崛起黑马

Section 4

　　笔者这里所指的黑马，与我们平常所称的黑马含义不完全一样，它特指那些未被充分发觉或基本面发生根本性改变的企业，它与白马有相同的一面，那就是主要从基本面去判断和定义，与国内流行的从技术上认定和判断黑马是不同的。

　　但是，与白马比较起来，它还是有很多不同，这主要表现在三个方面：第一，如果从上市开始算起的话，那么白马在上市之前或上市之初，就已经基本上名声在外或影响较大了，而黑马无论是上市前还是上市后的一段时间里，都比较平淡甚至形象不佳；第二，白马的优势一般能维持较长的时间，但黑马多半只是拥有阶段性优势，也就是说黑马的稳定性比白马要差，只有极少数黑马最后能变成白马，而多数黑马在短期的勃兴后又会重归沉寂；第三，有极少部分黑马本质上应是白马，只是企业历史短、优势和影响不为人知而被称为黑马而已。就黑马的形成原因来说，主要是两个途径：一是伴随产业崛起或升级而兴，二是通过重组而实现凤凰涅槃。将这两个方面结合起来，大致可以将黑马分成以下三种类型：

◎ 成名之前的优秀企业

有些企业一开始就是比较优秀的或起点较高的，但由于发展的历史短，上市之初的价值并没有被市场充分认识，或者市场虽有所认识，但上市之后却正好遇到大熊市而未能得到表现，当市场回暖后才逐步浮出水面，投资价值也慢慢被挖掘出来，因此，使其或多或少带有黑马色彩。像国内股市中的深发展、华侨城、张裕、特变电工、天威保变、小商品城、山东黄金、华兰生物、科华生物、中兵光电等，一开始表现并不突出，但由于企业质地良好，又有着发展的较好机会，很快就冒出来了。投资者若是能发现和抓住这些黑马，那就是最理想的了，中国经济还将有几十年的高速发展期，新股也将不断上市，这样的机会应该还是会有的。

◎ 短期辉煌的企业

有些企业原本平平淡淡甚至默默无闻，但在行业兴盛期或兴起时，很好地抓住了发展机会，短期内业绩突飞猛进，股价一飞冲天，进而成为大牛股和大黑马，可是，或者由于行业衰落，或者因为自身管理并不过硬或并不牢固，使其不能长期保持优秀业绩，很快又归于沉寂。如国内股市中的四川长虹、深科技、盐田港、中储股份、综艺股份、广船国际及有色金属和煤炭能源企业等，基本上都可以归入这一类黑马。尽管这类黑马的含金量不是很足，时间也不是很长，但要是在它们的高潮来临前及时发现和抓住，也是很好的中期投资机会。

◎ 成功重组的企业

在中国股市，只要说起黑马，就不能不提到ST股票及其重组，这是黑马诞生的大本营，只要中国股市的上市和退市机制不完善起来并严格执行，那这一状况就还将继续。历史上至少有半数以上的黑马都是因为重组而形成的，把这个名单列出来将是一大串，比较突出的有琼民源（重组为中关村）、深宝恒（重组为中粮地产）、南油物业（重组为泛海建设）、灯塔油漆（重组为滨海能源）、湖北中天（重组为天茂集团）、燃气股份（重组为华闻传媒）、华亚纸业（重组为金融街）、泰山旅游（重组为浪潮软件）、深益力（重组为一致药业）、兰陵陈香（重组为新华锦）、乌江电力（重组为科学城）、天鹅股份（重组为三精制药）、苏三山（重组为四环生物）、湖北兴化（重组为国投电力）、广西虎威（重组为阳光股份）、时装股份（重组为新华传媒）、九江化纤（重组为仁和药业）、锦州六陆（重组为东北证券）、农垦商社（重组为海通证券）、沪东重机（重组为中国船舶）、四川峨铁（重组为川投能源）、活力28（重组为三安光电）、石狮新发（重组为阳光城）、北方天鸟（重组为中兵光电）等，这些都是重组基本成功的，若包括重组不成功和利用重组炒作的黑马，那就更多了。但这样的黑马，中小散户一般是很难抓到的，只有重组之前获得内幕消息的投资者，才能提前入驻、稳稳获利，当重组消息公布或完全落地时，就不能再买进了，因为此时的价格已差不多到顶了，所以，需要小心对待。

第五节　谨慎对待投机庄股

Section 5

　　笔者这里所指的庄股，与我们平常所称的庄股含义也是不完全一样的，它特指那些缺乏坚实的基本面而主要依靠资金及相关手段炒作起来的个股。由于中国股市各方面的不完善，因此，投机庄股是很普遍的，但最盛行的时候是1997年～2001年这一段时期，其次是2006年～2007年，期间著名的庄家有德隆系、中科系等，著名的庄股有琼民源、亿安科技、中科创业、银广夏、蓝田股份、合金股份、阿城钢铁、东方电子、海虹控股、中粮屯河、啤酒花、湘火炬、兰陵陈香、冠农股份、ST金泰等，今年上半年投机庄家的身影依然不少，且时间越往后，投机庄股越集中于ST板块、中小板及其他小盘股。虽然随着各方面的不断完善和投资者的日益成熟，今后股市中的疯狂投机肯定会逐步减少，但绝对不会消失，因此，对这类股票做些基本分析是很有必要的。

市面上关于庄股的书籍、文章非常多，但这里笔者主要依据自己的认识和理解，对投机庄股的基本特征做一个概括总结，供投资者参考：

一、企业经营发展不佳。投机庄股绝大部分是经营状况很差的上市公司，企业发展不顺利，没有很稳定的主营业务，或者主营业务已经严重衰落，但坐庄者又很想突破窘境或谋求超常经济利益，于是才在投机和二级市场上做文章，企图通过抬高股价来达到目的。为此，常常会编造虚假业绩，如琼民源、银广夏、蓝田股份、东方电子等，有些则利用其他手段拉高股价，有些什么借口都不要，只靠资金说话。这和穷人想发财，却没有门道，又不想吃苦，于是铤而走险或走歪门邪道没有什么两样，假如企业经营不错的话，那一般就不会这么做了。因此，从基本面的角度看，投资者应该远离投机庄股。

二、高度控盘和长时间运作。投机庄股的第二个明显的特征是流通盘小，以一个亿以下居多，这是便于控盘进而操纵股价的需要，也是资金约束使然，流通盘太大的话，要融到足够控盘的资金是非常困难的。与此相关联的是，投机庄家对流通股持有较大的比例，最少的也会超过30%，多的则会达到60%~70%，这样做有三个目的：一是足以控制股价，二是最大限度地获得价差收益，三是抵押融资。此外，为达到控盘和抬高股价的目标，庄家一般需要较长的时间周期来实施整个计划，除非是原来就握有筹码的老庄股，因此，新谋划并完成一个庄股炒作，少则两年，多则三五年，否则是办不到的。但现在已经不太一样了，上市数年的股票，多半已有庄家早就驻扎其中，只要条件允许，就很容易发动个股行情，只有新上市不久的股票，才需要重新进庄。

三、制造投机题材。由于庄股没有业绩支撑，市场形象也差，因此，为了吸引投资者跟风，只有依靠若有若无、真假难辨的题材来诱骗或蛊惑投资者，且这样的题材必须又是市场认可度较高的，其中最突出的概念或题材就是高科技（网络）、重组、业绩增长，但事后证明这些题材往往都是假的或者是被严重夸大的。所以，只要是把某个题材唱得特别响却真假难辨的公司，就基本可以断定为投机股。

四、宽松的市场环境。投机庄股的炒作，就企业基本面而言，是违背经济规律的，基本上是不讲理的，称之为无厘头也毫不过分，但庄家又是一些市场风向、政治（政策）敏感性很强并特别善于借势的人。因此，在大盘环境上很会顺势而为，总要选择在牛市背景和政策宽松的时候，才狂拉猛推庄股，只有在特殊情况或逼迫无奈之下，才会逆大势而上。这有两个好处：一是避免投机风险，不至于陷入枪打出头鸟的局面；二是好风凭借力，既容易拉高股价，又有利于兑现利润。

五、反技术常规运作。虽然庄股在大环境和大势上是顺势而为的，但在局部走势上又往往是逆势操作的，特别是专门反技术常规操作，制造技术骗线：如短期的大幅上下震荡，忽大忽小的成交量，建仓阶段的我行我素，洗盘阶段的刻意打压破位，拉升阶段的对敲放量，出货阶段的假突破，利空不断却股价不跌，利好频出却股价不涨，等等。这样做的目的，主要是迷惑投资者，使其不与自己争利，或不破坏自己的做庄计划，由此看来，单靠技术分析跟庄是很难的，尽管庄股绵绵不绝地出现，但真正在其身上获利的投资者却很少。

在中国股市，找庄家、跟庄股一直蔚然成风、经久不衰，但实际上却没有几个是成功的，被庄股所害的反倒不少，这是必然的结果，甚至可以说是咎由自取。一则，所有的投机庄股不仅不是好股票，反而都是很差的股票，即使有再强大的资金做庄，也改变不了经营管理不善的本质，因此，跟庄相当于与恶人为伍、助纣为虐，迷信强权即真理的荒谬逻辑，即使能成功于一时，但最终的失败却是不可避免的，这也包括庄家本身；二则，尽管庄股总会在市场和技术上露出各种各样的蛛丝马迹，有着不可克服的弱点，但想仅仅凭此就逮住庄家狠狠地咬上一口肥肉，那就太天真了，庄家强势、你弱势，庄家在暗处、你在明处，庄家手段多样、你用一些雕虫小技，如何斗得过庄家；三则，庄家坐庄和做庄成功是两回事，二者之间并没有必然联系，坐庄失败是常有的事，完全可以这么说，能把股价大幅拉高的庄家毕竟是少数，因此，不要认为只要有庄家就成功在握，庄家的成功更需要众多条件的配合，充满着更大的风险；四则，庄家和庄股是不断演变的，在不同时期，庄家的来源、性质、手段都不相同，把过去的办法用在现在，是没有多少价值的，而新的庄家及其手法，也不是马上就能弄清楚的，这样，找庄、跟庄也就很难灵验。

所以，笔者总体上不赞成找庄、跟庄的投资策略或模式，这看似属于高明的以毒攻毒之计，实际上则是与庄家同流合污，走的是一条充满陷阱和风险的歪门邪道，不如走阳光大道更有胜算。当然，少数确实能力高超、对庄股了然于心的投资者，只要自控能力强，善于自我保护，还是可以做的，一般投资者偶尔轻仓尝试一下也无不可，特别是当你对某个庄股有了长时间的跟踪之后，可要是一心一意靠发现庄股来投资，则是不可取的。

下面选取今年（2009年）的几个典型投机庄股实例，并做简要分析。

莱茵生物（图4.1），可以算是2009年著名的投机股之一，借助的是甲型H1N1流感疫苗题材，股价不到一年就翻了7倍。

鲁信高新（图4.2），在2009年投机的名气也不小，主要借助的是创投概念及创业板上市预期，股价不到一年就翻了7倍多。

德豪润达（图4.3），一个很不起眼的企业和股票，但借助新能源题材，股价不到一年就翻了5倍多，恐怕没几个人能想到。

中珠控股（图4.4），一个没有人注意的公司和个股，好像也没有什么题材，但股价不到一年却翻了5倍。

ST金果（图4.5），一个默默无闻的ST股票，多年不衰的重组投机老调，也使股价不到一年就翻了4倍。

在这几个投机庄股中，前两个一般投资者也许还能够发现并抓到，后三个却几乎没有人能发现和抓到。

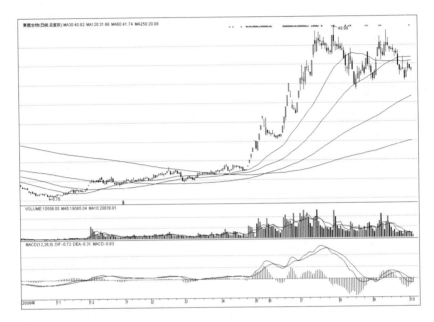

图4.1

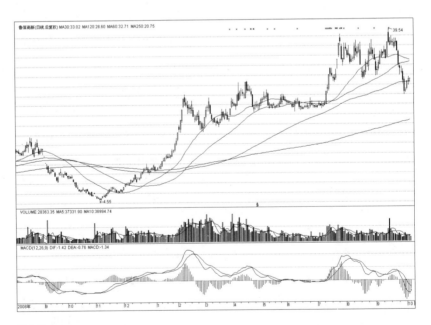

图4.2

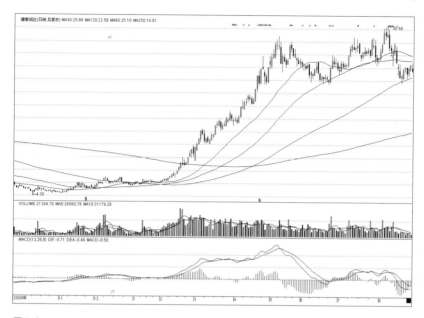

图4.3

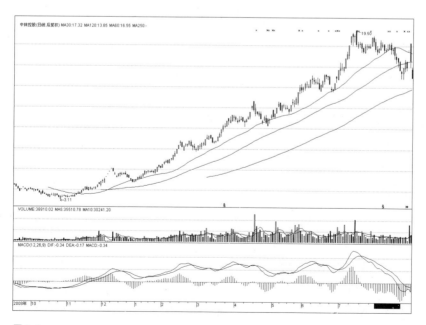

图4.4

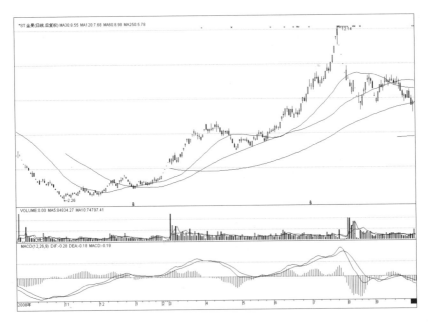

图4.5

第六节　跟踪持续强势个股

Section 6

　　这是从技术面选股的方法，既可作为上述基本面方法的辅助或补充，也可单独发挥作用，尤其是当上述方法效果不佳时，其意义会更加突显出来，特别适合捕捉那些介于白马和黑马之间，或者说既不太白也不太黑的次优企业股票，也就是我们常说的二线股。

◎　**持续强势的内涵**

　　所谓持续强势主要是从技术面去看待的，其突出的特征是：在中长期走势中，相对于大盘和绝大多数个股要表现得更抗跌，且能在相当长的时间内保持总体向上的大趋势。这其中既有基本面的较好支撑，又有资金长期运作的因素，是投资与投机相得益彰或相互结合的典范，最适合中小投资者选择和持有。这类个股，其形象、行为与单位或社会中持中庸之道处世观念的人完全一样，既有一定能力，但能力又不到出类拔萃的程度，既保持做人做事的基本原则、不同流合污，又能做到识时务者为俊杰，对不合理却无法改变的现象圆滑以待。因此，可以说是任何一个社会和时代中绝大多数人的普遍行为取向，也是占据社会中上层的基本力量。

◎ 持续强势股的基本面特征

这类个股的基本面特征可以集中归纳为两点：一是中不溜，虽然企业整体还不错，业绩也相对稳定，但并没有特别突出之处，比较均衡，长期居于市场中游范围，但外延上弹性较大，既可以是中游偏上一点的企业，也可以是中游偏下一点的企业，甚至偶尔也会落在后面；二是企业一般比较低调，很少大张旗鼓地宣传，对外界的评价也不是特别关注，市场整体形象不显山不露水，所处行业也是不冷不热。

◎ 持续强势股的技术面特征

一、独立性较强。虽然总体上与大盘保持大致相同的涨跌节奏，但比其他个股受大盘影响的程度要小得多，有着自己比较明显的走势独立性，即在某些时期内尤其是在熊市中，要强于大盘。

二、趋势持续时间长。它们不像许多个股那样，怎么涨上去就怎么跌下来，而是涨得多跌得少，下跌后的修复快，总体上保持长时间的上升趋势，底部不断抬高，高点也不断上移即不断创新高，虽然短期内都不属于涨幅很大的股票，但累积起来的涨幅却很大。

三、技术走势比较规范大气。从涨跌节奏看，很少有跷跷板式的急涨急跌，成交量也不会忽大忽小。单从技术面看，就像一个比较沉稳大气的人，自控能力强，不走极端，动静得体，相当自信。

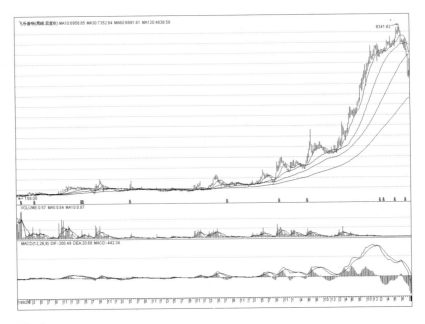

图4.6

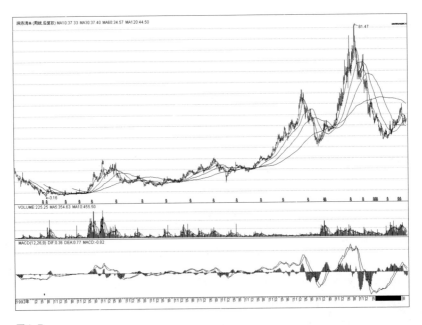

图4.7

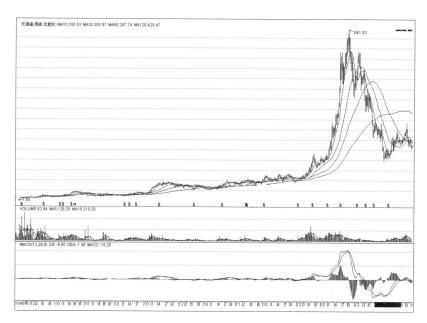

图4.8

　　由于这类个股很难进行理论分析和文字描述，因此，用几个实例及图表来说明更便于理解。

　　图4.6是飞乐音响上市后近11年的走势，整体涨幅巨大，尽管1998年前股价反复震荡，但在指数的暴涨暴跌过程中，依然保持强势向上状态，持续强势特征明显，长期跟踪的话，是可以抓住后面的主升段的。

　　图4.7是深赤湾上市至今的全部走势，该股虽不显山、不露水，经营业绩却一直较好且相对稳定，2007年之前的走势属于典型的持续强势状态，是长线投资的好股。

　　图4.8是天津港上市至今的全部走势，与上图的深赤湾性质相同，走势甚至可以说更稳健。

　　图4.9是思源电气上市至今的全部走势，一直保持强势状态，今后应该还有上涨空间，强势有望继续下去。

　　图4.10是华兰生物上市至今的全部走势，一路相对强势走来，今年又连创新高，这种强势中短期内应该还会维持。

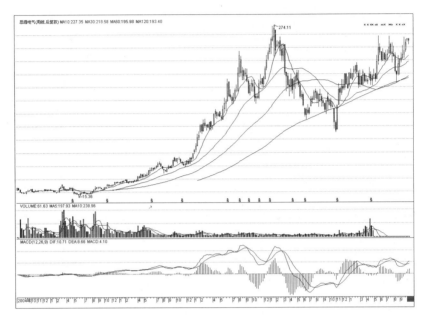

图4.9

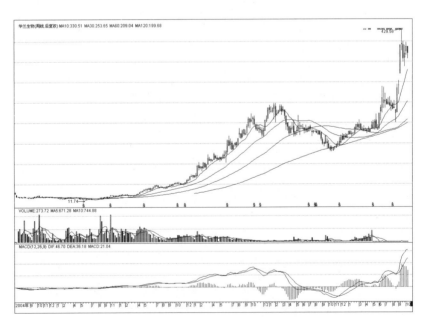

图4.10

第五章
Chapter 5

价值投资与趋势投资相融合

第一节 价值投资和趋势投资互补相联

Section 1

投资所涉及的具体范围和内容非常复杂，但其核心问题却只有一个，那就是如何处理好安全性和收益性的矛盾，进而演变成如何在变化不定的市场和价格中寻找相对确定的一面，也就是上一章谈到的大概率、确定性法则。为此，长期以来，通过不断总结探索，形成了两种主要的判断和处理方法，那就是价值投资和趋势投资，其他更具体或更细分的方法，都是从这两种方法中延伸出来的。由于中国资本市场及其投资历史太短，加之完全是从西方引进来的，所以，无论是对价值投资还是趋势投资，投资者的理解都比较肤浅和片面，实践上自然也就不理想。对此，笔者在《市场乾坤》一书中已经做过适当分析，但仍然很不够，故这里有必要再做深入分析。

◎ **价值投资简析**

一、价值投资的形成。价值投资理论从20世纪初产生至今，只有不足百年的历史，其理论体系的构建，也不是一蹴而就和一成不变的，而是几代人在结合时代变化和个人实践的基础上，经过不断继承、扬弃、深化而发展和完善起来的，其中有四个人贡献最大也最为著名，他们分别是本杰明·格雷厄姆、菲利普·费雪、彼得·林奇和沃伦·巴菲特。

19世纪30年代，西方资本主义爆发了世界性经济危机，整个社会生产萧条，股票市场也处于极度的萎缩状态，造成很多股票价格非常低廉，此时，价值投资理论的奠基者格雷厄姆和多德看到了当时市场中的机遇，那就是许多股票的价格要低于其净资产，并认为如果大量买进这样的股票，日后将获得巨大的回报。于是，他们进一步将这种做法提升为价值投资理论，并撰写成《证券分析》一书，构建了价值投资最初的两个理论框架，即"安全边际"和"内在价值"。但此时的价值投资实际上是很粗糙的，不少价格低于价值的股票本质上是垃圾股，其实际操作虽然被冠以价值投资，却与中国股市大熊之后的抄底性质基本是一样的。因此，曾经辉煌无比的格雷厄姆的投资成绩，在这期间却并不理想，经常发生的情况是，他留住的低价股票一路下跌，而卖出的股票反而一路上涨。

50年代的费雪清晰地看到，因为市场已经发生很大变化，传统的"价值投资"即格雷厄姆提出的"价值绝对低估"的方式已经失去了效用，投资更应注重动态或未来的价值增长，继而提出成长性概念，且强调集中投资和长期持有，先后撰写出版了《非常潜力股》和《怎样选择成长股》两书，他的实践也完全是这么做的，在其投资组合中，从来不超过10只股票，持股的时间也较长，曾持有摩托罗拉的股票达21年之久。

后来的彼得·林奇率先将格雷厄姆和费雪的投资理念结合起来，并且将其成功地运用到投资实践中，从而取得了非常出色的投资业绩。在其投资组合中，绝大部分是按照费雪的成长理论而买入的极少数优秀公司，并且通过长期持有而获取超额投资回报，少部分股票则是依据格雷厄姆的价值投资理论，在被价格市场所低估时买进的，并通过企业的恢复性上涨来获利。林奇在自己的著作中，详细地列举了他选择成长型股票的方法，具体分为6种类型：缓慢增长型、稳定增长型、快速增长型、周期型、隐蔽资产型以及困境反转型。

沃伦·巴菲特是将格雷厄姆和费雪的价值投资理论相互融合，并且取得非凡成就的价值投资者。他常说，自己是"85%的格雷厄姆加上15%的费雪"，这一切已经为大家所熟知。

二、价值投资的理论属性。由于涉及到财务计算和估值方法，故而价值投资给人的感觉很复杂，而实际上其核心理念和方法是非常简单的，一句话就可以说完，那就是低价买进优秀企业的股票并长期持有，分拆开来也只有三个条件：一是价格低于价值即安全边际原理，二是高速或稳定发展的企业即成长性或稳定性原理，三是长期持有即复利增长原理。尽管企业价值的评估或计算过程比较复杂，但本质上遵循的还是古老的商业逻辑，也就是成本与收益、现价之间的比值，其低于价值买进的投资法则，实际上可以视为商业上用低于成本的价格进货，属于最合算的买卖，只是投资上买进的股权成本或价值的计算，比起商品成本的计算更复杂、更具有动态变化性，但通过社会平均利润率、银行贷款利率、通货膨胀率与企业投资收益率等指标的综合比较，还是可以算出个八九不离十的。

不过，在价值投资中，隐含着两个十分重要的理论假设或逻辑前提，这一点往往被许多人忽视。其一，社会和市场总体上是长期保持向上趋势的，也就是凯恩斯提出的长期友好理论，这一理论与市场长期有效论是相当的。因此，有价值的东西即使短期被埋没，但迟早还是会实现其价值的，也就是俗话所说的"是金子总是会发光的"，只有具备了这个大前提，低价买进的股票才有获得盈利的保障，假如社会毁灭和长期衰落，那买进的股票价格再低，也可能得不到利润。其二，股票真实的价值常常被低估或埋没，这是与市场短期失效论相当的，也是由人类认识的局限或心理障碍所造成的，而独具慧眼和充满勇气的投资者，正好可以利用这种机会获取利益，即利用其他投资者的判断错误去赚钱。所以，巴菲特说："我们也会有恐惧和贪婪，只不过在别人贪婪的时候我们恐惧，在别人恐惧的时候我们贪婪。"远离网络泡沫和在2008年世界金融恐惧中大胆出手，证明巴菲特确实是这样做的。假如市场或投资者不存在任何错误，又哪来价值低估的时候？从价值投资所隐含的两个假设来看：一方面，它建立在对社会和市场长期信赖或信心的基础之上；另一方面，又建立在人类认识错误的基础之上，这其中有着深刻的社会历史哲学和认识论背景。因此，也可以说，价值投资的根基主要在社会历史哲学，没有坚实的社会历史哲学修养，就不可能真正理解和实践好价值投资。

三、价值投资的优点。价值投资的优点也和其理论一样是简洁的，并且可以从其理论原理中直接引申出来，主要包括三点：第一，就长期来看，价值投资具有较高的安全性和盈利概率，其安全边际的做法，足以保证只输时间、不输空间，而且因为存在强大的价值向上回归的牵引力，低价买进的股票，迟早会回到其价值的位置甚至涨得更多，所以，即使低价买进股票后被套，时间一般也不会太长，多半不会超过一年，特别适合长期投资者和业余投资者；第二，价值投资是一种化繁为简、去巧取拙的做法，具有严格的规则约束性和确定性，因此，它的分析和操作相对而言是容易学习掌握的，不必特别关心市场或大盘到底怎么走，更不用追究市场涨涨跌跌的原因，只要死死守住低于价值买、高于价值卖这个唯一的原则就够了；第三，价值投资遵循合理性原则，尊重社会规律，坚持价值底线，取优去劣，符合社会需要和发展方向，为企业、股票树立了良好榜样，是非常值得提倡的，也是社会的信仰和理想所在，因此，除了经济收益外，还有广泛的社会意义和价值，巴菲特被广为尊重，绝不仅仅在于其为世界首富这一点，而更在于其正直、健康、乐观、友善等社会价值观。

四、价值投资的缺陷。价值投资的优势是突出的，但其缺陷也不少，主要包括：

第一，估值的困难或不确定性。价值投资的本意是要利用价值这把尺子来衡量变化不定、难以捉摸的市场，从而为投资提供一个稳定和可靠的标准，但价值本身同样是一个难以确定的标准。尽管巴菲特说："所谓公司价值，是一家公司在其余下的寿命里所能获取现金的折现值。这是公司估值唯一合乎逻辑的手段。"但影响未来折现的因素依然很多，且这些因素又不是固定不变的，所以，绝大部分上市企业的发展都不是很稳定的，而是波动式、断裂式、间歇式地前进的，肯定会受到各种不同因素的影响和干扰，从而充满了各种不确定性。所以，事实上，对于大部分的上市企业来说，无论使用什么样的估值方法，都无法计算出它未来几年内将创造的现金流或折现值，否则，巴菲特和林奇这两位大师都错过对沃尔玛的投资就无法理解了，以至于巴菲特自己晚年也建议用"卡片打洞的方法"，意即"避免过多判断"，并认为"如果你在一家公司上第一次证明成功了，则不必再尝试了"。再说，那些用来估值的繁杂无比的数学模型或公式，表面上很精确，但其中却有大量的可变参数，其结果同样是不确定的，反而把估值搞成了一门玄学，空耗许多无谓的时间精力。既然估值的问题解决不好，或没有共识的、稳定的标准，那安全边际也就不那么好说了，等于和趋势投资一样得看菜（即市场）吃饭，投资要面对的不确定性难题依然未能彻底解决。

第二，应用面太窄和适应性差。严格按照价值投资理论，其运作的逻辑或程序，必然是这样的事情：从众多的上市企业中，寻找一些未来可以保持稳定发展而且有较高投资回报率的企业，最后会发现，在大多数时间里，真正符合价值投资理论和标准的企业占全部上市公司的比例不会超过5%，甚至更少，就中国A股市场而言，恐怕也就是20多家左右，美国的情况虽然要好一些，但也不可能超过100家。此外，对于大盘指数及期货、期权、外汇等市场，用价值投资理论更加无法估值，也就难以用来指导投资了。这样一来，绝大多数企业和庞大的外汇、期货市场，就只能被排除在投资范围之外，价值投资使用面的狭窄，由此可见一斑。如果把价值投资完全普及到全体投资者，那么，绝大多数投资者在绝大多数时间里将无股票可买，市场将变得死一般沉寂，而期货、外汇投资更无必要，这显然既不符合市场的实际，更不能适应市场的千变万化。

第三，自我同化危机。也可以叫自相矛盾，即价值投资的愿望是好，局部是很合理的，但如果推广开去和不断执行下去，却会得到糟糕的结果。其主要表现有两个方面：其一，假如人人严格遵循价值投资，那么，除了不到5%的股票勉强符合标准外，高达95%的股票是不符合投资标准的，此外，除了在大跌后价格低于价值的短期时间外，在价格高于价值的绝大部分时间里，也是不能投资的。无论出现哪种情况，整个股票市场都将无法运行，而这是不可能的事，这也说明了价值投资不可能成为普遍有效和运用的投资法则或方法，而永远只能限于局部范围。其二，即使是极少数符合价值投资的股票，假如人人参与其中，要么很快就不再符合价值投资了，要么就会变得和其他股票一样投机或不合理。第二种情况在中国股市是非常普遍的，由于我国股市中符合价值成长标准的公司实在是太少了，常常致使高度稀缺的优质股票筹码，在高度趋同的投资理念作用下，被众多个人投资者和机构疯狂抢购并锁定，不断成立新基金和其他资金，又为这些股票提供了源源不断的上升动力，而怀有恐高症的中小投资者则往往早早就出局了，从而使得该类筹码越来越趋向于集中，最后演变成投机庄家，这种发掘成长型公司—机构蜂拥而入—中小投资者出局—筹码高度集中的投资线路，在中国股市反复上演，其结果许多以悲惨收场。这说明，盲目地将价值投资用于少数优质股票，也是错误的。

第四，价值投资的长期持有也是有条件的，这些条件主要包括两个：一是所投资的企业一直保持状况良好，二是整个市场和宏观经济平稳，不存在大起大落和非理性的暴涨暴跌。一旦这两个条件有一个消失，那长期持有，要么就是错误的，要么可能就是效果并不好。

◎ **趋势投资简析**

一、趋势投资的形成。趋势投资比价值投资出现得要更早，缘起于道氏理论（道琼斯指数就是因其而来的），但长期以来，主要以技术分析的面目出现，在道氏理论之后，格兰维尔的均线理论、艾略特的波浪理论、江恩的周期理论是比较重要的发展，至于其他形形色色的技术分析方法就非常多了。尽管趋势投资比价值投资的形成要早，而且理论、流派、方法更是百花齐放，但其成绩和影响力却一直不佳，主要原因在于陷入了很表面又很片面的技术分析而不能自拔，并因此妨碍了它的深入发展，直到索罗斯的出现后才有所改变，可以说，索罗斯的成就以及他创立的自反性理论，将趋势投资推向了一个新高度。

二、趋势投资的理论属性。趋势投资的前提条件，是大家非常熟悉的三大假设，即市场价格包融一切、价格以趋势方式演变以及历史会重演，应该说这三大假设是非常科学的，是对市场变化的真实反映和概括。可惜的是，这样的理论假设是只问结果不问原因的做法，表现出强烈的泛自然论或天命论色彩，相当于将市场看成一个纯客观的自然对象，艾略特就明白无误地将自己的波浪理论视为大自然法则，从而更充分地体现了这一点。所以，趋势投资的理论核心其实只有四个字，那就是顺势而为或顺其自然，与中国古代道家的顺道而行和天人合一思想基本上是一致的。与此相应，价值投资则有点像中国古代的儒家仁政观，两相比较，应该说趋势投资的理论基础主要根源于自然哲学，不同于价值投资理论主要根源于社会历史哲学，因此，它比价值投资要宽泛得多。

三、趋势投资的特点。由于趋势投资根源于自然哲学，充满着辩证法和原生态气息，因此，其优点和缺陷不像价值投资那样截然分明，二者往往是混为一体的，同一个要素，从一个角度看是优点，而从另一个角度看却是缺陷。尽管如此，在与价值投资的相对比较中，还是可以举出一些基本特点：第一，趋势投资没有任何绝对的投资判断标准，弹性大，灵活性强，适应面广。虽然顺势而为也可以说是趋势投资的核心标准，但趋势本身就是一个模糊不清的概念，更是一个无法事先确定的存在或尺度，什么是趋势？是什么力量导致趋势形成及反转？用什么标准判断趋势？趋势的规模大小又如何划分和进行不同操作？等等，都是悬而未决的问题，可这也正是它的优点，不拘泥于任何固定的标准或定式，一切以市场为中心，类似于无招胜有招吧！第二，跟随性和预测性是趋势投资难以克服的内在矛盾。趋势投资一方面强调只能跟随趋势操作，反对预测市场，可是，只有在趋势的早期介入才能安全和更大幅度地获利，这样，在实际的投资中，对趋势的认定就免不了带有很大的假设性和推理性。因此，跟随和预测是趋势投资内在的矛盾，是不可能回避的，问题的关键是预测得好还是不好，并不是取消预测那么简单。第三，多样性和善变性是趋势投资的必然要求。趋势投资的方法总是与技术分析连在一起的，其中的流派很多，具体方法更多，简直到了数不胜数、学不胜学的地步，几乎每年都会有人提出新的方法，而且每种方法本身，又是会随着市场状况的变化而相应地变化的，因此，如果说价值投资是以不变应万变，那么趋势投资就是以变应变。第四，周期性是趋势投资最核心和可靠的依据。这是众多趋势投资代表人物的看法，如格兰维尔、艾略特、江恩、索罗斯，他们的理论和基本方法，就都是建立在趋势的周期性变化基础之上的，只不过对周期性变化的原因和实际处理方法有所不同而已。

依笔者的研究和理解，同样认为周期性才是把握趋势投资的核心，顺势而为只是一个不得要领和中看不中用的原则，而周期性才是趋势的真正内涵所在，但引发周期性变化的原因是十分复杂的，周期性变化的节奏、轨迹，也不存在艾略特、江恩理论中的那种固定不变的模式，所以，趋势投资的高下，就在于谁能更好地理解和把握市场或价格的周期性，至今为止，应该说只有索罗斯做得最好。总体来看，趋势投资的涉及面非常广，既有与资本市场直接相关的经济学，又有不直接相关但影响很大的社会学、心理学、行为学、博弈论、系统论，等等。而所有这些归结起来都是哲学范畴，包括自然哲学、社会哲学和哲学认识论，理论上既宏观又抽象，操作上既模糊又多变，其复杂程度和运用难度是可想而知的，需要很高的学养和驾驭能力，一般投资者是较难真正理解和运用的，平常大家所运用的技术分析方法，绝大多数只触及到趋势投资的皮毛或局部，离真正的趋势投资还很遥远。

◎ **价值投资与趋势投资的联系**

总体来说，价值投资和趋势投资是两种不同的理论和模式，主要表现为对市场和财富的不同认识和理解：价值投资是一种只允许针对市场局部的纯经济学方法，追求投资的社会合理性，它以假设市场行为存在正确和错误两部分（相当于常说的投资与投机）为前提，并坚持投资必须走正道，并放弃不合理的部分，因为具有很强的底线原则和操作收敛性。从巴菲特对价值投资的实践来看，真正的价值投资实际上属于实体经济范畴，是通过将资本交给优秀的企业以创造真实的财富，股市仅仅是进入实体经济和优秀企业的一个便利渠道而已；而趋势投资则是一种适应面很宽泛的自然方法，追求投资的客观自在性，其理论与黑格尔的"存在的就是合理的"完全一样，与实用主义也基本是一致的，能盈利就行，并不做市场和投资的社会合理性或道德评价，而且，从索罗斯及其他技术分析的投资实践来看，趋势投资的重心在虚拟经济，是通过资本市场来重新分配财富，其本身并不在意是否创造了真实的财富。

因此，价值投资和趋势投资二者的深层关系，其实就是实体经济与虚拟经济之间的关系，其优劣势自然具有较强的互补性和相对性，价值投资的长处就是趋势投资对应的短处，而趋势投资的短处正好就是价值投资的长处。价值投资虽然简单明确，纪律约束性强，绝对安全性高，但涵盖性和适应性较差，灵活性不足，在市场的全部走势中，只有很小一部分是满足价值投资的，而有绝大部分时间则可以说是在价值投资之外运行的。当市场不存在价格低于价值的状况时，价值投资只能做一个旁观者，而许多新兴市场的股票价格，基本上是在价值之上运行的，价值投资在这样的市场，用武之地就很小。趋势投资虽然标准模糊，但可以涵盖更多的市场实际走势，假如把调整、反转、横向盘整都归入趋势的组成部分的话，那就可以说，趋势投资涵盖了市场的一切，因此，趋势投资具有较大的机动灵活性，更贴近市场的实际。

尽管如此，但二者之间并不是对立的和互不关联的，相反，在更高的层次上，它们彼此间是相互统一的，这主要表现在以下方面：

第一，二者都是解决投资内在矛盾的处理方法。资本市场的投资所面临和要解决的是安全性与效率性、确定性与应变性这两对基本矛盾，而且矛盾的对立面之间很难取得满意的平衡，也就是说，强化一个方面就必然弱化另一个方面，过于注重安全，就会丧失很多机会，过于强调效率，就会经常陷入险境。价值投资和趋势投资属于各偏重一方的两种必然选择，前者更注重投资的安全性和确定性，那么，其效率性和应变性就必然会受到削弱，而后者则更注重投资的效率性和应变性，那么其安全性和确定性就必然会受到削弱，二者兼得、两全其美的办法是没有的，就像鱼与熊掌不可兼得的典故一样。价值投资的难题是估值，趋势投资的难题是预测，就这一点来看，彼此半斤八两，但不管是企业估值还是价格趋势预测，对于市场不确定性的本质，用任何方法都不足以消除，而只能加以限制或筛选罢了。否则，市场也就不可能存在了：如果这也不能做，那也不能做，股市也就没有存在的必要了；如果有一种方法，能让投资者都准确无误地看准股市未来的全部走势，那市场就该关闭了，这就像宗教中的上帝，假如人能知道上帝的心思，那上帝哪里还有存在的余地呢，市场正是投资者心中永远无法超越或企及的上帝。尽管如此，比起价格趋势的随意变化和频繁波动来，企业价值的稳定性要高得多，因此，价值投资的意义还是很大的，就像社会领域的道德和宗教一样，虽然其标准或价值观同样有缺陷，但总是比社会毫无信仰和约束要好。

更进一步的话，虽然理论上价值投资和趋势投资好像难以平衡和兼顾，但在实际的运用中，无论是采用哪种方法，都需要在安全性与效率性、确定性与应变性之间尽可能取得平衡。这样一来，在投资实践中，优秀的投资者都会自觉或不自觉地在两种方法之间相互借鉴或互补。笔者十分肯定地认为，不管是巴菲特还是索罗斯，都不是百分之百或非此即彼的价值投资者或趋势投资者；否则，过于偏向一方的话，任何一种投资方法都不可能取得好成绩，巴菲特和索罗斯也不例外，只不过这一点在其各自的理论上并没有突显出来罢了。回顾历史，也完全证明了这一点，那就是纯粹的价值投资者和趋势投资者，都没有取得过好成绩，如巴菲特的老师格雷厄姆和趋势投资的鼻祖道琼斯。这也是理论和实践的区别，理论家可以偏重一方，实践家则必须要保持平衡，只是他未必一定说出来而已。

第二，二者在现实市场中具有相互依赖的关系。正是因为有趋势投资的存在，在下降趋势中才可能出现价格低于价值的状况，从而给予价值投资以机会。同时，又使价值投资的利润得以在上升趋势中实现，假如个个都严格按价值投资操作，那么价值投资也就失效了，或者说不再有价格低于价值的机会。同样，正是因为有企业价值的中枢作用，才使趋势投资总是围绕价值转，即形成有章可循的周期性变化；否则，趋势投资就会像脱缰的野马一样，毫无章法可言，即使趋势照样存在，也是根本无法把握的。所以，没有趋势投资，也就没有价值投资，反过来也一样，没有价值投资，也就没有趋势投资，二者谁也离不开谁。

由于趋势投资基于的是自然哲学，而价值投资基于的是社会历史哲学，故而价值投资也就理所当然地被包含在趋势投资之中，就像社会历史哲学包含在自然哲学中一样。因此，就更广泛的意义而言，价值投资对趋势的依赖更大，甚至可以说价值投资根本上仍属于趋势投资，只不过它不是局限于市场和价格趋势，而更多的是着眼于社会和企业实体经济的趋势。一方面表现在价值投资的微观基础上，那就是价值投资的对象，本身就是具备了持续向上发展趋势的优秀企业，如果没有这样的企业发展趋势，那么价值投资就难以实现；另一方面表现在价值投资的宏观基础上，那就是社会经济长期向上的发展大趋势，也就是凯恩斯所说的长期友好理论，如果没有这样的社会大趋势，那么再低的价格和再好的价值，都有可能会落空。同样，在进行趋势投资时，也需要借助价值投资来作为选股标准，尽可能首选那些具有成长性的个股，几乎所有投资者都会本能地这么做的。因此，趋势投资完全能够容纳价值投资，而价值投资中也包含了趋势投资。

第三，二者在运用上是交叉互补的。从市场运行和操作的实际来看，价值投资和趋势投资在外延上也是有相通之处和重叠的地方的。一般而言，在熊市大趋势的尾端以及反转后的牛市趋势初期，属于价值投资的主要范围或区间，二者在此发生交叉，哪个方法都可以用，将二者进行对比的话，就会发现彼此有重叠的地方。价值投资的一般过程是：价值积淀和发现—买进—价格上涨和持有阶段—价值丧失和卖出阶段，而趋势投资的一般过程是：周期性底部判定—买进—主升浪和持股阶段—周期性顶部判定和卖出阶段，二者的投资分析和操作过程基本上是相同的，所不同的主要是方法而已，正所谓殊途同归。

以上分析表明，价值投资和趋势投资尽管有着完全不同的理论基础和投资理念，但它们却都是符合市场状况的，只是侧重面不同和处理投资矛盾的方法不同而已，彼此之间虽然有局部对立的地方，但在整体上却是统一的。因此，一个真正成熟的投资者，尽管在理论上对两种方法可以有所偏好或侧重，但在实践上则必须要把二者结合起来，取长补短，融会贯通，才能更全面地把握市场和投资，如果将两者对立起来、割裂开来，那是极不可取的愚蠢态度。假如以趋势投资为主的话，那么价值投资可以丰富趋势投资，使趋势投资有着更坚实的选股择股基础；假如以价值投资为主的，那么趋势投资不仅可以帮助更全面地认识市场，而且可以延伸价值投资的空间。比如，一只股票的价值是10元，现在跌到8元，按价值投资是可以买进了的，但如果下跌趋势并没有结束，还将继续跌到5元甚至更低，那么，趋势方法将帮助价值投资买到更低的价格；卖出的时候也一样，同样是这只股票，如果从5元涨过10元，按价值投资原则，是应该马上卖出了的，但依据趋势方法，其涨势未尽，还可以再等一等，这样就能获得更高的收益。

当然，由于价值投资和趋势投资有难易之差，前者属于基础范围或者说是基本功，后者可以说是提升过程或更高级的阶段。就中小散户以及新入市的投资者而言，应该首先学习和掌握价值投资，而且必须要以价值投资为主，因为价值投资相对来说更容易理解和掌握，规则严格，安全性高，操作频繁低，非常适合散户的特点，是大众化的投资方法。而比起价值投资来，趋势投资要更加复杂和更难把握，适合在掌握了价值投资的基础上，进一步提高市场驾驭力和拓展投资空间，因此，只有极少部分人适合运用并能够掌握。遗憾的是，现在的中国股市投资者普遍信奉趋势投资，并且把许多层次较低、局限很大的技术分析当成趋势投资，这是极不可取的，也是很难成功的，最容易犯"画虎不成反类犬"和"聪明反被聪明误"的错误，而且错误的代价是非常大的。

第二节　巴菲特和索罗斯兼容并蓄

Section 2

　　巴菲特也好，索罗斯也罢，他们在投资实践上走的都是价值投资和趋势投资相融合的道路，也正是这种融合使两人取得了别人所无法企及的伟大成就，只不过巴菲特以价值投资为主体、趋势投资为辅助，索罗斯则正好反过来，以趋势投资为主体、价值投资为辅助。总之，他们绝不是泾渭分明的纯粹价值投资者或趋势投资者，我们不应该光看他们的理论或口号，就把两人分别当成价值投资和趋势投资的符号、标签。对此，可以举三个经典例子来证明这一点。

巴菲特的老师、价值投资之父格雷厄姆，在20世纪30年代的经济危机中，就因逢低买进而破产过。情况大概是这样的：道琼斯指数于1921年从75点开始上升，直到1929年的高峰381点，但1929年10月24日，即"黑色星期四"；美国20年代的经济繁荣在纽约股票交易所被彻底粉碎，股市开始崩盘，接下来的"黑色星期一"大跌了13%，第二天继续暴跌12%在此后的三年里，美国股市下跌了89%，于1932年7月到达最低41点，直到1954年，美国股指才恢复到1929年的高峰水平。在大跌之前，格雷厄姆并没有意识到问题的严重性，未能及时撤离，当跌了一段时间之后，他反而认为机会来了，于是加码买进，结果越陷越深，最终濒临破产。这显然是只顾了价值而忘了更强大的趋势的恶果。

70年代初期，美国经济出现"滞胀"，股市持续低迷，因此，1965年~1975年间，道琼斯指数一直处于原地踏步未涨。面对这种状况，巴菲特于1969年解散合伙公司，之后将近5年时间没进行任何投资操作，直到1974年才开始大量购入股票，其中1980年年报中持有的股票为18只，可是，这些股票大多又赶在了1987年美国股市大崩盘之前的顶部抛光，仅留下了3只（后面的表中有这两个数据）。可见，巴菲特是多么坚定地跟随趋势，且对趋势有着惊人的判断力。

20世纪90年代初，为配合欧共体(欧盟的前身)内部的联系汇率，英镑汇率被人为地固定在一个较高的水平，也就是说英镑被高估了，这给了外汇投资者很大的做空套利空间。由于英国的衰落、经济长期不景气，加之游离于欧洲边缘，与欧盟不能协调统一，曾经首屈一指的世界货币英镑实际上已经变得非常脆弱，索罗斯早就发现了这一点。1992年9月初,当英镑对美元汇价达到2.0110点的高位后,索罗斯决定动用其量子基金100亿美元大量放空英镑,尽管英国政府动用了近300亿美元的外汇储备企图维持英镑汇率,但仍未能挡住英镑的跌势,短短1个月内,英镑汇率便下挫20%,而量子基金在此英镑危机中则获取了10亿美元的暴利。这是索罗斯将价值规律运用到外汇投资的典范,应该说比在股市中运用价值规律更难,也更高出一筹。

　　由于中国投资者没有完全理解价值投资和趋势投资以及二者之间的紧密关系,而总是习惯于将二者分开来学习和运用,这样,到底是学习价值投资好呢还是学习趋势投资好呢?就成了一个理论上和实践中的大问题,彼此之间总是争论不休,可又谁也说服不了谁,许多人似乎觉得二者都有理又都有不足,以至于摇摆不定。总体来看,理论上认同价值投资的更多一些,而在实际操作中则是趋势投资更盛行,尽管许多人既没有理解趋势投资也没有理解索罗斯,但这并不妨碍他们按自己认定的趋势投资方法操作,那就是各式各样的技术分析。这并没有什么奇怪,而是完全符合市场尤其是中国股票市场的现实的,也用事实证明了笔者前面所得出的结论,纯粹的价值投资和趋势投资都不足以涵盖市场,只有将二者有机地结合起来,才真正符合市场的实际和投资的要求。因为无论是美国等成熟股市还是中国等新兴股市,从来就没有存在过完全满足价值投资的状况,也从来没有出现过只依赖价值投资而完全排除趋势投资的成功者,同样,也没有任何一个市场完全不能进行价值投资,以及完全可以摆脱价值规律的制约,世界上也没有任何一种方法是万能的或十全十美的,而是总有它自己不能克服的必然缺陷。所以笔者认为,投资方法的关键不是在价值投资和趋势投资中取谁舍谁的问题,而是如何完整准确地理解二者并恰如其分地将其运用到投资实践中去,这就涉及到两者不同的适用范围和对象,弄清了这一点,用哪种方法以及何时使用就好办了。

　　根据价值投资的理论和方法,以下范围和对象,使用价值投资最为合适,同时辅以趋势投资方法:

◎ 个股的选择和评估

价值投资最有价值的地方，笔者认为是其选股理论和方法。尽管价值投资的具体方法很多，而且不同的人又有所侧重，但不管怎样，价值投资本质上就是一套评估企业的方法，这一点很像选人用人一样，故而才有选股如选妻的说法，所以，价值投资的最大用武之地也就在这里。

巴菲特的优势或强项主要在于选股，他的成功更是仰仗这一点，他提出的许多投资原则，基本上属于如何判断和鉴别企业范畴。所以，学习和运用价值投资，重点也必须着眼于选股即选企业，脱离了这一点的话，价值投资的其他原则或方法就会落空或失去根基，如集中投资和长期持有。假如价值投资不能在选股上发挥作用的话，那单纯的价格低于价值买入的所谓安全边际，若没有良好的企业基础，其实并不见得就安全。

◎ 大熊市的末期

上述价值投资之父在20世纪30年代的大熊市中买进失败的例子，一方面说明价值投资也得遵循趋势，另一方面说明格雷厄姆当初提出的价值投资还不完善。总之，价值投资也得考虑最恰当的时机，而大熊市或大跌的尾声，正是价值投资大显身手的时候，这就需要耐心等待，同时要选择大跌之后的优秀股票买进，而不能随便乱买。这是很容易理解的，因为只有在大跌、大熊市中，价格才会普遍低于价值，才符合价值投资的安全边际法则，尤其是那些优秀企业的股票，平时的价格都是很高的，想要以低于价值的价格买到的可能性并不高，但在普遍的大跌环境下，也难以幸免，不过，也不能操之过急，除了考虑企业价值外，还得考虑取决于大趋势的时机，当经济和下跌趋势的灾难未尽时，即使是好股票，也不能马上就买。

比起自己的老师来，巴菲特才是既会选股又会选时的高手，他说："只有资本市场极度低迷，整个企业界普遍感到悲观之时，获取非常丰厚回报的投资良机才会出现。"且看几次巴菲特时机把握的杰作：第一次是在1973年～1974年股市暴跌40%之后，买入华盛顿邮报（还有联合出版公司），最终使1000万美元本金变成13亿美元，赚了128倍；第二次是在1987年"黑色星期一"之后的1988年和1989年，买入可口可乐13亿美元（还有吉列公司），后来，仅这一只股票就赚了100亿美元；第三次是在网络股泡沫破灭并导致股市大跌50%之后，于2003年买入中石油（H股），5年赚了35亿美元，涨幅近8倍；第四次离现在很近，即在始于次贷危机的2008年全球股票大跌后期，主要买入银行、消费、医药、交通能源四大行业，这次买入一开始还被人嘲笑为抄底失败，但现在却笑到了最后，单单对高盛的一笔投资，目前的账面盈利就已超过20多亿美元。

相反，当巴菲特不能找到符合价值投资要求的股票时，即使是在大跌之中，他也有着超常的等待耐心。在1969年美国股市大跌来临之前，巴菲特就退出了股市，之后虽有强劲的反弹，但他不为所动，继续耐心等待。直到1974年道琼斯指数狂跌到580点，没有人想再继续持有股票、所有人都恐惧时，他才重新回到市场，而在2000年网络科技股泡沫破裂后，巴菲特也一直忍了5年，才重新进入美国股市。

◎ 成熟规范的市场

所谓成熟规范的市场，大致包括三个方面：一是整个市场机制合理，遵循市场和经济规律运行，公正公平，法律健全，监管到位，透明度高，政府与企业之间的界限清晰；二是上市公司建立起了现代企业治理机制，管理规范高效，信息公开；三是投资者具有正确的投资理念，能独立思考，行为理性。达到了这种成熟程度的股票市场，比较适合价值投资，也是价值投资的土壤，反之，不成熟规范的市场和新兴市场，价值投资就难以适应，作用的范围很小，即使美国股市的早期也是这样，同样是内幕交易盛行，"内幕交易是投资制胜的唯一法宝"，就是当时华尔街流行的投资格言。

众所周知，价值投资是以1934年本杰明·格雷厄姆和戴维·多德的《证券分析》一书的出版为标志的。之后，美国证券市场的投资理念才发生了革命性的变化，但这距离美国证券市场的建立已经过去100多年了，可见价值投资对市场成熟性的要求很高，像中国等历史短暂的新兴市场，离满足价值投资的要求，距离还是很大的。

根据趋势投资的理论和方法，以下范围和对象，侧重于趋势投资更为合适，同时辅以价值规律：

一、股票指数

股票指数是大势或趋势的代表，对投资方向和时机的影响很大，在中国尤其如此，涨则齐涨、跌则齐跌是十分普遍的现象，因此，要想做好个股投资，必须对指数趋势有很好的把握，避开指数做个股的方法，在美国也许可能，但在中国的成功率却会很低。而且，指数是无法简单地用价值投资的方法来分析和选择的，只能用趋势投资方法并辅以价值规律，其中包括基本面和技术面两个方面，本书前面两章的内容，主要分析的就是股票指数的趋势及判断方法，这方面价值投资方法的作用不大。

二、不成熟又投资性强的市场和品种

鉴于中国股市投机炒作太盛，管理层寄希望于不断培育机构和战略投资者来树立价值投资和长期投资理念，投资者本身也希望能像巴菲特那样进行价值投资。但是，中国股市还很不成熟规范，主要是一个投机性市场，整体上不具备价值投资的内外环境，即使成立了大量的基金和其他机构投资者，其中包括具有先进投资理念和技术的QFII，也还是不能避免投机及因此而引发的暴涨暴跌。比如，在最近的三年即2007年、2008年、2009年中，虽然机构已经占据股市的主导地位，可投机却依然泛滥，暴涨暴跌照样屡见不鲜，这是大家都看到的。所以，像类似于中国的这种不完善或新兴的市场，尽管不能说绝对做不了价值投资，但其可用的范围太小和时间涵盖太短，多数情况下，只能运用趋势投资，当然，如果能将二者结合运用的话，那是再好不过的了。

三、股票之外的其他资本市场

资本市场及投资的范围是很广的，除了股票外，还有另外两个很大的市场：一个是期货，另一个是外汇。期货市场中国早就有了，近几年发展也很快，股指期货迟早也会推出，而外汇市场中国还没有放开，但十年内不排除放开的可能。由于中国的中小投资者主要参与的是股市，故对期货和外汇市场还不是很了解，其实，这两个市场加起来的交易规模，比世界上所有的股票加起来的规模还要大，主要是外汇的交易量太大了。在这两个市场的投资方法中，虽然价值规律同样发挥作用，但价值投资的具体方法是很难运用的，只能像索罗斯那样抽象、宏观地使用。因为其投资的对象是范围很广的商品、外汇甚至抽象的指数，即使集一个国家之力也难以对其做出准确评估，更不要说单个投资者了，否则，许多国家级机构也不至于在国际期货和外汇交易中屡屡出错而损失巨大了。所以，在期货和外汇市场，必须以趋势投资为主，借助价值规律（价值规律不等于价值投资方法、模式）把握趋势，这也是索罗斯得以成功之所在。如果索罗斯只限于投资股市的话，那他无论如何也难以与巴菲特并驾齐驱；而如果巴菲特将他的价值投资用于期货和外汇投资的话，那肯定不可能取得索罗斯那样的成绩。

四、熊市做空套利

做空套利是双向交易的期货、外汇市场中很基本的盈利方法，在融资融券的股市也可以使用，尽管它也有用到价值投资的一些分析要素，但主要还是属于趋势投资，也是趋势投资的优势之一，甚至可以说是趋势投资的专利。在这一点上，价值投资基本上是无法做到的，虽然在融资融券的股市，也可以逆向使用价值投资方法来进行做空套利，但这样一来，实际上已经违背了价值投资的基本原则，价值投资的本质，决定了它只能用于单向的做多套利和长期投资，而绝不允许做空，所以，巴菲特就从来没有进行过先卖后买的做空套利交易。

总之，巴菲特以价值投资为主的模式，是一种古典式的投资方法，保守和执著于传统信念是其基本特征，更是一种局限于股市的方法；而索罗斯以趋势投资为主的模式，是一种更积极主动的方法，也是可以广泛适用于各种资本市场的通用方法。

第三节　长线和中线各相宜

Section 3

　　与价值投资和趋势投资相关的是持仓的策略或时间，那就是长线、中线、短线，对此，中国的投资者也是纠缠不清，有说长线是金的，有说短线是银的，也有说中线（或波段）最佳的，各有各的理由。实际操作中也是左右为难，你做长线吧，偏偏大跌或漫漫熊市在等着你，你做短线吧，一匹匹黑马从你手里放走，你做波段吧，左一巴掌右一巴掌拍过来。所以，这个问题并不简单，也十分重要，是把投资方法落到实处的关键，很有必要搞清楚。

◎　长线投资的内涵

　　所谓长线，其实是一个模糊的概念，并没有明确的标准，所以，长线投资的核心并不是单指时间，而是一种信念和标准，也就是说，当投资对象依然符合投资标准或依据时就继续持有，而一旦不再符合就退出或放弃。正因为这样，依据价值投资和趋势投资标准的不同，长线投资也基本上可分为两种，即价值长线投资和趋势长线投资。从投资的理想境界和目标来说，谁都希望进行长线投资，但长线不长线并不是投资者能主观决定的，这完全取决于客观条件，当客观条件不具备或不存在时，长线也就无从谈起了。

◎　价值投资中的长线标准

　　许多人认为，价值投资必然是长线投资，这是大错特错的，长线投资只是价值投资最理想的目标，要达到这个理想，必须满足最苛刻的标准或条件，那就是用合适的价格买到最优秀企业的股票。这和婚恋很类似，结婚之前，为了找到自己可以托付终身的另一半，每个人都会接触很多未婚异性，并从中挑选一个结婚，而且任何人都希望能和自己最相爱的人结合，并长相厮守、白头偕老（即长期投资），但现实却往往不尽人意，如果两个人

公司名称	买入时间	卖出时间	持有周期	所属行业
华盛顿邮报	1973	至今	32	传媒
吉列	1991	至今	14	生活消费品
美国运通	1994	至今	11	金融服务
可口可乐	1988	至今	17	食品
威尔斯法戈银行	1990	至今	15	金融
首都/美国广播	1984	1996与迪斯尼合并	12	传媒
GEICO	1976	1996全资收购	—	保险
联邦住屋贷款抵押	1988	—		金融服务
匹兹堡国民银行	1994	1995	1	金融
甘纳特	1994	1995	1	传媒
美国广播	1978	1980	2	传媒广播
首都传播	1977	1978	1	传媒广播
凯塞铝业化学	1977	1981	4	冶金采矿
骑士报	1977	1979	2	传媒
SAFECO公司	1978	1982	4	保险
沃尔沃斯	1979	1981	2	零售
阿梅拉克拉-赫斯	1979	1981	2	石油
美国铝业	1980	1982	2	冶金采矿
平克顿	1980	1982	2	运输服务
克里夫兰-克里夫钢铁	1980	1982	2	冶金采矿
底特律全国银行	1980	1981	1	金融
时代镜报	1980	1981	1	传媒
全国学生贷款	1980	1981	1	金融服务
阿卡他	1981	1982	1	造纸
GATX	1981	1982	1	机械
克郎佛斯特	1982	1983	1	保险
奥美广告	1977	1984	7	广告
大众媒体	1979	1984	5	传媒
雷诺烟草	1980	1984	4	烟草
联众集团	1977	1985	8	广告
通用食品	1979	1985	6	食品
埃克森	1984	1985	1	石油
西北工业	1984	1985	1	综合
联合出版	1979	1986	7	传媒
时代	1982	1986	4	传媒
比队员特丽斯	1985	1986	1	消费
里尔西格莱尔	1986	1987	1	航空
哈迪哈曼	1979	1987	8	冶金采矿
吉尼斯	1991	1994	3	食品饮料
通用动力	1992	1994	2	航空

表5.1 巴菲特1977年.1994年所投资股票周期统计表

数据来源：1977年~1994年伯克希尔·哈撒韦公司年报。

不能很好地相处相容，那没结婚的话必然会分手，即使结了婚也会离婚（长线变成中短线）。为了说明这一点，先让我们看看价值投资大师和代表巴菲特的投资实例（表5.1）。

尽管巴菲特一贯认为，既然要投资一家上市公司，最好是进行长期投资，但他更强调的是，只有未来10年、20年内能保持业务长期稳定并且绝对具有巨大竞争力的公司股票，才可以长期持有，也就是说，长期投资是有严格条件或标准约束的，那就是企业有能力保持长期发展并且值得信赖，而并不是随便一个股票都值得长期持有，相反，只要买进的股票不再符合持有的标准和条件，或者属于判断错误，就该果断地卖出。通过上表，可以看出价值投资对待长线的真实态度：有10年翻十番这样值得长期持有的股票当然好，可惜就是太少，因而中短期（1~3年）投资的个股数量反而更多，毕竟这样的股票多啊；巴菲特最钟爱三大行业，即金融保险、生活消费品、传媒广告，不过他也并没有排斥很多其他行业，有些甚至是价值型投资者有意回避的周期性行业（如航空、钢铁等）。

长期持有或长线投资，不仅是巴菲特最理想的目标，也是普通投资者的理想，只是现实中能满足这种理想的企业和时候太少。因此，价值投资并不像大家理解的那么简单，其核心是建立在对所投资公司的充分了解之上，然后因地制宜采取对策，当长则长，当短则短，没有也不可能有机械划一的标准。

◎ **趋势投资的长线标准**

趋势投资的长线标准与价值投资完全不同，它是以趋势中的周期性大型底部和大型顶部之间的趋势运动距离为标准的，顶部到了就卖出，不到就继续持有。因此，虽然也叫长线投资，但和时间并没有直接关系，而且时间也不确定，也许是一年，也许是三五年，多半在1~3年之间，一般不会出现像价值投资那样连续持有几十年的状况，因为再大的趋势，在操作上的极限也是十年左右。以上证指数为例，在近二十年中，只有三次趋势投资的长线机会，即从1995年500点左右的大型底部—2001年2200多点的大型顶部，2005年1000点左右的大型底部—2007年6000多点的大型顶部，2008年1600点左右的大型底部—未来另一个大型顶部。关于趋势长线投资的技术案例，笔者在《赢在趋势》、《图表智慧》两书中有很多分析，读者可以参阅。

以上两种长线投资不管哪一种，都是最适合中小投资者的，也是笔者在本书中所重点建议的。

◎ 中线投资的不同类型

中线投资严格地说不是一种专门的投资策略，而是从长线投资延伸出来的，真正比较成型的中线投资是波段性投资，因此，把中线投资叫做波段性投资要更准确些，为习惯起见，这里就不加以区分了，两种说法等同对待。中线投资有两种完全不同的类型：一种是主动型中线投资，一种是被动型中线投资。

所谓主动型中线投资即波段性投资，它是投资者事先就计划好的、有目的的阶段性投资，主要的依据是趋势的波段性变化规律，也叫中期趋势，一般以几个月的时间为限，少的有时就几周时间。这一投资方法的前提，是认同和把握住大趋势，再分阶段操作，也就是习惯上说的"逢低买进、逢高卖出"策略，操作频繁在单向交易的中国股市，一年基本保持在2～3次之间，多也不会超过4～5次（而双向交易的市场如期货，会适当多一些），主要原因在于，市场一年之中的中期波动趋势也就那么几次。波段投资另外一种更直接的方法是，依据行业和政策的周期性变动规律来进行阶段性投资，其操作周期一般要比纯技术面的中线长一些，有几年的也有几个月的。此外，中国股市中的板块轮炒，也可以算作是一种中国特色的中线波段性投资。总之，这类主动型的波段性投资策略，方式灵活，弹性大，但难度也很大，要求对各种信息的收集分析和市场判断有很强的能力，由于受主观局限的限制，中小个人投资者较难掌握和运用，比较适合职业投资者和有研发团队的投资机构。

所谓被动型中线投资，它不是一种有计划和有目的的投资策略，而是长线投资的变通产物。主要原因在于，原来作为长线投资的依据、条件、假设已经不再存在了，于是原来的长线目标或计划自然就得改变，或止损出场，或调换品种，所以，从持仓时间看，就像是中线投资。

◎ 短线投资不可为

笔者一贯反对短线投资，对此，以前的著作中已经有过不少分析，本书后面还将有专门论述，故这里就不谈了。

第四节　技术分析的跛脚

Section 4

中国的投资者普遍是通过技术分析来认识市场和指导投资的，可是，这其中存在许多认识误区和盲区，再加上技术分析本身有着众多自身不可克服的致命局限性，致使投资成绩很不理想，对此，笔者是有充分发言权的。有人说"只要你能严格按技术分析的要求去做，我可以把全部身家交给你投资"，笔者曾对这句话深信不疑，从而长时间投入时间精力学习和研究技术分析并将其付之于实践，但随着研究和实践的深入，笔者以及众多的投资者都大大高估了技术分析的价值，也并不清楚其存在着诸多致命缺陷和弊端，如果对此不深入了解的话，那只能是被技术分析所害。当然，技术分析也是有价值的，但要想运用好其中的价值，则必须在超越了技术分析之后才能做到，仅仅停留在技术分析框架内运用技术分析，是难以发挥其作用的，所以，技术分析是把双刃剑，一半是天使、一半是魔鬼。正因为这样，尽管笔者此前的著作中已经做了很多分析，但这里仍然有必要再做一次总结概括。

◎ 徒有其表的趋势

道氏理论的三个假设，即市场价格包融一切、价格以趋势运行、历史会重复，可以说是所有技术分析的根基，尽管无论是从理论还是从现实上看，这三个假设都没有错、都是成立的，但从另一个角度看，又是泛泛而论的真理，说了也等于没说，就像官场中常见的废话、套话，空洞无用，与"人是要吃饭的"、"社会是不断向前发展的"、"道路是曲折的"等语言没什么两样，既是真理又是废话。由于中国人对技术分析很陌生，它又有着看似完整的理论和各种迷人的外表，且带有某种神秘之感，故而刚刚接触时总是让人心动不已，很容易诱惑那些头脑简单或不爱独立思考的人，并对其深信不疑，尤其是对初学者杀伤力巨大。而其中最大的一个陷阱或迷人外表，就是技术分析把自己看成理所当然的趋势投资，并进一步以为利用技术分析就能把握趋势，就能进行趋势投资，这是非常致命的错误和假象。而且这一根本性错误，是在技术分析诞生的时候（即鼻祖道氏理论）就存在了的，而并不是后来的技术分析者和中国的投资者才有的。

要认清技术分析中的这种危险假象，必须深入剖析趋势和市场走势之间的关系。就市场或价格趋势形成和发展变化的逻辑来看，它与技术走势即过去价格轨迹的关联度是较低的，也就是说价格的过去与未来之间不存在确定的因果关系，过去涨不等于未来会继续涨，过去跌也不等于未来一定会跌。尽管在趋势的惯性作用下，一般未来的走势会延续既有的趋势，这正是技术分析中价格以趋势假设的依据，但这种趋势通过技术分析是不能有效测度的，因此，仅仅利用技术分析不可能理解和把握趋势，当然也是不可能做好趋势投资的。仅仅利用过去的价格数据来判断把握趋势进而指导投资，不仅理论上说不通，实践证明也是失败的。自19世纪初道氏理论创立技术分析起到现在，已经有100多年的历史了，尽管出过很多技术分析的理论大师，但却没有出过一个实践成功的大师，而后起的价值投资，反倒造就了多位大师，之所以会有这样的巨大差异，原因肯定不是技术分析投资者不如价值投资者聪明，而是技术分析理论本身存在致命缺陷。所以，尽管技术分析以跟随和进行趋势投资为宗旨和目标，但其方法上的缺陷却使其达不到这个目标，走了一条类似于南辕北辙的道路。

初看起来，技术分析用走捷径的办法直接贴近趋势，可它采用的却是一种"知其然而不知其所以然"的偷懒方法，结果只能是欲速而不达，聪明反被聪明误，与南辕北辙本质上没有两样，那就是没有抓住问题的实质和解决问题的正确方向。因此，技术分析只有趋势投资的外表，而没有深入到趋势投资的本质，并进而败坏了趋势投资的名声，假如不是索罗斯的出现，技术分析主导下的趋势投资，依然是徒有其表或金玉其外、败絮其中。之所以说索罗斯才是真正的趋势投资者，就在于他抛弃了技术分析这样的雕虫小技或耍小聪明的做法，着眼于从社会、经济和人性的深层来认识和把握趋势，紧紧抓住了社会和投资者认识错误所导致的周期性暴涨暴跌这个本质，才造就了趋势投资的成功，假如索罗斯也像他的前辈一样，局限于技术分析的话，那同样会是无所作为的。

技术分析有时就像武术中的花拳绣腿，纯粹是一种停留在市场和价格现象层面而不深究本质的做法，中看不中用。要认清这一点，对一般投资者确实有一定难度，为此，笔者在这里进行两个比喻，也许更有助于投资者理解。比如，要想看清一个人的本来面目和全部真相，必须了解这个人的成长经历、家庭和社会环境及其主要的所作所为，但偏偏有不少人只看一个人的言论、文章、外表，就对一个人做出判断和使用，如同以貌取人，结果往往导致事与愿违，常常被假象蒙蔽，贪官污吏、投机分子、背叛变节者用的多半就是这套手法，技术分析之于趋势正是同样的性质，那就是只看到表面，而不了解本质和全部。技术分析的原理和状况类似于此，那就是企图依据市场和价格的轨迹来捕捉趋势，其可靠性和成功率可想而知。

人类虽然也有窥一斑而知全貌、一叶知秋的认识现象，但那是因为对动物和四季已经有了较深的认识之后，才有可能达到的高度和境界。同样，技术分析也不是不可以做到这一点，但前提必须是对市场、经济、社会、人性已经有了深刻和全面的认识，在此基础上，再借助技术分析方法，那么，还是可以看清市场或趋势变化状况的，也是可以获得趋势投资成功的。就像对一个人十分熟悉之后，通过他的一举一动，就可以判断出他下一步要做什么，但这已经是一种反向认识或逆向推理方法，当你对对象还没有足够的认识之前，那是做不到的。所以，真正要发挥技术分析的作用或者用好技术分析，就必须先认识市场、经济、社会、人性及与其相关的众多影响因素，那就是笔者反复强调的市场社会学研究以及企业评估，也是我们俗称的基本面分析，本书第一章和第四章的内容所做的就是这项工作。可惜的是，许多投资者在进行基本面和技术面分析时，往往错误地把技术分析放在前面或作为分析重心，而把基本面分析放在后面或者作为技术面的补充，完全颠倒了二者之间的因果逻辑关系。正确的做法应该是，基本面分析为主，技术面分析为辅，技术面只是用于对基本面或趋势的佐证、验证，而绝不能把市场变化和趋势当成技术面作用的结果。

◎ 预知未来的幻想

企图找到市场或价格运行的永恒轨迹，并通过建立一套普遍适用的公式、模式以预测未来，从而一劳永逸地解决市场的不确定性难题，是技术分析的第二大缺陷。应该说，探知自然和人类历史秘密、规律，并掌握这些规律来预测和指导人生、社会，一直是人类最古老和崇高的理想，无数人为此呕心沥血，并取得了很多伟大的成就，从而使人类的认识水平不断提高。但从中也产生了一些认识误区和一些不切实际的愿望，那就是把某些具体规律凝固化、先验化，认为自然和社会中一定存在着一条固定不变的线路，它贯穿于古今未来的时间隧道之中，只要能发现这条线路，就可以像上帝一样预知未来。德国哲学家黑格尔就是这方面最突出的代表，他的逻辑学和历史哲学是典型的先验论，并认为自己找到了上帝（即逻辑、逻各斯）为人类历史早就画出且无法更改的线路图，中国的《周易》也有着强烈的先验倾向，认为无论是国家还是个人，其命运是早就定好了的，并且通过易经八卦规律，就可以把既定的命运演绎出来，中国人喜欢算命就是这么来的。

技术分析受到黑格尔先验论的影响很大，认为市场或价格也有一条固定不变的运行线路，而且通过一定的公式可以测出这条线路，这样，投资就变得非常简单甚至可以一劳永逸了，艾略特的波浪理论和江恩的轮中轮，就是这方面的突出表现。中国人本来就有命定说，因此，很容易接受西方的先验论，对本质上是错误的艾略特波浪理论和江恩轮中轮理论，有着无数的投资者对此迷恋不已，因为二者满足了给股市算命的愿望。这样，寻找预测市场的方法和企图准确地预测股市，就成了技术分析者最热心的工作，尽管每次都以失败而终，但他们依然痴心不改，实际上是走火入魔，害己害人。

◎ 脱离环境的独往独来

技术分析的第三个重大缺陷，是脱离经济、社会、企业，以及在它们决定下的大盘指数环境，孤立地看待技术走势，固执地认为某种形态、某些信号必然会走出某种行情。实际上，无论是指数还是个股，首先是受经济、社会、企业所左右的，然后才受技术走势影响，但环境完全可以改变技术状态，而技术走势却改变不了环境。一个看涨的形态或信号，哪怕再完美无缺，只要环境、大盘不配合，就会失效甚至转涨为跌；反过来也一样，一个本来破位的技术形态和卖出的技术信号，只要大盘涨势凌厉或基本面有重大好转，就会转跌为涨。因此，如果不与环境、大盘相配合或协调一致，而仅仅孤立地从技术上判断市场尤其是个股走势，那往往是会失效的，以此为依据投资的话，就很容易导致巨大损失。这就像一个人一样，脱离社会、脱离现实、脱离群众而孤芳自赏、我行我素的话，肯定会到处碰壁甚至撞得头破血流。当然，对于这种现象，在技术修养比较高的投资者身上一般不会发生，而是主要发生在技术分析水平较低的投资者和初学者身上。

下面看三个技术分析脱离指数环境失败的案例。

图5.1是天药股份2008年的技术走势。图中A处完成了形态上的向上突破，同时成交量也同步放大（见B处），单从该股的技术状况来看，应该有一波较大涨幅，可实际上却是半途而废，突破失败，主要原因就在于大盘8月份发生了暴跌，从而使得个股所

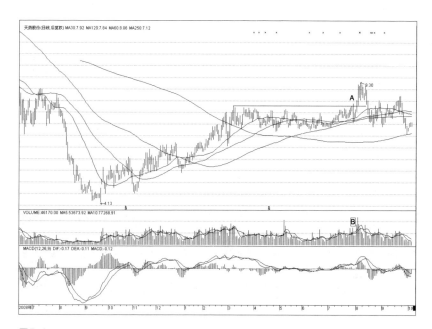

图5.1

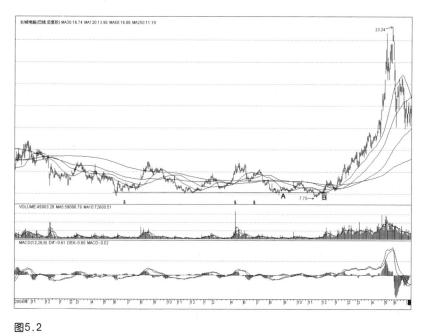

图5.2

图5.3

有的向上技术都失效了。

　　图5.2是长城电脑2004年～2006年的走势。图中所画水平线的A、B处，两次跌破长期支撑位和形态底边，且破位后的停留时间也较长，按技术分析原理，应该继续下跌甚至大跌，持有该股的投资，此时应该止损出场，但这个判断和操作却是错误的，因为大盘已经成功地完成了大底部，再差的个股也不会再继续下跌。

　　图5.3是华工科技2001年～2008年初的走势。图中所画的两条水平线，既是近期上涨趋势的高点，又是历史压力区，根据技术分析原理，C处已经成功地向上突破，可最后的结果却同样是彻底失败，紧随而来的反而是暴跌，主要原因也是与大盘不吻合，大盘已经反转，而且属于大型顶部反转，再好的个股和再完美的技术突破，都无法继续上涨，能比大盘指数少跌就已经是不错了。

◎　盲人摸象的片面性

　　技术分析的第四大缺陷就是片面性。除了较抽象的周期性理论方法外，绝大部分技术分析方法是借助于市场或价格的局部性、阶段性特征来把握市场或趋势的，因此，只有局部的合理性，而没有普遍的合理性。最要命的是，技术分析总是用未知的东西来证明自己的有效性，就像假如我是总统，我将会怎么样，而实际上我成为总统的可能性有多大，连我自己也不知道。比如，最为常见的均线交叉法和形态突破法，只有在趋势明显且能保持持续的条件下才有效，其他情况下则都是失效的，其局限性不言而喻，不仅如此，其有效的前提即趋势明显且持续的状况，事前依然是未知的。所以，技术分析总是在假设之中相互循环，相当于以一个未知的因素来论证另一个未知的因素。这就像是盲人手里的拐杖，尽管有助于盲人眼下探路，但终究不能帮助他看清前面的路在哪里，永远处于胆战心惊的状态。而拐杖作用所得到的结果，又如盲人摸象，摸到什么是什么，从而导致许多技术分析方法完全建立在局部现象或偶然性上，看起来很有道理，也有成功的实例，却经不起推敲和时间的检验，没有可重复性和普遍性，今天或今年用某种方法做对了，明天或明年再用时，却会错得一塌糊涂。

技术分析的方法越具体、时间参数越短，盲人摸象的片面性就越大、越明显，比如成交量法和K线法就是这样，在某一段时间是价升量增，在另一段时间则变成了价跌量增，在某一个时期用K线信号买进成功率很高，而在另一个时期用同样的K线买进信号却总是出错，原因就在于这些技术方法是受到大环境制约的，而并不是在任何条件下都是正确的，一旦环境发生了变化，就会立即失灵。

◎ 无政府主义

技术分析的流派和方法繁多，几乎每一个影响价格的因素，都可以用其建立一套技术分析的方法，如波浪、成交量、形态（空间）、均线、K线、时间、能量、分时走势等。但是，这些不同的技术方法之间，多半是没有什么联系的，也没有大家共识的核心理念或标准，可以说是自行其是，一百个投资者中至少有几十种技术分析方法，因此，技术分析在整体上处于一种无政府状态。

尽管顺势而为应该说是所有技术分析的总司令，可这个总司令却同样是非常抽象和模糊的，也就是被架空了的或没有实权的。因为，即使是明显的上升趋势或下降趋势，也会有很多的投资者持反向观点，而且无论是在趋势形成之前还是运行之中，都需要投资者随时做出判断，事先并没有确定不变的标准、模式、线路，在实际操作中，顺势而为不像价值那样可以量化，至少是达成共识，因此，严格地说，它还不能叫操作标准，而只是一种更高层次的投资思维，难以转化为可操作性的程序。此外，即使是认同度较高的形态和均线技术，每个投资者在理解上和运用上的差异也是非常大的，有时甚至是完全对立的，同样的形态和均线，一定会有人看多也有人看空，至于那些个性化较强或范围较窄的技术，更是"公说公有理、婆说婆有理"。

事实证明，单纯的技术分析确实难成大器，可以成功于一时，但却难以稳定持续。

◎ 难以传授的经验

几乎所有的技术分析方法，都是在总结经验的基础上形成的，都有着事后诸葛亮的特征，而并没有坚实的理论和逻辑基础，可以说是十足的经验主义。虽然人类对任何事物的认识都是先从经验开始，然后再上升到理论，又回到实践并在实践中不断完善，最后凝聚成社会的普遍知识，载之以文字，世代相传。可是，仍然有很多经验知识无法完全上升到理论的高度，甚至无法用准确的文字记载下来，而只能停留在经验阶段，慢慢地靠口传心授才能使另一个人得到有效接收。比如古代埃及金字塔的建造知识，至今还没有解开；至于中国靠口传心授才得以延续下来的民间艺术、工艺，那就更多了，包括中医、武术、地方戏剧这些有一定理论性的知识，仍然免不了师徒长期相授才能继续的状况，一旦出现一些不争气的弟子，一些高超的技能和绝活，就有失传的可能，至少是难以再重新培养出大师。

技术分析也是这种以经验为主的知识，虽然在技术分析发展史上，不乏江恩这样的高手，他也力图将自己的经验转化为理论和文字，写成了著作，可是，至今也没有一个人能真正通过他的著作完全掌握他的技能并达到他的高度，索罗斯的情况也差不多。国内的状况也大体一样，自称技术大师或高手的人不少，撰写成书籍加以传播的更多，虽然绝大部分是徒有其名的，但肯定也有那么极个别是真的，可是，投资者无论如何学习这样的秘籍，都还是不得要领，免不了失败的命运。除了假冒伪劣原因外，技术秘诀哪怕写得清清楚楚，也难以有效地传播，应是一个重要因素。这样，近百年来，技术分析人物基本上处于一种自生自灭的状况，不能很好地进行有效的传承、积累、传播，也就难以孕育出大师，像索罗斯的成功，主要是靠着自己的哲学功底和天才般的个人能力，才登上趋势投资的顶峰的，他从趋势投资的前辈即技术分析那里得到的养分极为有限，甚至是可有可无，这是技术分析的悲哀，与价值投资一代传一代并不断深化相比，就更加明显了。

技术分析的事后诸葛亮特征还有一层含义，那就是许多技术分析书籍并不是成功经验的总结，而是失败教训的总结，尽管仍有一定的意义，但其价值要弱得多，因为毕竟没有得到实践的检验。更可怕的是，不少技术分析方法和书籍，纯粹是以纸上谈兵的方式完成的，作者既没有坚实的理论，也没有长期的实践经验积累，而仅仅是为了得个虚名或者少许稿费，就照着历史走势图表和模仿其他作品而撰写成书，这样的技术就更没有任何价值了，可惜，没有经验的投资者或读者，对此却不容易辨认出来，因而经常上当受骗。

总之，技术分析更多的是经验知识，带有很大的个人色彩，即使是有效的，也是很难传播的。此外，学习技术分析和接受别人的有效方法，更是需要长期的实践经验做基础的，因此，那些缺少经验的投资者，是不可能准确理解技术分析的，更不可能运用好。所以，笔者建议，投资者一开始不要急于学习和运用技术分析，而要从价值投资和基本分析入手，等到有了三五年的投资或训练经历之后，再回过头来学习技术分析，这样，既可以起到事半功倍的效果，又可以避免许多技术分析的误区和伤害。而一开始就先学习技术分析的做法，会走很多弯路和付出很多不必要的代价，这是笔者的教训和肺腑之言。

◎ 电脑图表盲区

笔者乃至所有技术分析投资者都曾经遇到过这样的困惑，那就是即使在技术分析很准确的前提下，其结论与市场实际走势的结果，往往也会存在着很大的落差或误差，而在事后的反复查验中，既找不出方法、逻辑上的错误，也不存在致命的片面性，那为什么还是与结果相差甚远呢？这个难题困扰了笔者很久，对于这么一个严重的问题，如果找不到原因并恰当解决的话，那么，用技术分析作为投资方法就更加危险了。对此，笔者曾经思索了很久，也一直没有理出个头绪来，直到今年在做技术分析统计实验时，才有所领悟，原来问题不是出在技术分析本身，而是出在大家习以为常的电脑上及其分析软件上。

我们知道，在没有电脑之前，技术分析需要繁重的手工劳动来制作图表，这虽然繁琐，但因为图表保持着自然状态的时空维度，再加上在作图过程中对价格变化的切身感受，因此，技术分析的图表没有受到任何歪曲或失真，技术分析只要准确到位，还是具有较高可靠性的，也就是说，分析的好坏单纯地表现为水平问题。可是，在使用电脑及其软件来代替人工生成图表之后，虽然大大提高了技术分析的工作效率，但却带来了一个危害技术分析可靠性的巨大问题，那就是图表的失真或时空的扭曲。这是由于电脑展示图表的空间十分狭小造成的，致使分析师和投资者就在电脑上看到的价格走势图，是被严重压缩了的，从而出现观察视角的某种变形，久而久之，分析师和投资者会对这种变形习以为常，把电脑的图表当成真实的图表。长期在这样一种时空受到扭曲的电脑图环境下进行分析操作，以这种时空被扭曲的电脑图表作为分析依据，就会使大脑和潜意识习以为常，并常常做出错误的结论，且很多时候也不知道错在哪里。

下面三幅前后对比的图表（图5.4a、图5.4b、图5.5a、图

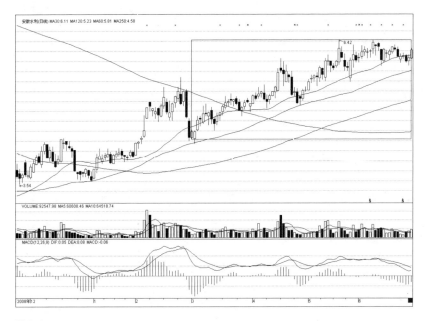

图5.4a

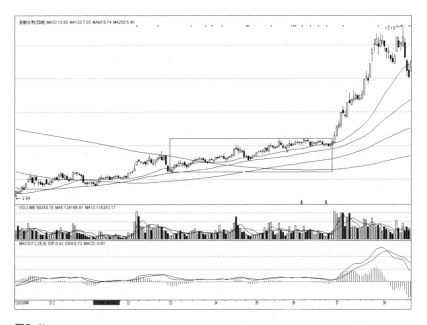

图5.4b

图5.5a

5.5b、图5.6a、图5.6b），请读者自行判断其扭曲和变形状况，这里就不再说明了。

那么，面对这样一个技术分析的技术性难题要怎么办？把电脑扔掉重新回到手工制图时代自然是最好的，这虽然为某些人所采用，可对绝大多数投资分析者而言，却是不现实的，但是，又不能对电脑图表的时空扭曲及其危害视而不见、听之任之。于是，笔者想到了一个的补救的办法，那就是经常在电脑图表走势的前后之间，或在时空压缩程度不同的图表之间加以转换和对比，同时，运用正常时空的想象力，以适当纠正电脑时空的误区或错觉。

最后要再次说明的是，尽管笔者指出了技术分析的很多重大缺陷，但这并不等于说技术分析就没有价值，更不表示笔者反对技术分析，恰恰相反，而是为了更好地发挥技术分析的价值，那就是在透彻掌握市场和趋势基本面的基础上，技术分析才有用武之地，否则，技术分析不仅无益反而会有害。

图5.5b

图5.6a

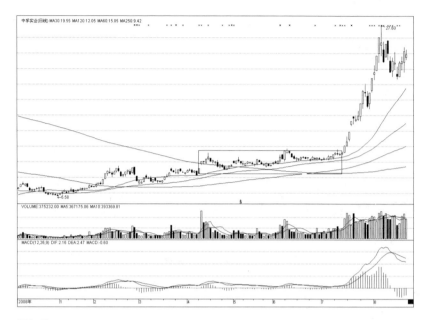

图5.6b

第五节　做一个朴素的投资者

Section 5

　　无论是价值投资还是趋势投资，投资者首先应尽可能地彻底了解其完整的内涵和所需要的条件，毕竟那是无数前人智慧的结晶，但这不是终点，也不是目的。关键的问题是在借鉴前人成果的基础上，如何结合中国股市的实际和个人的特点，找到最适合自己的投资方式。在此，笔者提出几点较为宏观的建议，供投资者参考。

◎　化繁为简

　　股市的构成及其运行是十分复杂的，但正因为这样，我们反而只能用最简单的办法来对付它。因为简单就容易把握，就可以把许多不符合简单要求和自己不能把握的东西过滤掉，所以，简单实际上就是一个过滤器，不符合的去掉，符合的留下，大凡有成就的投资都是这么做的。

巴菲特是简单的极力推崇和实践者,在他的家里和办公室里,连电脑都没有,甚至连计算器一类的东西也看不见,他认为这类东西没什么用,因为他所需要做的工作没有那么复杂,并明确表示反对对估值过于复杂的数学计算。他说:"在投资中,如果高等数学是必须的,我就得回去送报纸了,我从来没发现高等数学在投资中有什么作用。投资要成功,你不需要研究什么是β值、有效市场、现代投资组合理论、期权定价或是新兴市场,事实上,大家最好对这些理论一无所知。"

巴菲特的老师格雷厄姆则说:"我把投资成功、永不亏损的秘密精练成四个字的座右铭——安全边际。"他认为,作为一个成功的投资者应遵循两个投资原则:一是严禁损失,二是不要忘记第一个原则。进而将选股的标准限定为两条:一是每股收益必须是平均收益,最少统计5年,最好为7~10年;二是合理市盈率的上限为16倍,买入安全区应在10倍以下,且保证公司的财务结构、管理前景同时令人满意。

索罗斯趋势投资的核心就是利用市场的错误,虽然关于错误的分析判断是复杂的,但理念和原则却依然是简单的。尽管他是一流的趋势投资者,却对趋势投资常用的复杂图表、数浪等各种各样的技术分析方法不看重。

又如国内比较成功的投资者林园,他提出的确定性投资原则也是很简单的,和巴菲特的理念差不多,他说:"买股票就是买公司的确定性,好公司永远是值得拥有的。如果我对一家公司的确定性有把握了,借钱我都敢去买,即使这两三年股价下跌,对我来说也不是风险,因为过一段时间它一定还会涨起来的。""我的投资依据还是以前说过的那三个条件:第一是公司的投入小、产出大;第二是选择知名品牌,业绩有望在未来上涨10倍、20倍的;第三是看财务指标,选择毛利率趋升的公司。"相比于国内许多方法复杂多样的所谓技术分析大师,林园的理论要可取得多,尽管其成就并没有得到时间的足够验证。但笔者认为他比许多所谓股神更可信,至少他的投资理论基本上是令人信服的,而许多所谓技术分析大师、股神，其方法却是漏洞百出，其成绩就更令人无法信赖了。

其实，价值投资和趋势投资之所以会成为两种最通用的投资方法，并且长盛不衰和并驾齐驱，也是源于它们简单化一的核心理念，前者就是价值以及创造价值的优秀企业，后者就是亘古不变的运动周期。中国古人是非常善于运用这种化繁为简的策略的，如"以不变应万变"、"天不变，道亦不变"、"以静制动"，中华民族经历无数磨难仍能绵绵不绝、屹立不倒，与自始至终坚持国家统一和天下大同是密切相关的，二者是中国文化最高也是最简单的两个核心理念。当然，这里所说的简单同时也表示深刻和本质，即古人所言的大道至简，简单的后面就是不简单，蕴含着最基本、最普遍的原理以及深邃的目光和宽广的视野。比如首先保证"不亏损"的投资原则，虽然只有简单的三个字，实际上却是长期立于不败之地，相当于常胜将军。而要达到这种大道至简的境界，就必须对市场乃至社会、人性有深刻而广博的认识，这就需要一个艰苦、漫长的研究和探索过程，才能从繁到简，就像读懂一本厚厚的名著，只有反反复复地读，才能把书读薄，才能用几句精炼的话就概括出全书的核心。

◎ 量力而为

这是笔者反复推荐给投资者的结论和建议，其核心就是实事求是，尤其要反对不顾自身能力和条件的左倾冒险主义。这虽然不是什么针对市场的具体方法，其内涵主要是侧重于投资者个人和市场之间的认识关系，着眼于从个人能力出发来看待投资，因此，也就更加符合广大中小投资者的实际，条件和范围也比较宽泛灵活。

无论巴菲特、索罗斯还是林园，不管其提出的具体方法是什么，但有一点是一致的，那就是在自己的能力范围内投资，自己看得准的、有把握的就做，否则就放弃不做。巴菲特虽然是世界投资大师，可同样承认自己有所不知和不解，从而只坚持投资于自己所熟悉的行业，比如，他从来就不参与热火朝天的高科技投资，因为他认为自己没有能力去理解和评价它们。同样，即使索罗斯利用趋势投资获得了比巴菲特更快的资产增长速度，但巴菲特从来就没有想过要学习索罗斯的投资方法。巴菲特况且如此，普通投资者更应该有自知之明，向大师学习是必要的，但好高骛远、不切实际就要不得了，与其成天将巴菲特、索罗斯或众多所谓技术分析大师挂在嘴边、盲目模仿，还不如客观地审视和反省自己到底具备多大能力、到底对市场了解多少，从而踏踏实实地根据自己的能力去投资，完完全全地遵循"看得懂就做、看不懂就不做"的原则。哪怕是特大牛市来了，假如你看不懂也不要做，但你只要是三五年看得懂一次行情，研究透了一个行业或公司，那就做一次，这才是真正的成功和盈利，比自己不懂或半懂不懂，却懵懵懂懂地赚了钱，要好几十倍，因为自己不明不白的行情，即使偶尔赚了钱，而一旦再做下去，那亏了钱肯定会更多。笔者确信，中国股市众多的中小投资者，无论赚钱的时候还是亏钱的时候，都是不明不白的、一个稀里糊涂的人，怎么可能在变幻莫测的市场中成功呢？

由于我们许多人不具备大师那样的能力，因此，像大师那样要求自己，既不可能也无必要。但每个人总有其自己的所长，只要坚持量力而为的原则，长期跟踪自己较为熟悉或有条件深入研究的几个行业、十几个股票，把它们彻底弄透彻，再加上掌握几项大的技术方法如大底、大顶的判断，那还是完全有可能的，例如，从事化工业的投资者，在2002年~2003年间，如果掌握国内MDI紧俏及国产化率提升的信息，就可能抓到烟台万华这只牛股。此外，只限于在自己所熟悉的范围和条件下投资的话，即使不能获得大的成功，有效的成功也是可喜的。关于这一点，巴菲特大师的话说得更好："如果你不能马上足够了解所做的生意，即使你花上一两个月，情况也不见得会有多少改观。你必须对你可能了解的和不能了解的有切身体会，你必须对你的能力范围有个准确的认知。范围的大小无关大局，重要的是那个范围里的东西。哪怕那个范围里只是成千上万家上市公司中的30家公司，只要有那30家，你就没问题。你所做的应当是深入了解这30家公司的业务，你根本不需要去了解和学习其他的东西。"

再说，许多投资者都有自己的其他工作，并非像职业投资者那样得靠市场吃饭，额外投资的盈利相当于例外的收入，应该感到满足，相反，不顾自己的能力状况，幻想追热点、找黑马、炒大底、快进快出而暴富，又有几成胜算呢？最后多半是"偷鸡不成蚀把米"。

◎　独立思考

这是上两个问题的延续。作为一名合格的投资者，独立思考是最起码的要求，除非你把资金交给机构或其他人打理，若是自己亲自操作，哪怕有人指导，你也要有自己的判断能力。

可是，中国股市的众多中小投资者，其投资行为基本上是靠别人的判断和意见来决策的，具体的方式或途径包括：跟风赶潮流，见股市火爆了，周围的人都进股市了，既不顾自己对股市有多少了解，更不清楚股市为什么涨，以及涨到了什么程度，就一股脑地跟进跟出，其结果的好坏与赌博无异；根据报纸、网络、电视、券商提供的信息和建议进行操作，这本来是必要的，但问题是对其中的信息和建议不加辨别也不理解，就盲信盲从，尤其是对所谓的专家、大师、股神的建议深信不疑，有人说能涨到10000点，于是就提出"死了也不买"的愚蠢口号，更有许多人被用心不良的股神、带头大哥所害；通过咨询朋友来操作，却对朋友的能力、水平、业绩、品行、性格不加分析，简单地认为，既然是朋友，还有什么信不过的呢？假如这个朋友曾经有过赚钱的经历的话，就更不怀疑了，事实上你的朋友可能自己都操作不好，根本没有能力来指导你。

以上是不独立思考的普遍现象，主要发生在那些素质较低的投资者中，应该说还是情有可原的。除此之外，还有一些高层次的现象，它往往发生在那些有些专业知识、有能力但又很不全面的半桶水身上，主要表现有：迷信权威或大师，对技术分析方法盲信盲从，即使实践证明错了，也不敢否定，反而认为是自己没学好，比如波浪理论、短线是银、追击涨停、中外股神等，这些东西尽管有一定的价值，但其中的错误也是非常明显的，有些甚至是违背最起码的常识的，只要坚持独立思考，不难发现其中的漏洞，可不少人就是将其奉若神明或圣经；盲目比较，一见别人买的股票涨了而自己买的股票不涨，或者见媒体宣传某某短期获利很高而自己获利有限，就认为别人的方法一定比自己的好，其实完全不是那么回事，短期内天天有股票涨停，持有这些股票的人短期都会获利，但这并不等于他们就都比自己强，或他们的方法都比自己的好，这其中有很大的偶然性因素，何况媒体宣传或传播的东西，有很多连记者自己都搞不清，只不过他们占住话语权罢了，对此，用得着一句古话，那就是"尽信书则不如无书"。至于还有些人将自己的成绩与市场的涨跌比，总觉得自己赚得太少了，还有很多钱未能赚到，没有达到超过或战胜市场的目标，这就更不应该了，这是属于典型的贪婪和不切实际，而不仅仅是不独立思考的问题了，因为市场的财富是赚不尽的，也没有任何人能战胜市场，市场就是上帝，有谁能比上帝更厉害呢？

虽然个人的能力有大小，但只要坚持独立思考的原则，总是会有所收获的，日积月累，就会对市场和投资认识越来越深、视野越来越宽，这样，投资的根基才会牢固。若老是依赖外界或别人而自己却没有头脑的话，那投资将永远不会有成功的一天。当然，要想具备独立思考和分析判断的能力，是需要艰苦学习和长期经验积累的，正因为这样，笔者反复强调，在不具备独立分析操作能力之前，不能投入过多资金，而应先用少量资金进行几年时间的长期训练，如果训练依然达不到要求，那就证明自己不适合亲自投资操作，必须另选其他投资模式。

◎ 长期践行

当明白了投资的道理之后，再通过自己的独立思考、摸索，应该是可以逐步找到一套既符合市场规律又符合自身特点的投资方法的，但即使到了这一步，离投资成功还是很遥远，因为接下来需要漫长的寂寞、忍耐和坚持，这个方面主要是对毅力、耐力、心智的考验，与理论、知识、智力已经没有太大关系了。如果说上面三点主要关系到智商、能力的话，那这最后一点主要关系的就是情商，它往往比前者更难做到。譬如，锻炼身体有利于健康，是人人都知道的常识，可能够长期坚持锻炼的人却并不多。投资者也是如此，不少投资的道理并不难明白，但要坚持下去却很难做到，当你精心挑选的股票不涨而其他股票却莫名其妙地大涨时，多数投资者就按耐不住了，既有的投资原则很可能在短期波动的诱惑下，早就抛到了九霄云外，反而用起了追涨杀跌的错误方法，这样一来，投资成功就将越来越遥远。

投资是先比智力，再比毅力，但有索罗斯那样超群智力的人毕竟是极少数，即使是这样，也还是少不了毅力的。就绝大多数投资者而言，尽管智力上有一定的差异，但这种差异对投资的成败并不构成绝对的影响，也许短期内智力优秀者会取得更好的成绩，但时间越长，智力对投资成败的影响越弱，反倒是毅力对投资成败的影响越明显。因此，投资最终比的是毅力、耐心、纪律等心理因素，这和长跑或万里长征的道理是一样的，天赋非常高的百米竞赛高手，长跑或十项全能未必能胜出，同样，一个智力平平的投资者，仅看一两年，肯定会输给投资大赛获奖的聪明者，但10年、20年后再看，后者完全有可能会输给前者，众人皆知的龟兔赛跑这个典故，已经说出了其中的全部奥妙，巴菲特更是活生生的例子。可以肯定，巴菲特不是最聪明的投资者，他公开承认自己看不懂网络等高科技产业及股票，也看不懂中石油的大涨而及时地卖掉，就是最好的证明。但巴菲特长期坚守自己投资原则的毅力和耐心，则是投资者中最杰出的，他能取得远远超出别人的伟大成就，也正来自于此。

理解投资在智力，投资成败在毅力，这两句话可以说涵盖了投资的最高秘诀。巴菲特、索罗斯、罗杰斯等都是20岁出头就进入了证券行业，只有经过二三十年的不断积累后，到了四五十岁才最终功成名就！在资本投资领域，要想达到成熟的境界，无论中外，没有十几年的磨练，都难以成功，与其他领域的成功比较起来，要更加艰难，需要更大的毅力，需要更长久的坚持。

第六章

先训练，后投资

第一节　投资体系的铁三角

Section 1

从现代科学的角度看，投资是由众多因素构成的复杂系统，而且属于自组织系统即自我管理的系统，要维持这个系统的良好运转和稳定发展，系统内部要有合理的结构并形成有机的联系，这样，投资系统才能从外界或环境（即市场）中获取维持生存发展的能量（也就是盈利），才能与市场进行有效的信息交流（也就是读懂市场），否则，投资系统就会随着熵（消耗、混乱，也就是亏损、交易和生活成本）的增大而慢慢毁灭或消失。这和人的生命系统是一样的道理，一环扣着一环：人要想活着，就得吃饭；要想有饭吃，就得干活挣钱；要想干活挣钱，就得有好的身体和好的能力；好的身体来自生理系统的健康运转；好的能力则来自教育和学习得法。

笔者认为，要想使自己的投资系统良性运行，或者说获得投资的成功，必须建立好以下三个子系统，它们是投资体系的基本结构：

◎　趋势分析判断系统

趋势分析判断系统是用来解决投资的方向和交易时机这两个相关联的重大问题的，方向的确定和时机的把握，对于趋势投资和双向交易投资更为关键，对于价值投资也是必不可少的。该系统的内涵和外延都非常广泛，所涉及的内容很多，但归纳起来也就是我们所熟悉的基本面和技术面以及二者之间的相互关系，由于笔者以前的著作对这个系统已经做过比较充分和全面的阐述，本书又做了进一步的升华，因此，这里就不再细说了。

◎　品种选择系统

品种选择系统是用来解决投资的具体对象问题的，在股市上体现为我们所熟知的如何选股。这个系统比前一个系统的范围要窄得多，应该说掌握、把握的难度也要比前者小得多，主要的方法也就是价值投资，而在中国股市特别流行的是依据技术分析跟庄的方法。这些内容，在本书的第四章也做了简要的梳理探讨。

◎ 心态控制系统

心态控制系统是用来解决投资者的心理素质及相关问题的，所涉及的范围也是非常广的，不过，投资者一般都能了解该系统的一些基本要求，如纪律、耐心、冷静、果断等，只是理解得不够深刻、全面，但最突出的问题是道理简单、做起来难。

投资体系的上述三个子系统，前两个属于智力范畴，要解决好，没有出众的知识、理论、思维以及相当长时间的经验积累，是做不到的，很容易犯片面性和顾此失彼的错误，后一个则属于非智力范畴，解决的好坏主要在于毅力和习惯。就国内目前的状况而言，在整个投资界，无论是个人还是机构，都还没有很好地建立起完善的投资体系或系统。其中，前两个子系统在理论和实践上都还很初级、未能成型，后一个子系统则更加糟糕，市场一直严重存在的心态不稳、急功近利、暴富心态等通病，就是最好的证明。

关于投资系统，还有一个重要的规律是投资者必须知道的，那就是系统的木桶原理，也叫短板理论，其定义或基本表述是：一只木桶盛水的多少，并不取决于桶壁上最长的那块木块，而恰恰取决于桶壁上最短的那块木板。根据这一含义，"木桶理论"有两个推论：其一，只有木桶中所有木板都足够高，木桶才能盛满水或装更多的水；其二，只要这个木桶中的木板参差不齐，木桶就不可能装满水，其最大量取决于最短那块板的高度。

木桶理论是对系统论的形象比喻，尽管不很完整，但基本上是正确的，凡是涉及到系统而又不能分割的事件或活动，木桶原理都是有效的，如管理系统、领导素质、团队作战、系统装配等领域。投资更是遵循木桶原理的领域，它囊括政治、经济、金融、文化、社会心理、产业、技术、管理等众多学科，涉及分析评估、选择品种、择时入市、仓位调整、资金分配、中途止损、出场休整等诸多环节，特别讲究综合素质和能力，且必须都到达较高的水平，才能站在赢家的行列 ，如果只有一两项特别突出哪怕是世界第一，偶尔成功是可能的，但同样不可能长期稳定的成功。就以上述的三个子系统为例：假如大势看得准而选股不准，那么，趋势的价值就不能得到充分利用，赚了指数不赚钱就是这种状况；假如股票选得不错而大势搞错的话，那么，好股票也赚不到钱，高位买进优质股就属于这种状况；即使大势看得准、股票也选得不错，但如果心态不稳、耐心不够的话，那么，也还是赚不到钱的，黑马、大牛股从手里早早溜走，就是这种情况。

总的来说，要建立起一个完善的投资体系或系统，需要良好的趋势判断、个股选择、心态控制三个相对独立的子系统，这三个子系统是投资的三脚架或铁三角，就像足球比赛中的前场、中场、后场核心队员，更像一个优秀企业的领导团队。有了这个铁三角，成功是迟早的事；没有这个铁三角，成功最多只能沾上个边；而这个铁三角哪怕是缺一条腿，投资就将难以稳定。投资者不妨以此为标准，检查自己是否有了完整良好的投资系统，系统的结构合理不合理，然后，就能知道自己成功的胜算有多大了。

第二节　投资分析的能级与协同原理

Section 2

投资系统的铁三角主要是一个结构框架，就像绘画过程中的粗线条草图或建筑物的梁柱架构，要真正变成一幅精美的图画或一幢完整的建筑。在绘画或施工的过程中，还有许多具体的要求、方法、细节，在此很难全部详细地分析介绍，仅选择几个重点做扼要论述。

◎　先整体、后部分，从宏观到微观

整体决定部分，宏观影响微观，这是普遍的逻辑关系，管理学上叫能级原理，其基本含义是，如果要认识一个属于局部范围或较低层次的事物，必须先认识该事物所属的整体和更高的管辖层次。比如，一个外国人想要研究一个中国人物（如鲁迅、邓小平或更普通一点的）：第一步必须了解中国的体制构成、历史文化、社会进程等；第二步必须了解这个人所属的阶层、所处的地域、家庭背景、成长教育经历等；第三步需要对这个人的思想变化、个性、习惯等有所了解，最后才能得出比较全面、准确的看法，否则，就很容易犯片面性错误。投资分析的过程与此是一样的，先是经济社会的宏观整体判断，再是产业状况的判断，最后才是企业和个股走势的判断。可是，许多投资者并不懂得这个道理和程序，往往仅在指数和个股局部方面打圈圈，最差的是抓住成交量、K线、均线、形态等单纯的技术要素分析来分析去，稍好的是能做到对经济增长、企业财务加以分析，前者非常片面是显然的，后者也还不全面，这样得出的结论可靠性较低，容易出错，普遍的错误是见小不见大，重局部、轻整体。

◎ 个股与指数协同共振

指数与个股的关系是股票投资最核心的问题，在中国尤其如此，就中短期来看，影响绝大多数个股价格的最重要因素是指数，其他要素的作用往往排在后面，完全可以说是一荣俱荣、一损俱损，只有极少数个股，在有限的时间内能摆脱指数的制约走出独立的行情。因此，在中国股市不先把握住指数，是操作不好个股的，那种抛开指数做个股的投资模式，是不现实和行不通的，即使存在极少数逆指数而上的个股，风险也是很大的，随时可能被大盘拖下水，不符合投资的大概率或确定性原则。因此，中国股市的投资，必须遵循以下原则：首先必须优先考虑大盘指数，它就像单位的一把手或军队的总司令，不听他的话而独行其是，是严重的纪律性错误，肯定是要吃亏的；其次，优选领先于大盘指数的行业、板块、个股，次选与大盘指数同步的行业、板块、个股，放弃滞后于大盘指数的行业、板块、个股，主要方法有比较个股、分类指数与大盘指数的强弱程度，分析行业景气程度，跟踪资金的流入方向。

◎ 不同方法相互印证

在具体的投资分析过程中，有许多的分析方法，这些方法的运用同样要遵循从大到小、从整体到局部的原则。基本面分析和技术分析是对所有分析方法的统一归类，但二者不是并列关系，不能并驾齐驱或等同看待，更不能相互替代，二者之间是从属和主辅关系，那就是基本面分析决定技术分析，技术分析辅助基本面分析，绝不能颠倒过来。此外，无论是基本面分析还是技术面分析，其各自的内部又有很多方法，并且这些不同方法之间的关系也很复杂，既存在着上下归属或制约关系，又存在着平行关系。比如，基本面中的宏观经济社会、政策导向、货币变动、产业变迁就要高于单纯的企业财务分析，技术分析中的趋势，周期就大于其他要素，而均线与形态之间、K线与成交量之间，就基本上是属于平行关系。

总之，所有的投资分析和不同的分析方法都要遵循协同原理：一方面，小的技术、低层次的方法，必须服从大的技术、高层次的方法，这与大家熟悉的个人服从集体、全国服从中央的道理是一样的；另一方面，平行的技术和方法之间必须步调一致、相互印证，这也是与单位中不同部门要相互协调和支持是一样的道理。只有当绝大部分分析方法能得到协同一致的结论时，才可以进行大胆的投资，而只要发现有不协同、不协调现象，就必须十分谨慎和小心，其中一定存在问题，也必然会带来风险，这样的机会最好放弃。

第三节　资本的财富化修炼

Section 3

将投资放到主体—客体、认识—实践这样的哲学高度去看的话，它是一种在逻辑理论指导下的资本财富化人生修为活动，与中国古代的佛、道、儒三家提倡的修炼有很大的相似性。我们知道，无论是佛教还是道家及儒家，都有着其自己严密而深刻的哲学理论，要想成佛得道为仙，必须在经典（即佛经和道德经、四书五经等理论）框架内进行长期不懈的修炼，这种修炼完全可以说是没有止境的，即使已经修得正果，也还是一样。为了更好地理解投资修炼，这里不妨对这三家提倡的修炼做个扼要介绍。

虽然佛教的整个价值体系是唯心的，本质上是一种逃避现实、自我麻痹的精致说教，反映了善良之人面对人类苦难无可奈何的凄凉心境，但其中也有一些很有价值的元素，一是劝人为善，二是自我修炼及其超越，尤其是后者对于个人的发展和进步，有很大的启发和学习价值，任何伟大的作为和成就，都少不了修炼和自我超越，而且修炼不是盲目的，就像佛家只能在《佛经》指导下修炼一样，成就事业的修炼只能用所从事事业的规律、理论来指导。

相对于外来的佛家，源自中国自身文化的道家更为可取，对投资的借鉴意义也更大。无论是修炼目标还是修炼方法，道家都要比佛家更切合现实，更具有社会意义。道家的修炼目标是真人，所谓真人就是达到与道合一、身神合一、天人合一的人，通过精神与肉体、人身与大道的结合，使得人心与宇宙合为一体，人生与自然归于一源。这样的真人，不仅有能力自保自强，免于被伤害或欺凌，而且可以打抱不平、替天行道、造福社会。道家的修炼方法也别具一格，除了坚守道家理论以及精神上的修道修德外，还非常注重强身防身之法，因此，医术、武术、方术、养生等，既是道家的修炼方法，也是道家的谋生手段。正因为道和术、德和才双修，因此，历史上的道家人士，有许多是德才高超之人，对社会做出过很大的贡献，如庄子、苏东坡、李白、张良、诸葛亮、刘伯温、葛洪、李时珍、张三丰等，其中各式各样的人物都有，即使是强大的王朝，早期都与道家关系密切，每当时代混乱到极点而无可救药时，出来"拨乱反正"的人物，往往出自道家，朱元璋更是个十足的道家。因此，相比于佛家全靠供奉为生、属于社会的寄生阶层，道家的意义却是不可同日而语的；相比于儒家，则各有千秋，但道家对中国文化和社会贡献的深度和广度，其实都要远远超过儒家，只是因为道家有很强的思想独立性和个人自主自强性，不符合统治者愚民的要求，因而，其作用和价值，几千年来一直受到打压、排挤和淡化，无法像儒家那样彰显。

至于儒家的修身养性大家更为熟悉，《礼记·大学》提出："古之欲明明德于天下者，先治其国；欲治其国者，先齐其家；欲齐其家者，先修其身；欲修其身者，先正其心……心正而后身修，身修而后家齐，家齐而后国治，国治而后天下平。"孟子则说："天将降大任于斯人也，必先苦其心志，劳其筋骨，饿其体肤，空乏其身，行拂乱其所为，所以动心忍性，增益其所不能。"并进一步提出"穷则独善其身，达则兼济天下"的修炼目标，这一点与道家有相同之处，即修炼的最大目标是造福社会，而最低目标则是自我强大或完善。尽管儒家的德治和仁政从政治和社会学的角度看，局限性很大，而且最终为统治者歪曲利用而成为愚民工具，历朝历代虽都大肆宣传儒家学说，可他们从来没有遵循过，但就个人的人生和事业发展而言，儒家是有很大借鉴意义的。比如近代儒家修炼的杰出代表曾国藩，虽然帮助摇摇欲坠的清朝维护落后统治而丧失了其进步性，但他从一个底层平民，通过不断修炼儒家学说，一步步爬上清朝统治下的权力顶峰时，依然有许多值得学习的地方，实际上也是如此，包括伟大的毛泽东都受到其很大的影响并给予了他很高的评价。当然，许多儒家人物都吸收了道家思想，尤其是最高统治者，比如，唐太宗李世民是古代中华第一帝，也可以说是儒道两家共同孕育出来的伟人，是儒道两家修炼理想的顶峰，他文韬武略，德才兼备，武能安邦，文能治国，志向远大，胸襟宽广，多才多艺，善用人才，从谏如流，顺应大势，体恤民众，平等外族。正是有了这样广博深厚的修炼，才使得李世民既能打下大唐江山，又能开创大唐盛世，将中国传统农业社会及其文化推向了人类鼎盛时期。

佛家追求的是身心超越，道家追求的是健身强能，儒家追求的是建功立业，这些都是比较远大的目标，尽管彼此的目标不同，但在达到目标的手段上或途径上，都一致强调修炼的重要性，而修炼的内容也都是目标所要求的准则。这说明，从古至今，在任何领域，一个人要想成就大事、有所作为，都必须经过一个艰苦漫长的修炼或训练过程，无数成功人士的事迹，更反复证明了修炼是成就事业和个人发展的普遍规律，而且越是伟大、艰难的事业越加显出理论、精神修炼的重要，即使是普通的事业，也需要艰苦的技能训练。比如，女子乒乓球运动员邓亚萍，其身材条件是较差的，先天的聪明才智应该说也是一般，所以，一开始并没有什么人看好她，甚至连省队都进不了，但她就是凭着顽强的毅力，通过连续不断的长期艰苦训练，达到了世界女子乒乓球的顶峰。

一般来说，修炼更侧重于精神世界和行为规范，而训练则更侧重于技术技能，相应的，涉及面广的社会性事业，更需要精神和行为修炼，但同样也少不了技能的训练，而范围相对狭窄的专业性工作，更需要技能训练，但也少不了精神和行为修炼。就资本市场投资而言，既属于涉及面很宽的经济或财富事业，又属于很专业的技术工作，它的本质是资本的不断增值、成长、扩大，因此，无论是精神、行为的修炼还是技术的训练，都是必不可少的，这两者任何一个方面修炼、训练不到家，投资就不可能获得长期稳定的成功。遗憾的是，许多投资者把股票投资简单化了，根本没有认识到它需要艰苦的修炼和训练，这也是投资失败的根本原因，所以，笔者才专门提出这个大家忽略了的大问题，并尽可能做详细的阐述。

第四节　投资所需的三重修炼

Section 4

投资是一项涉及面很广、过程复杂而漫长的经济活动，根据人类活动从认识—实践不断循环推进的普遍规律，笔者认为投资修炼主要包括以下三个方面。

◎ 学养修炼

所谓学养主要指的理论深度和知识广度。

恩格斯曾说，一个没有理论的民族是没有发展前途的民族。毛泽东也曾说过，没有文化的军队是愚蠢的军队。这一西一中的两位伟人，都十分重视理论、知识的作用，这说明重大领域中的事业必须有理论和知识保证，因此，也可以说，一个没有理论和知识的投资者，即使说不上是愚蠢的投资者，但也肯定是没有前途的投资者。事实也证明，投资史上有重大成就者，都是有深厚学养并拥有自己坚实的投资理论的人，巴菲特和索罗斯就是代表。

此外，人类社会中的事业领域很多，有些领域范围大、对象复杂，如政治、军事、经济、科技研究、外交、宗教、文化、教育、企业管理等，有些领域范围小、对象相对简单，如修路建桥、电脑生产、水果种植、教学培训、汽车驾驶等。这种事业领域范围大小和对象复杂程度的差异，导致人类在进行相关活动时，需要有不同的知识结构，一般而言，事业领域的范围越广、对象越复杂，越需要系统、深厚的理论基础和广博的知识，很难设想一个没有理论的政治家、军事家、教育家、宗教领袖，反之，事业领域的范围越小、对象越简单，越需要娴熟的技术。此外，还有许多事业领域，既需要超群的理论又需要超群的技术，如政治、军事、科技研究、文艺创作、经营管理等。如果只有理论而没有技术的话，就只能停留于纸上谈兵、书生意气，历史和现实中这样的人很多，如三国中的马谡和中国共产党早期的领导人陈独秀、瞿秋白、王明；如果只有技术，就只能成为将才而不能成为帅才或大师，这样的人也不少，如项羽、关羽、吕布。资本市场的投资正是这种既需要理论又需要技术的领域，可是，许多投资者只看到技术的重要性而看不到理论的重要性，所以，笔者认为，对于大多数投资者来说，修炼的第一个方面也是第一步，应该是市场和投资理论及相关知识。

投资理论的修炼包括相关联的三个方面：一是哲学基础，二是市场规律，三是依据前两者而形成的自己的投资理念。首先，哲学是关于自然、社会最普遍和通用规律的学说，因此，任何领域都免不了涉及到哲学，都需要哲学的指导，而且越是重大和宽泛的领域越是这样。此外，少数特殊的领域，与哲学的关系要更加密切，许多问题的认识和解决直接与哲学相关，如宗教、军事战争、科学研究、管理等。投资也是属于这样的特殊领域，因为投资中的许多概念和原理，几乎就是直接来自于哲学，如多空对立、阴阳辩证统一、主观判断必须与市场趋势相一致等，因此，投资更加需要有良好的哲学基础，索罗斯能独辟蹊径地创造出一条与巴菲特不同的成功道路，与其早年研究社会哲学的经历是有很大关系的。其次，投资的对象是资本市场，要想获得投资的成功，必须对资本市场的规律有深刻全面的认识，先要做到知彼，然后才有赢得胜利的可能。尽管资本市场起源于经济又受制于经济，但它却有其自己独特的运行规律，而且这些规律不经过深入研究，是无法真正认识和掌握的，对此，笔者在《市场乾坤》一书中有过较充分深入的研究，本书就不再做研究和分析了。最后，理论修炼光停留在前两步还不够，因为那还是抽象和一般的范畴，而投资毕竟是实打实的经济行为，因此，理论必须实用化即向实践转化，那就是要根据市场和个人的特殊性，进一步将理论落实为更具操作性的投资理念、模式、方法，从而形成自己相对稳定的投资分析操作系统，至此，理论修炼才算基本完成，才能进行独立和正式投资。

理论的修炼主要靠学习、思考、研究。

◎ 技术修炼

这方面是中国的投资者最为熟悉的，但最为熟悉不等于理解和掌握，其中存在很多误区和错误。因笔者在《市场乾坤》和《图表智慧》两书中，对技术分析已经做过较深入和全面的阐述，前面又再次重点阐述了技术分析的缺陷，故这里就不再展开了。只想说明一点，那就是技术分析虽然也有理论成分，但更多地来自经验，同样，虽然技术分析的基础知识从书中不难学到，但要完全理解、熟悉和恰当运用，只能靠长时间的经验积累，这是没有任何捷径的。所以，投资技术的修炼即学习、熟悉以及运用，主要是一个长期参与投资实践、不断积累经验的过程，而且这个过程需要的时间相当长，一般需要5～8年，假如没有这么长时间的积累，那么对技术分析是很难理解透彻和掌握到家的，因此，投资是一项成才缓慢、代价巨大的事业，对许多人来说，并不适合作为职业来做。

◎ 心态修炼

心态恰当与否，对投资者成败的影响很大，即便是投资理论和技术修炼得很好了，假如心态及相关的心理素质不能与理论、技术相配合和协调的话，那投资还是不能成功。心态的修炼虽然会受到理论和技术水平的影响，即理论和技术好了，有助于建立和保持良好的心态，反之，则会使心态不断恶化，但心态还是有着自己的独立性的，因此，心态的修炼也是需要专门进行的。

投资心态的修炼，大致包括三个主要方面：第一，正确健康的财富观和投资观。其基本要求是发财欲望必须与市场规律相吻合，不能有不切实际的目标，如短期暴富的想法就要不得，由于这个问题是与投资理论密切相关的，所以必须在投资理论的指导下来完善自己的投资财富观。第二，投资纪律的约束。投资是高风险行业，因此，需要有特别严格的投资操作纪律，而纪律的要求则来自于市场规律和自己确定的分析操作系统，一旦制订出投资原则，就必须像军队纪律和命令那样不折不扣地遵守，才能保证部队打胜仗。然而，除了自己之外，个人投资者往往没有组织、团队等外部力量来监督，行为就会变得很随意，投资纪律很容易遭到破坏，为了防止这种现象的发生，投资者就需要不断进行纪律和自我约束的强化修炼，方能使投资纪律得到保证。第三，心理素质的匹配。由于投资的特殊性，故而对心理素质的许多方面有很高的要求，如等待机会和长线持仓所需要的耐心，面对价格短期波动和诱惑所需要的冷静，当出现重大错误和不利因素时止损所需要的果断，如果不具备这样一些重要素质的话，那么，即使其他方面达到了很高的水平，投资的最终效果仍可能会难如人意，所以，在这些方面有欠缺的投资者，必须不断通过各种手段或训练来提高自己相应的心理素质，以达到符合投资的要求。

心态的修炼，主要靠毅力以及因此而形成的良好习惯，但广博的知识同样有助于心理素质的改善。

笔者以为，在这三项修炼中，对普通投资者而言，心态的修炼比前两项更为重要。因为一般投资者再怎么努力，受各种主客观条件的限制，也不可能达到世界大师那样的水平，因此，也就不能有太高的期望，而只能争取有限的成功。而要获得有限的成功，心态比起理论和技术就显得更加重要，毕竟一般的理论和技术是不难学到的，不少投资方法其实也是很简单的，但要做到却很难，这就需要心态的修炼。中小投资者应该明白，既然自己在理论、知识、技术上没有优势，那就更应该在毅力、耐心方面寻求投资突破，所以笔者建议，一般投资者应把修炼的重心放在如何建立健康的心态上，克服自己的心理弱点，尤其是不要贪婪，不要有暴富和侥幸心理，不要自以为是，而要有自知之明。

第五节　投资训练的方法和要求

Section 5

投资修炼从时间上来看，大致可以分成两个不同过程，前期的学习训练阶段和后期的修炼提升阶段，可以分别简称为训练和修炼。虽然人类认识和知识的最初起源，都是伴随着实践而产生的，但作为具体的个人来说，认识、知识主要是从学习开始的，对现代人来说尤其如此，因为前人已经通过他们的实践总结、归纳出了许多正确、合理的知识，不必要也不可能样样知识都靠自己的实践而来。由于专业化分工和科学技术的不断发展，要想从事现代社会中的任何一项工作，都需要一个专业理论、知识、技能的学习过程，一个从未进过校门的文盲或一个从未有过任何技能训练的技盲，在当代社会是很难获得正规就业的，其能胜任的劳动、工作越来越少，即使一直被认为最简单的农业和家政服务，也都融入了很多科技和社会知识，更何况是高智力、高知识型的投资领域。

◎ 接受培训

接受有关投资的培训教育，应该说是进入投资门槛比较好的方式。它的优点是快捷，但缺点是不够系统、深入，时间太短，如果没有实战在先的话，理解和领悟就难以到家，因此，只能说是很初级阶段的训练和入门，离真正的训练要求还差得很远。

可惜，连这样的培训，在国内办得少且质量又低。表现在：第一，全国规范的专业投资培训机构、人员、场地可以说少之又少，除了北京、上海、深圳等大城市有少量之外，其他地方基本上是空白；第二，培训师资多半是两类人，大学教师和咨询分析师，而二者的知识结构有很大的缺陷，前者习惯于生搬硬套价值较低的教科书，讲起来一大套，却不着边际，没有多少实用价值，后者太贴近市场和受短期、局部利益的影响，存在很大的片面性，习惯于讲一些雕虫小技的技术分析或所谓看盘、操盘技巧之类，总之，都缺乏对市场及投资的深刻、全面理解；第三，至今为止，还没有一个机构和个人，在投资教育、培训领域获得普遍的认可和成绩。

导致上述状况的原因主要有三：其一，真正具备培训能力的机构和师资太少，中国资本市场、股市才有刚20年的时间，而且一直处于非常态的不成熟和规范状态，加之急功近利，真正透彻认识市场和理解投资的人少之又少，多半是半桶水甚至靠歪门邪道赚钱，因此，就算整个中国都不容易找出几个真正具备投资培训能力的人，绝大部分投资者也只有望而兴叹了。其二，即使存在极少数真正有培训能力的人，他们必然也是投资能力很强的人，股市大把的机会在等着他，又哪有闲心去做吃力不讨好、效益远不如实战投资的教育和培训呢？除非他有博大的胸怀，并热心于投资教育和培训。其三，政府对投资教育、培训重视和扶持不够，反而有意无意地抑制。

笔者决心致力于投资教育和培训，可也不敢期望过高，问心无愧也就心满意足了。研究、写作是这一工作的前期部分，但愿能逐步获得投资者的认可和支持。

◎ 拜师求教

每个有伟大成就的人才或团队，背后一定都站着一个不凡的老师、指导者、教练，完全靠自学成长起来的出众人才少之又少。举几个最大众化的例子吧！

巴菲特入行之初或入道之前，和所有普通投资者一样，做着同样的技术分析，整天泡在费城交易所看走势图表和找小道消息，而并不是一开始就懂得购买翻10多倍的可口可乐股票，但他谦虚好学，恰好又有名师可拜。于是，他申请到跟随价值投资大师格雷厄姆学习的学位，1957年又亲自向知名投资专家费雪登门求教，在好友芒格的协助下，他融合格雷厄姆和费雪各自投资体系的优点，开始形成自己的价值投资体系，并在实战中不断地摸索，最终成为一代投资大师和世界首富。否则的话，难免与众多投资者一样，默默无闻，至少也不会有后来那么大的成就。

美国NBA篮球中的芝加哥公牛队，在天才教练杰克逊、球员乔丹的带领下称霸天下，但在两人于1999年一同退役后，尽管还有三个顶级的球员，可球队的成绩却一直不理想，这使湖人队的老板更加认识到优秀教练的重要性，再次聘请杰克逊出山，于是，湖人队在当年（2000年）就获得了NBA总冠军，2001年、2002年又连续获得NBA总冠军。同样的顶尖球员，由于没有顶级的教练，一直都不能成功，一换上高水平的教练，马上就发生质的变化。

尼克是美国著名的青少年网球教练，带出了桑普拉斯、阿加西、科威尔、威廉姆斯姐妹、库尔尼科娃等男女球星。著名华人网球明星张德培，青年时代曾和桑普拉斯、阿加西、科威尔一起受训于尼克，并依靠他顽强的意志和拼搏精神，打败了几位师兄，获得过世界网球青年冠军，但后来的成绩却总是排在师兄的后面，被笑称为千年老二。原因就在于桑普拉斯、阿加西、科威尔后来都聘请了最顶尖的教练，而张德培却是聘请了没有职业网球经验的哥哥和父亲做教练。

当然，中国目前还没有优秀甚至合格的投资老师，但对于新入市和起点低的投资者来说，总还是有一些理论和实践都能帮助自己少走弯路的前辈老师的。

◎ 自学摸索

这永远是投资者训练的主要方法。在社会领域和人生之中，许多方面都是靠自己摸索着前进的，没有正规的教育途径，比如婚恋家庭、子女培养、社交处世、生活娱乐，古人说成是无师自通，这有些道理，但也不完全对，真正无师自通的天才是极少极少的，绝大部分的是通过多次失败训练出来的，所以才会有"失败是成功之母"的格言。股市投资也属于这类性质的领域，不折磨个三五年、亏个几万元，我看也没有人能真正学会投资。至于如何自学探索，前面已有过论述，且本书的全部内容，可以说都是为这个目的服务的，因此，就没有必要再多说了，但有一点必须强调，那就是在自学探索和训练阶段，投资者只能拿少量资金来尝试，不论你有多少身价，绝对数也不要超过5万，余钱不多的投资者，花几千也就可以了。

◎ 研究升华

这是对有一定基础的投资者而言的，这些人一般有几年的投资经验，对投资知识和技术都有了基本的了解，成绩则有好有差，但总体是不太理想，笔者认为自己就属于这一类。到了这个阶段的投资者，要想继续突破，笔者认为研究升华是必要的方法和途径。研究的内容主要包括：全面深刻地总结自己的过去，仔细审查自己失败或不理想的原因，并有针对性地弥补自己的不足；总结、梳理投资史上重要的理论和人物，看看自己到底是否透彻理解了并能做出较客观准确的评价，进而吸取精华为我所有，并抛弃其不足或缺陷；回顾中国股市的历史进程，看看自己能否勾勒出其发展和投资的线索、脉络，从而有助于自己今后更好地把握市场；看看自己能否建立起一套既符合市场和投资规律，又符合自己特长和个性的投资模式或分析操作系统；看看自己的知识结构、投资经验、心理素质、人生理念等还有哪些不符合投资的地方，并制定有效的解决方案。通过这些方面的深入、全面研究，对市场、投资的理解及其相关的能力和素质，肯定会得到升华，笔者写作和出版的几本书，就是这种研究的结果，并觉得收获是很大的，笔者相信这对投资者也会有一定的启发。

关于研究的价值，还有一点是需要特别指出的，那就是许多问题的发现和解决只能通过研究才能做到，单纯的实践或学习是发现和解决不了的。比如，关于技术分析及有关方法的缺陷，尽管在实践运用中也常常碰到，可一般人总是习惯地将其归咎于自己的失误或掌握不到家，而不容易怀疑到技术分析及方法本身就存在缺陷，但在研究中就不难发现这一点。因为在研究及写作时，要想清楚明白地告诉别人，你就必须把事情的来龙去脉搞清楚，必须弄懂某种技术分析方法有效的逻辑所在，这样一步一步地追下去，问题就比较容易暴露出来了。这一点，以前做过研究尤其是理论研究的投资者，是不难体会的，而没有做过研究的投资者，恐怕就比较难以理解了，因此，笔者建议每个投资者都应该进行研究，何况投资需要研究的问题很多。

◎ 时间保证

任何训练都是需要起码的时间保证的，没有一定的时间是达不到训练的要求和目的的，所以，许多领域和专业都对学习训练有时间规定。医生在读完4年专业知识后至少需要1年的训练实习；考汽车驾照时，在学科考试合格后，必须经过大车40天、小车30天、摩托车20天的训练后，方可报名桩考。诸如此类关于训练时间的规定，各行各业还有很多。

投资训练的时间，尽管不像其他专业领域的训练那样具有强制规定性，也不存在绝对的标准，但从投资的安全性和投资的难度上看，要达到上岗的程度，所需要的时间更长，哪怕是特别聪明的人，也一样要有训练时间的足够保证。依笔者之见，一个具有一定知识基础的投资者，要想达到中级投资水平（大约能实现盈亏平衡或略有超出），至少需要5年的时间，大致要经历一个牛熊循环周期，而要达到高级投资水平（盈多亏少或稳定盈利），则至少需要8~10年的时间，这只是底线而且必须是连续计算的，因此，多数投资者实际所需要的时间还会更长，这也从另一个侧面反映出投资成功之艰难。

◎　**训练的检验**

既然投资训练是正式投资前一个必不可少的艰苦和漫长学习过程，那么，又怎么来衡量训练已经达到要求及能够进行真正的投资了呢？这一点确实很难用十分简单而明确的标准去判断，但也不是毫无标准，依笔者之见，可以从以下三个方面去衡量或判断：

第一，自己能否由表及里地去看待市场或价格变化趋势，对市场及其趋势的判断能否不受日常涨跌所左右而反复无常，如果能，训练已经基本合格了。换句话说，能透过市场涨跌的现象，看到市场趋势及其变化的深层本质或隐含力量，形成了自己独立的分析判断能力、思维方法，对价格中短期波动有足够的应对定力，这说明你对市场的认识已经比较成熟和到位了，可以进行正式投资了。否则的话，还得继续训练。

第二，是否形成了自己相对稳定的投资体系或模式，它不仅要符合市场规律，同时也要符合自己的个性特长，而且，这种模式的形成，不能仅仅是照搬别人成功的或推荐的模式。它一方面需要在充分理解的基础上吸收别人的成果和经验，另一方面还需要通过自己的研究、思考而得出。如果已经建立起了自己的合理投资模式，那么，训练就基本达到要求了，可以进入正式投资了。否则，就得继续训练。

第三，这是一个最简单有效的方法，那就是关于股票投资的各类一般书籍（也包括笔者的）、各种股评，你觉得没有什么价值时，训练就基本达到要求了，可以进入正式投资了。如果你见到关于股票投资的书籍，无论深浅优劣，你都觉得书中所讲的自己不懂或感到特别新鲜，而对待市场走势，不看股评就不知所措或心理不踏实，那就说明你还很不足，超越不了众多投资者的平均水平，尚不具备独立分析判断和投资能力，应该继续训练。

第六节　谨慎选择投资机构或代理人

Section 6

不管怎么学习、训练，就绝大多数中小投资者的实际情况而言，与投资的高度要求相比，都是不太适合亲自投资操作的。所以，在西方成熟股市，不像中国这样有众多散户亲自操作，绝大多数工薪阶层，都是将自己的资金委托给专业机构和专业人才代理投资。中国的散户也将逐步选择这条道路，中国股市的投资者构成，也将越来越机构化和专业化。在这样的大趋势和背景下，投资者的问题将从如何选股和操作，变成如何选投资机构及其产品，如基金、定投、私募、代理咨询公司等。

在人生和社会生活中，会面临许多决策或选择，如选学校、选朋友、选对象、选单位等，尽管这些选择的具体内容很不相同，但选择的标准则大体是一致的，那就是德才兼备，能力过硬，品质可靠。说得更具体一点，无论选什么，都可以归结为选领袖、选思想、选能力三项核心内容，领袖主要是看当家人及其作为主导力量的领导团队怎么样，思想应侧重在理论体系、价值理念、服务宗旨，能力主要是看实践效果和能否聚集、使用优秀人才。为庆祝新中国成立60周年，最近央视播放的电视连续剧《解放》，可以说浓缩了中华民族近现代选择的一个经典范例，那就是民族的未来该选择国民党还是共产党呢？无论是领袖、领导集体，还是指导思想及能力素质，共产党无疑都远远优于国民党，尤其是国民党领袖蒋介石的狭隘自私，完全丧失了国民党曾经的革命性和先进性，关键还是人出了问题，在孙中山、黄兴、宋教仁等优秀人物去世之后，国民党再无德才兼备的继承者，故而其失败命运是必然的。所以,在国内战争中,尽管国民党占据统治地位和拥有绝对优势的军事力量,但也免不了失败的命运;尽管共产党一直受到国民党的排挤乃至杀伐,多次面临生死危险,但由于得到代表民族多数的贫苦大众和进步人士的支持,所以,最终以弱胜强打败了国民党,这等于是人民和民族选择了共产党而放弃了国民党。这里的选择虽然主要属于政治领域,但国共两党的历史比较,对其他任何领域的选择,都有着很大的借鉴意义,投资中选择机构或代理人也不例外,巴菲特和索罗斯之所以能赢得投资者的信赖,其根基依然是领袖、理论或理念、能力三项核心内容。

在选择投资机构或代理人时,投资者最容易犯的毛病,是将短期盈利等同于投资能力,忽视甚至完全不了解其投资理念或模式,可是,短期的业绩甚至高盈利,与成功的投资理念、模式并没有必然联系,短期盈利很可能完全是偶然事件甚至根本就是撞大运,或者是通过其他不太正当的手段获得的。实际情况也恰恰是这样的:许多所谓高手的业绩多是在1999年、2006年、2007年那样的大牛市背景下获得的,有些甚至是内幕所得;机构也一样,牛市赚钱、熊市亏钱,有些则是靠做庄盈利。所以,真正的投资能力和业绩必须要有长时间的检验,假如时间不够长的话,则对其投资理论和模式需要更加认真地评估,总之,单纯的短期成绩,远不足以让你把资金交其代理,这方面的标准将在第八章专门论述。

其实,选择投资机构或代理人,和亲自投资一样,没有把握、没有足够的可靠性,那就宁可放弃也不要轻易参与,尤其是要防止落入那些不切实际或故弄玄虚的宣传、广告陷阱之中,否则,其造成的损失,将比自己操作造成的损失还要更加可悲,真正的一无是处,损失了本金,却什么也不知道,而自己做亏了,好歹还有些经验教训的收获。

第七章

Chapter 7

短炒教唆批判

由于研究和写作的需要，笔者较为关注股票投资类书籍，也买了不少，尽管这类书籍琳琅满目，但总的感觉是质量很低，真正有价值的极少。这是一种正常现象，毕竟中国股市才刚刚20年历史，而绝大部分投资者的投资经历也不过几年，包括笔者也一样，何况中国股市直到现在还不是很完善成熟，要写出高质量的投资书籍是不现实的，不过，只要作者带着谦虚和认真的态度，即使质量不高，也是值得赞许的。可是，有相当一部分作者却并不是这样，他们利用市场的不完善以及投资者的知识、经验缺陷，抓住其希望快速致富的不恰当心理弱点，拔高和神化自己，不断贩卖貌似合理实则有害的错误理念和方法，他们自己则从中直接或间接获利，这其中最普遍甚至可以说猖獗的是短炒教唆。只要走进书店投资类书籍柜台，至少有一半的图书是宣传短线的，有些还成为传销书，反复宣传"短线是银"的谬论，可见，给投资者的危害不浅，下面笔者将揭穿其中的真相。

第一节　短线致富是邪说

Section　1

宣传短炒的人，主要的依据有两条：

其一，由于中国股市不规范，投机性强，政策干扰严重，上市公司质量低，长线投资不仅没有价值，而且风险很大，因此，只有短线才能规避风险。这其中，关于中国股市的评价基本上都是事实，但给出的结论和策略，既不符合逻辑，更不符合事实。

虽然中国股市符合价值投资的股票和时机很少，但仍然符合趋势投资，而且可以说中国股市的趋势比成熟市场还要强劲，只是牛熊的转换频率较高即存在周期性暴涨暴跌而已，笔者前面的分析已经充分地证明了这一点，投资者自己打开指数和个股历史走势，也能一目了然地看到这一点。趋势投资尽管不是价值投资，但和价值投资一样，也是不能频繁进出的，要求顺着趋势持仓直到趋势结束。

至于投资的风险，那是天然存在的，没有不存在风险的股市，也没有不存在风险的投资方法。面对风险，投资者所能做的：一是提高分析判断能力，通过提高成功率来降低投资风险；二是使用正确的投资方法，通过减少操作频率来降低风险。通过无数先辈100多年的总结，资本投资较为安全或风险较低的投资方法只有两种，那就是价值投资和趋势投资，难道只有20年股市历史的中国人，就能如此轻而易举地否定掉西方100多年努力所形成的两种公认的低风险投资方法，并发明创造出更好的短线投资方法？笔者是绝对不相信的，这纯粹是阿Q精神胜利法。再说，投资的风险一方面是市场内生的，另一方面则是和能力成反比的，能力强再加上方法得当，自然会降低风险，能力差，即使用好的方法也不见得能降低多少风险，所以，单纯的短线炒作，与降低投资风险是风马牛不相及的。

相反，频繁的操作只会加大投资的风险。一方面，市场越是短期的波动越是没有规律性，越是长期的趋势越是相对容易把握，就像了解一个人一样，当你对他或她有较充分的了解之后，就能大体知道他或她是个什么样的人，有哪些优缺点，适合做什么，前景有多大，是否可以做朋友、夫妻，但是，哪怕你对一个人再了解，你也不会知道他或她每天的具体想法和行动。股市走势的道理与此是完全一样的，越是短期越容易判断错误即多做多错，因此，短线怎么有可能风险更低呢？这完全是一派胡言。另一方面，短线频繁交易的成本很大，这是短线特有的风险，以现在的制度为例，印花税1‰（单边收取），另外还有手续费最高3‰，具体比例不同券商略有差异，就假设为2‰，以1万元资金全额交易计算，再假设每次原价进出、每天进出一次，那么，只要1年，1万元的本金就会全部损失在交易成本上。

其二，短线机会多，盈利快，累积起来，很容易致富。这初看起来确实很有道理，其实完全是谬论，与许多骗术的障眼法是一个路数，也是投资者容易相信的要害所在。

股市每天都有涨停板的股票，哪怕大熊市或大跌之日也一样，按照短炒教唆者的逻辑，每周五个交易日，虽然天天抓涨停板做不到，但每周抓一个涨停板还是完全可以做到的，一个月有四周，因此，月盈利率就可以达到40%，一年12个月，累积下来，资金就可以接近翻五番了，如果算上复利，那就更加了不得了，只要投入几万元，用不了几年，就可以成为亿万富翁。因此，短线是快速致富和投资成功的最好选择，至于短线的分析判断和操作的具体方法，只要按照他们传授的秘诀去做就行了。整个论证过程好似无懈可击，再配上他们提供的真假难辨的成功实例，缺少思辨能力又有暴富心理的人，很容易相信这一套知识型骗术（其实就是文匪），那么问题出在哪里呢？

问题之一：每周抓一个涨停板，偶尔可以做到，但长年累月能做到吗？笔者认为，无论中外，没有一个人能做到，不仅一周抓一个涨停做不到，就是抓1/2个、1/4个涨停也都做不到，如果世界上真有这么简单的事的话，那不知要有多少强于巴菲特和索罗斯十倍、百倍、甚至千倍的人，那么，冠世界首富之名、天下敬仰但年平均盈利率只有30%左右的巴菲特将无地自容，年平均利润率还不如中国短线高手月平均40%的盈利率高？这样的结论不可笑吗？这套知识或技术骗术的本质在于偷梁换柱，用理论上的可能性代替实际上的可行性，这是绝大部分骗术的常用手法，也是许多半桶水书生的通病，如马谡的纸上谈兵，如中国13亿人口、一人买一件就是天文数字的市场营销预测等，数不胜数。这样的谬论其实是不难揭穿的，就像地下埋着无数宝藏，只要你每天坚持挖宝，不说一年成功一次，平均5年或10年成功一次，那么全世界的人就都会去挖宝了，可事实上并没有几个人会那么做，因为人们很清楚，纯粹理论上的可能性并没有实际上的可行性。但这样的谬论一旦用稍微复杂一点的形式包装起来，许多人就难辨其真伪了，这不仅是不独立思考的结果，更是发财的欲望蒙蔽了大脑，许多骗术的得逞，正是利用了这种心理弱点，本来如同骗术的短线致富理论，之所以有那么多人趋之若鹜、奉若神明，主要原因也就在这里。

问题之二：他们提出的短线技术，是根本做不到每周抓一个涨停板的，看起来说得头头是道，但真正用起来，却基本上都是模棱两可、云里雾里的把戏。这套把戏在理论上和逻辑上的缺陷，笔者已经反复批判过，那是违背越是短期的市场波动越没有规律也就越难把握这一基本逻辑和常识的，尽管如此，一般人还是不太容易理解到位，而最好的办法就是操作实验。为了检验短线致富理论，笔者完全根据两本最流行的短线技术书籍（这里就不具体点名了），差不多用了一年的时间来实验，结果却是很失败的，投资者也可以自己试验，相信有很多投资者已经试验过了，肯定也没有得到好结果。

问题之三：短线理论所提供的大量成功操作案例，假设绝大部分是真的，但这并不能证明短线理论有效，因为投资尤其是短线操作，有着很大的偶然性和机会性，哪怕一个人什么技术都不懂，十次短线操作下来，也完全有可能撞中一两个涨停板，守在树下都还有可能捡到一只撞到树上的死兔子呢！更何况是波动比兔子撞树更加频繁的股市，再说，遇到时间很长、个股普涨的大牛市时，就是请一个什么都不懂的老太婆来操作，盈利的概率也同样会很大，与短线技术又有什么关系呢？

问题之四：短线致富理论隐瞒了一个最大的事实，那就是只讲短线的成功，不讲短线的失败。真实的情况是，十次短线操作中，可能有三五次赚钱，但同样也可能有三五次亏钱，盈亏相抵，其盈利率实际并不高，反而有可能是亏损的。而短线教唆者，只把盈利的次数累加在一起，作为负数的亏损次数却没有加进去，这样，盈利率当然就高了，致富的速度自然也就很快了，但这是自欺欺人的把戏。

问题之五：所有的短线教唆者，其实他们自己都做不好短线，如果他们真的像自己的书中所说的那样厉害或神奇的话，那么，通过股市，不知已经诞生了多少亿万富翁，他们也用不着辛辛苦苦编写什么短线秘籍来赚取微不足道的小钱了。他们自己都发不了财的方法，别人还能指望靠它致富吗？

问题之六：中外都有很多短线大师，但还没有通过短线而成就的投资家。江恩不仅理论上出名，更是短线大师，1909年10

月，他在股票行情和投资文摘杂志社代表的现场观察下，在25个交易日里，共进行了286次交易，既有做多也有做空，结果，264次获利，22次亏损，交易本金增值了1000%。江恩对行情预测也是神奇的准确，1909年夏天，他曾预言9月小麦期货的价格将到达1.20美元，但到了9月30日12时（也就是9月小麦的最后交易日），价格还是在1.08美元，看来他的预言无法应验了，但他却说："如果今天收市前它达不到1.20美元，那就说明我的整个计算方法有问题，我不在乎它现在的价格，它必定会到1.20美元。"果然，9月小麦在收市前一个小时不可思议地涨到了1.20美元。可是，就是一个短线如此厉害的人，其一生的投资生涯却并不算成功，以至于他在72岁时说："如果一个人操作稳健而又不贪图暴利，那么在一段时间里积累一笔财富还是容易的。"并且进一步认为，把年平均投资盈利率定在25%是比较合适的，这几乎是对巴菲特的提前预告。

问题之七：短线操作必然需要紧盯盘面即所谓的看盘，不仅大盘指数要盯，众多的个股也要盯，政策、热点、消息、题材、板块等凡是涉及短炒的内容，无一不需要密切关注，这么宽广的工作面和内容，即使是职业投资者都顾不过来，只有成立一个短炒小组才有可能做到，而作为业余性质的中小投资者，又怎么能做到呢？

以上简单的分析和论证，足以说明短线致富完全是虚妄之谈，无论是理论上还是实践上，都是漏洞百出的歪理邪说。其实，投资者只要善于分析和观察社会，就会发现一个很简单的现象，那就是越难以做到的事，或越是自己不愿意做的事，越是有人持续不断地宣传鼓动。比如仁政、儒教或其他宗教的那套鬼把戏，是很难普遍做到的，更是统治者或宣传者自己不打算做的，可几千年来的宣传鼓动就一直没有停止过；中国口头上的廉政反腐官员，口号一个比一个响亮，大会、小会、广播电视哪天不唱高调，但又有几个人真正去做呢？西方总是以人权维护者自居，到处指手画脚，可他们又哪里真正关心过别国民众的人权呢？反而是为了自己的利益，到处侵犯别国人权、主权。短线教唆与此类现象完全是一样的，它既是做不到的，也是宣传者自己不相信和不打算做的，目的无非是蒙骗不明真相的投资者，以便获取自己的利益。

当然，短线并不是完全没有成功的可能，在如下三种特殊情况下，还是可以做到的：其一，利用资金优势短期操控股票价格，如大家熟知的涨停板敢死队就是这样的，但这个条件中小投资者不具备；其二，获得可靠的内幕消息，这是老鼠仓的专利，中小投资者也是无法染指的；其三，已经完全掌握了价值投资和趋势投资的极少数天才，也就是说，如果一个投资者已经完全掌握了价值投资和趋势投资这两个最基本的方法，并获得了很大的成功，在此之后，他再专心研究短线投资及技术，那么，他还是有可能获得成功的。因为投资能力的获得必须从最基础的价值投资开始，再到较高级的趋势投资，最后才有可能做好难度最大的短线，这和上学一步一个阶梯是一样的，只有中小学毕业后才能进大学，大学毕业后才能读研究生。价值投资就像中小学，是基础中的基础，趋势投资就像大学，是专业的基础，短线就像是研究生，需深入探索到局部领域或做专门的课题，可是，中国的投资者现在连中小学都还没有毕业，少部分刚进入大学，就倡导他们去做研究生的事，岂不是滑天下之大稽？这个比喻虽然不是很恰当，但多少能说明一些问题。

有人将短炒比喻为烟草：烟草是全球唯一一种按产品说明书使用却会导致使用者死亡的合法消费品，短炒也是在进行完全相似的合法消费；烟草危害健康，短炒毁灭财富；这两者还有一个最大的相似之处，那就是上瘾难戒。这是非常有道理的，请信奉和喜欢短炒的投资者三思。

第二节　中介商是教唆犯

Section 2

提倡短线或短炒的核心力量是中介商，包括券商及与券商利益联系在一起的经纪人，主要通过三个渠道来引诱和教唆投资者做短线：一是通过经纪人（包括与券商紧密合作的投资咨询、信息公司）直接面对面地对客户进行诱导，也就是习惯上说的炒单，以做大交易量，使公司和经纪人共同获得佣金收益，客户的盈亏他们是不会真正关心的，这样的实例甚至骗局太多了；二是撰写出版短线致富的歪理邪说和技术秘籍，这类图书的写作者几乎都是任职于券商的咨询分析师，或者是和券商存在合作关系的投资咨询公司，主要目的是想获得名气，以便于更好地承揽客户；三是在媒体、网络推荐股票以及发布各类投资分析报告，烘托市场炒作氛围，描绘盈利前景。后者是只有券商和职业分析师才有的特权，这个特权要拜证监会所赐，那就是几乎与能力无关的证券分析咨询合法资格，其实这样的所谓资格，只不过是通过了一次基本没有实际价值的考试而已，公司则不过有人头优势而获得监管部门颁发的执业资格，与实际的水平完全是两码事。

　　中介商这么做，是其职业和行业的本性，他们就是靠投资者的手续费来维持生存和发展的。由于券商的业务构成不合理、多元化发展能力低下，以及交易机制只能做多、不能做空的单向局限，使得国内券商基本上只能"靠天吃饭"，而始终走不出"牛市赚钱，熊市赔钱"的宿命，这个所谓的"天"就是交易量，实质则是佣金。

	1995年	1996年	1997年	1998年	1999年	2000年	2001年
佣金收入比重	21.93%	41.20%	38.40%	36%	32.90%	42.90%	51.61%

表7.1　1995年～2001年国内券商总收入的佣金比重

	佣金收入	自营收入	投行收入	利息收入	其他收入
所占比重	51.61%	13.21%	5.03%	10.74%	19.41%

表7.2　2001年国内近100家券商收入构成

以上是2001年前全行业的统计（表7.1、表7.2），基本属于成交量较大牛市趋势范围。再看较近两年的数据：2006年，全行业经纪业务、投资银行业务、自营业务等三项业务，占收入比重分别为45%、12%、25%；2007年的状况也是大同小异，据对26家券商的统计，当年26家券商64%的营业收入来源于经纪业务，券商自营业务收入占比26.7%，承销业务和委托代理收入占比不足5%。从这些数据大致可以看出，佣金收入一直占据大头，基本上为总收入的一半左右，如果只统计前20名券商的话，则会高达2/3。这种状况与美国对比，二者之间的差距一览无遗。在1975年美国实行佣金自由化以前，证券交易手续费收入平均占券商总收入约50%，可10年后的1985年，手续费收入却不及券商总收入的20%；1999年，在美国纽约证交所会员公司的收入结构中，佣金只占收入总额的15.98%。美国券商的主要收入来自于直投业务，而且利润极为丰厚，据统计资料显示，国际券商直投收入一般占总收入的60%以上，在资本市场最发达的美国则超过70%，券商直投的回报动辄几倍甚至数十倍，像高盛投资中国工商银行和收购西部矿业、摩根士丹利投资蒙牛乳业，这些经典案例都为券商获得了几十倍甚至上百倍的超值回报。

再看证券经纪人的收入状况。尽管不同券商经纪人的管理和收入获取办法有一定差异，但基本上采用的都是基本工资＋提成的模式，而且基本工资即所谓的底薪一般都很低，在800～1000元左右，许多还要更低甚至没有底薪，而主要是靠开发客户和交易的提成，提成比例大约在交易手续费的20%～50%之间。这样的利益机制，自然导致券商及其经纪人唯有拉客户和做大交易量是从，根本不会关心客户是不是赚钱，更何况许多经纪人完全没有能力指导客户赚钱，公司选择经纪人的标准，也不是看其分析咨询能力和品质，唯一的标准就是看他能拉来多少客户和资金，并做了多少交易量。

无论是券商还是经纪人，其利益机制和行为取向，都是与投资者的利益背道而驰的，彼此之间不仅不是利益联盟或利益共同体，反而是利益链上此消彼长的恶性循环关系，一方要想赚更多钱的话，必然会损害另一方的利益。假如投资者要赚钱，那就不能短炒，而必须按科学方法投资，这样，券商和经纪人就没有收益或收益减少；假如券商和经纪人想赚更多钱的话，那投资者就必须不断交易，但因为违背正确的投资原则，必然会不断亏损。要改变这种损人利己的利益博弈方式，只有将券商和经纪人的收益与投资者的收益捆绑起来，才可能实现共赢，定投就是这样的方式，但不管怎样，要普遍实现二者之间的共赢是不可能的，也是违背市场规则的。所以，投资者要维护自己的利益，关键还是要靠自己，不要指望券商和经纪人来帮自己赚钱，更不要做短炒这种无谓自损而一无所获的蠢事，连成熟规范的美国股市，巴菲特都告诫投资者不要短炒，他说："华尔街靠的是不断地买进卖出来赚钱，你靠的是不去做（短线）买进卖出而赚钱。这间屋子里的每个人每天互相交易你们所拥有的股票，到最后所有人都会破产，而所有的钱财都进了经纪公司的腰包。相反的，如果你们像一般企业那样，50年岿然不动，到最后你赚得不亦乐乎，而你的经纪公司则只好破产。这就像一个医生，依赖于你变更所用药品的频率而赚钱。如果用一种药就能包治百病，那么他只能开一次处方，做一次交易，他的赚头也就到此为止了。但是，如果他能说服你，每天更新处方是一条通往健康的途径，那他会很乐于开出新处方，你也会烧光你的钱，但不会更健康，反而处境会更差。"

第三节　暴富心态是祸根

Section 3

　　毛主席曾经说："外因是变化的条件，内因是变化的根据"，投资者的短炒虽然有很大的外部诱因，但关键还是自己的不健康心态或认识在作怪，那就是普遍存在的暴富心态，不仅股市投资如此，其他许多领域也不例外，从而生出数不清的自作自受悲剧。

改革开放是社会主义在新的历史条件下的探索和发展，纠正了那些束缚生产力的左倾思想和路线，调整了过于僵化的体制，激发了全国人民致富奔小康的积极性，因此，通过30年的发展，取得了巨大的成就。但是，急剧变革的潮流也使国人的心理受到了巨大冲击，从而产生了两种极不健康的心态，即快速暴富心理和不择手段的方法论，二者的相互结合和利用，进一步导致社会的局部混乱和各种各样的悲剧。为了快速暴富，那些胆大包天、藐视一切、连性命都豁出去的社会渣滓，采取极端方式，铤而走险，公然践踏法律禁区，干尽了走私、贩毒、偷渡、拐卖人口、诈骗、抢劫、生产销售假冒伪劣产品等罪恶勾当；为了快速暴富，那些善于投机、社会关系广、深谙谋略之道的人，则专门利用国家管理体制和政策的漏洞，以金钱、美女开路，黑白两道通吃，胡雪岩、杜月笙等清末民初一批官商勾结、发国难财的暴发户，就是这批人的前辈和学习榜样。

当然，这些特殊人群，八仙过海，各显神通，确实有少部分人成了暴发户，但也有不少人走上了黄泉路，因为他们的所作所为触犯了法律和社会公德，即使侥幸逃脱了制裁，也要受到千夫所指，难以光明磊落地活着。因此，这些人从来都是社会谴责和鄙视的对象，而不是学习的榜样，即使他们在金钱上成功了，也仅仅是一个数字和个人有限的物质享受，而从其社会意义和价值来看则是非常渺小的，甚至还不如平民百姓。当然，在30年的改革开放中，由于国家为社会创造了很多的发财机会，也有不少人利用正当手段（即使不合理也不属于违法），靠个人的聪明才智，很好地抓住了机会而快速致富，这样的人在任何时代和任何国家总是有的，但也总是极少数。这部分人是值得学习的，不过，从更广阔和长远的角度来看，他们的成功也是存在着机遇性偶然因素的，即所谓命运或运气成分，而这并不是人人都可以模仿的。

所以，无论是从哪个角度看，暴富都不是通行的致富路径，更不是经济发展、社会运行、人类进步的常态，相反，从古至今，勤劳致富、慢慢积累致富，才是一条亘古不变的康庄大道。所以，西方有句名言，三代才能造就一个贵族，也就是说，需要三代人的不懈努力，才能真正发家致富，中国也有句类似的谚语，即富不过三代、穷不过三代。可惜的是，许多普通民众尽管没有很好的致富条件，也没有出众的个人能力，却依然抱有浓厚的快速暴富心理，而社会上总有少部分不怀好意的人，专门针对这些有强烈暴富心理弱点的民众下陷设套，从而引发了一幕又一幕的、大众化参与的被蒙骗悲剧，其中最有代表性的现象有：

一、传销。传销害人的事持续不断，参与者也是络绎不绝。尽管传销的具体方式，但其本质却都是一样的，无非是利用金字塔原理（它建立在无穷大假设基础之上，理论上有合理性，但在现实中却是不存在的），诱骗参与者一层层往下赚取人头费，就这样人骗人、人欺人、人诈人地滚雪球，而其所传销的产品则只是一个幌子，发展下线、攫取后来者的入会费才是唯一的目的，下线越多，在金字塔中的级别越高，提成也就越高越多，但最终获得暴利的，只有塔顶的少数人，绝大多数只能是一贫如洗。这样的骗局应该不难看穿，如果说改革开放之初因认识上的模糊不清、上当受骗还情有可原的话，那么当受害教训堆积如山、国家反复打击之后，仍有无数人前仆后继地参与，则完全是出于暴富的自投罗网，其中不少还是社会中上层人员，就更加证明了这一点。如今年在北海被打掉的一个传销组织，入门费高达6.98万元，相当于一般传销产品的20多倍，参加传销活动的人员大多有高职位、高收入，他们当中不少是北京、广东、福建、海南等省市的企业董事长、总经理或高级管理人员，在被抓获的158人中，具有大专以上学历的91人，占被抓获总人数的57.59%，其中有博士4人、硕士5人。

二、六合彩。与传销披着一层现代科学的外衣不同，六合彩属于古老原始的赌博范围，几乎没有谁不知道中彩的机会是微乎其微的，可曾经的地下六合彩席卷了大半个中国，成千上万亿的钱财被少数人卷走，留给千百万参与者及其家庭的是伤痕累累，且这些人基本都是一些收入微薄的社会底层人员。他们的遭遇虽值得同情，但其暴富心理还是应该批判，若不是经不住明知很难得到的高回报即高赔率诱惑，也不会卷入其中。2003年12月，广东省农村社会经济调查队就六合彩问题，对29个县的2460户农民进行了问卷调查，结果显示，有45.4%的农户表示，是出于中大奖、发大财的渴望才买的六合彩，正是贪心的暴富心理，促使人们落入地下六合彩的陷阱不能自拔，而从众心理则加快了地下六合彩的传播速度。不仅私彩如此，公彩也一样，在目前的公彩销售中，由于存在利益关系，一些部门与销售商过于强调销售数量，常常与媒体合作，长篇累牍地宣传巨额中奖带来的惊喜，大肆炒作"百万富翁从天而降"的彩经，把它包装成一门可以轻易制造百万富翁的投机方式，却有意无意地淡化彩票的公益性，对彩票中大量的'失败'案例（有的甚至造成了家庭的分裂），却也不加报道，目的就在于诱导和刺激市民购彩，以获得不正当的局部利益。

三、非法集资。这种情况与传销类似：一方面是违法行为，且高利率也根本做不到、不可靠，国家的处罚和受害的教训，更是一桩接一桩；另一方面，年复一年地不断有人搞非法集资，也从来不缺少参加者，原因依然是暴富心理在作怪，经不住高利率的诱惑。

四、连锁或加盟经营。这是比较新颖的骗术，或以预售、合作经营、投资入股或加盟等为名，承诺高回报，从而便于收取订金、股金、加盟费等，或利用公司的合法外衣和品牌产品，通过开展所谓的直销业务或者宣传所谓的先进营销理念，以专卖、代理、加盟连锁等方式收费敛财。但"万变不离其宗"，它同样是利用人们的暴富心理谋取自己的暴利，只不过其手法更隐蔽，将传销和非法集资融合在了合法的形式中。

五、非法的股票、期货、黄金、外汇投资代理或咨询。许诺高成功率、高准确率、高盈利率，目的还是为了捕获那些有暴富心理的投资者，尽管从来没有人通过这种途径成功过，倒是一批又一批的人被洗钱、被卷走资金，但还是有不少人抱着侥幸的心理，甘愿落入圈套。

六、赌博、献宝等。这些都是很古老的诱惑和欺骗手段了，之所以还能存在，还有不少人的参与，其根源无不在于暴富心理。连一些受过高等教育的人，都不断进入国内外赌场，下注巨大，且不少赌资还来自国家财产，民间盛行的各种各样的赌博，就更不用说了。

以上众多不正常的社会现象，说明暴富的祸根是多么难以根除，正像一句古谚说的那样，"破山中贼易，破心中贼难"，所以，佛家才将一切罪恶和不幸归咎于贪欲之色，只有六根清净，才能修成正果。股票投资中的短线致富歪理邪说的大肆盛行，与上面诸多现象完全属于同一性质，一方面，教唆者利用其理论上的合理性诱惑投资者，另一方面，投资者明知有害，但还是在暴富心态的驱使下趋之若鹜。世界上万事万物都是对立而又统一的，花样翻新、层出不穷、无处不在的骗术，之所以能得逞，无不是因为被骗者心中有暴富的祸根。

第八章

Chapter 8

股神宣传批判

第一节 荒谬的股神论

Section 1

与短线教唆并列危害投资者的另一个谬论和现象，那就是股神宣传，而且二者之间有着密切的联系，基本上都是中介商和媒体记者这两个群体，为了自身狭隘的利益而制造出来的。本来，世界上没有股神，这是谁都知道的，即使出于对极少数伟大投资大师的敬佩，如美国的巴菲特、欧洲的安东尼·波顿(富达国际投资总裁)、香港的李兆基(恒基集团主席)，人们不由自主地赞其为股神，也是出于善意，可中国的股神又是些什么人和属于什么性质呢? 让我们来看一看:

赵某，1997年注册成立了××公司，号称"中国荐股第一人"，其害人的名言和杰作是"咬定青山不放松"，成为个股青山纸业的庄托。5年之后，中国证监会在自己的官方网站上公布了截至这一年的证券投资咨询机构及其执业人员名单，赵某以及东方趋势被除名，他本人远走海外。

唐某，撰写了《短线是银》系列，一直声称为下岗工人和退休工人服务，提出了"两年让10万元变成百万元"、"挑战炒作极限"等忽悠口号，后在中国证监会上海稽查局曾经连续3天在三大证券报上发布了同一则公告: "上海广通投资咨询有限公司的唐能通，根据《证券法》第一百六十八条的规定，请你于10月31日之前到中国证监会上海稽查局接受调查。"这个时候人们才发现，他开办的公司还未获得证监会认定的从业资格，他打着为下岗工人和退休工人做股评的幌子，目的就在于推销他很多股评之外的"附加产品"，包括股票寻呼机、"短线是银"软件、语音信箱播音、高级会员，等等。

雷某，其周末推荐的股票下周一必涨停，并借此收取高额会员费和咨询费，但2007年初，雷立军被证监会认定为市场禁入者，5年内不得从事任何证券业务。

孙某，由于被认定违反了相关规定，2006年证监会对其进行了没收199万元违规所得外加10万元的罚款，同时对孙某持股100%的××公司也处以5万元的罚款，其本人也被限定5年内不得从事任何证券业务和担任上市公司高级管理人员。

王某，是2007年大牛市中冒出来的股神，因其开放的博客点击数超过3000万次，因而号称"中国第一博"，其在网上设群传授股票经验，因其自称对股票预测准确率超过90%，又自诩为"散户的保护神"，于是许多人通过缴费方式加入了"带头大哥777"的QQ群，股民缴费最少的每人每年3000元，最多的竟达3万多元，但结果证明，带头大哥并非"股神"，而是非法敛财的高手，后王某被警方拘留，此后被判刑。

汪某，某年注册成立××公司，利用其个人在证券投资咨询业的影响，向社会公众推荐股票，通过"先行买入证券、后向公众推荐、再卖出证券"的手法操纵市场，非法获利，仅用一年的时间，就通过上述手法交易操作了55次，买卖了38只股票或权证，累计获利超过1.25亿元，后来受到证监会最为严厉的处罚，其证券投资咨询业务资格被撤销，汪某违法所得的1.25亿元被没收，并处以1.25亿元罚款，其本人被终身禁止进入证券市场。

简某，创立了所谓的"简氏理论"，拜见过索罗斯，被誉为学得华尔街真传的股神，却以帮助炒卖股指期货为饵，卷走200多人的几千万现金，为此被警方抓获，后以涉嫌合同诈骗依法批准逮捕。

此外，有一位自称为股民服务其实并不见得懂投资的记者，以《民间股神》为书名撰写畅销书，连续出版了好几集，收集采访了几十位所谓的股神及其神迹，上面提到过的简某就是其中的一个。虽然书中不泛有参考价值的内容，但以股神为名大肆宣传，其醉翁之意不在酒，其危害更是不言而喻。

以上各式各色的所谓股神，是被当事人、媒体及记者、股民共同创造出来的，前二者各取所需，股神当事人是心怀鬼胎地利用股神身份蓄意坑骗投资者，媒体及记者是想借股神沾光，唯有投资者受到伤害，但也不能完全怪别人，正是因为投资者盲信盲从或有不恰当的暴富心理，才给了前二者可趁之机。其实，只要稍微动点脑筋或进行独立思考，股神的荒唐、荒谬还是不难认清的，下面笔者就简单地剖析其中的原委。

在中国，所谓股神的含义或能耐，一般是从三个方面来看待的：一是对大盘指数预测准确，二是对个股判断准确或荐股准确，三是操作成绩好。前面已经分析过，市场走势和个股价格运行只有概率大小之分，而没有绝对必然之规，因此，任何人都做不到100%的准确，能达到70%～80%的准确率就已经是很高了，假设某人确实对大盘和个股的分析判断有很高的能力，而且坚持少预测的原则，比如一年只预测一两次或只推荐一两个中长线股票，那么，极少数人要达到70%～80%的准确率还是有可能的。可是上面的那些股神，基本上都是天天在股市上作分析预测的，就算他们能力很强很高，这么频繁地预测，其准确率绝对无法超过50%。这也就是和瞎猜的概率是一样的，即一半对一半，因为指数和个股只有涨、跌两个方向，即使什么都不懂乱猜一气也可能对一半，这又怎么能和股神挂上钩呢？可是，他们又是怎样获得股神称号的呢？关键在于报喜不报忧、夸大了短期的成功，以及使用了一些不正当的手法。被称为股神的人，无论是自己还是写文章替他们宣传的媒体及记者，只会把自己成功的案例、事迹宣传出去，而且是夸大的、烘托性的宣传，失败的例子则隐去不说或一笔带过，再加上与庄家联手及投资者群体跟风效益，久而久之，不明真相和缺少辨别能力的人，就以为其真的很神了，然而真实的状况只是他比普通投资者水平略高一些而已。此外，短期的成功更不能说有多神，因为投资还是有很大的机遇性的，遇到2006年～2007年那样的大牛市，个股普涨，随便买一个股都会盈利，随便推荐一个都会上涨，且盈利率可能还很高；再则，在某段时间内，一个人的判断和操作完全有可能存在超常发挥或特别顺利的现象，这是在多数人身上都发生过的事，笔者也是经历过的，早在1998年的郑州绿豆期货操作中，不到两周的时间里，就曾经实现过翻三番的纪录，5万变成20万，可笔者今天还远远谈不上对市场把握很准，更谈不上成功。真正的投资成功或高准确率，必须做到稳定持续盈利，就像巴菲特和索罗斯那样，这是需要几十年的长时间才能检验的。但即使是巴菲特和索罗斯，也不能说是股神，而且他们也从来没有认为自己有多神，他们的成功主要在于长期坚持按自己确定的、符合市场规律的投资原则，其中虽有智力因素，可更多的还是纪律、毅力、耐心、坚守等非智力因素。所以，股神论是十分荒谬的，更是有害的，投资者千万不要受其诱惑，老老实实、脚踏实地，才是投资的正道。

第二节　作秀的投资大赛

Section　2

在中国证券投资市场，造神的渠道主要有两个：一个是刚说到的媒体，一些既不知深浅又不负责任的记者、编辑，为了个人或小团体的利益，利用手中掌握的话语权和媒体工具如报纸、网络、出版等，包装股神、宣传股神、传播歪理邪说或技术秘籍，许多所谓股神都是这么产生的；二是各种各样的投资大赛，每年这样的大赛层出不穷，其优胜者，很自然地被冠为股神，因为形式上类同于体育竞赛，不明真相的投资者更容易相信，尤其是刚开办之初的几年，现在已经遍地泛滥，信的人就少多了。

其实，投资大赛完全是为了作秀，也不可能判定出投资的水平，只能把其当成娱乐项目来看，并没有什么价值，更加不能信以为真。

第一，许多投资大赛是模拟的，因而也就是不真实的，完全就是游戏。上面提到的赵某，就曾经多次夺得过这样的大赛优胜荣誉，在赵某参加某证券报的荐股比赛，在18家参赛机构中夺得冠军，荐股收益率3个月内高达274%，而且比亚军几乎高出1倍。三年之后，他先后8次参加该赛事，共获5次冠军、2次亚军、1次季军，尤其是在一次模拟比赛中，居然创造了累计收益率2000%的战绩，为同期市场收益的50倍，可这么厉害的人最终却变成了庄托，那些大赛成绩又能证明什么呢？而前面提到过的另一个人物唐某，他虽然自己没有参赛过，可他手下的徒弟却十分了得，在一次新浪网举办的模拟大赛中，前10名中2/3为其徒弟夺得，何况这些人的起点都是较低的，都能被他训练得几乎个个出色，要是他这个师傅亲自参加，那与神仙何异啊！这样的形象和策略，比赵某还要神奇、高超。

第二，许多大赛完全是举办单位的宣传手法，要拿来作为社会公信的东西，缺少起码的法律保障和说服力，其比赛成绩是不足为信的。众所周知，就连许多正规赛事、评比活动，都不断造假、暗箱操作，即使是众目睽睽的足球比赛也有在做假的，这种随随便便举办的不入流的比赛，又有多少可信度呢？

第三，即使有少数大赛完全是实战的，但大赛的时间很短，一般都在6个月之内结束，有些甚至只有一两个月，这么短的时间，无论是价值投资还是趋势投资（这是两种公认的投资方法），基本都是用不上的，至少是用不好的。那么，唯一能用的就是短线操作方法，而短线方法是最不可取的，自资本市场诞生200多年来，除了价格操纵者之外，就没有谁成功过，那这种以短线为主的大赛又有什么意义呢？即使有人真的在比赛中做得不错，那也是偶然现象，没有必然性、重复性和可学习性，无非是诱导投资者短炒而为券商做贡献。

第四，美国证券投资历史上也举办过类似的大赛。比如，1987年美国加州比华利山金融交易协会举行了一次包括股票、期货、期权三大金融商品的"美国交易冠军杯"大赛，为期4个月（1987年8月1日～1987年12月1日），参加者众多，时值美国金融市场动荡特别厉害的一年（1987年10月爆发了全球性的股票风暴），结果，瑞士籍的安得烈·布殊以5000美元作为本金，在4个月时间里，实现了4537.8%的投资回报率，不仅获得期货组的第1名，而且这个记录至今无人打破，前5名的其他四人也非常不简单，分别为瑞·常1040.0%、吉诺·科诺瓦斯534.8%、马丁·舒华兹326.0%、阿·米斯罗布罗斯323%，此前讲的技术分析大师江恩也曾以出色的成绩夺得过投资大赛桂冠。但无论是有200年证券投资史的美国，还是只有20年证券投资历史的中国抑或其他国家，那些大赛优胜者，似乎并没有一个能成为公认的投资成功大师，反过来，巴菲特、索罗斯等真正的大师，好像也没有谁参加过大赛或者获得过大赛优胜，这足以说明大赛成绩再优秀，与投资成功仍相距遥远，两者完全不是一回事。

第三节　投资成功的标准

Section 3

　　许多媒体及其记者宣传股神，除了追求轰动效益和自身利益外，另一个重要的原因，就是对投资尤其是投资成功的标准不甚了解，许多投资者盲目相信股神的存在，主要原因也在于此，因而，很有必要对投资成功的标准做一下分析介绍。

　　由于投资的特殊性，其成功的标准与其他领域相比，差异多与其相同。在社会和人生的不少领域，成功往往取决于一两次决定性的标志性事件或时间，是较容易判断的。比如：升大学取决于一年一度的高考，如果考上了，基本上就确定一辈子是大学生了；结婚取决于是否领结婚证那一刻（过去是举办婚礼）；当官取决于被提拔任命的那一天；获得职称取决于评定结果公布的那一天；比赛冠军取决于最后战胜对手的那一刻；总统竞选取决于选票公布的那一天等。可投资的成功是没有这样的标志性事件和确定性时间的，它是一个动态持续过程，需要很长的时间才能做出判断，而且这个时间宽度不是一两年，更不是一两次交易，它所需要的检验时间，至少要十几年甚至20年以上，还得考虑其稳定持续性状况，起伏波动太大的话是不行的，若是大盈大亏来回反复，就不能算是成功，只有能实现稳定持续盈利，才可以称为投资成功，就像巴菲特和索罗斯那样。

投资成功的这种判断标准，与判断一个领导、政党执政成功与否，一个将军打仗成功与否是类似的。项羽虽打败秦国而被称为"西楚霸王"，但他统一不了中国，所以不能叫成功；刘邦虽曾是项羽的下属和败将，却最终建立了一个强大的汉朝，所以是成功的。蒋介石虽因北伐而一举得势，但抗日无能，治国无方，不能叫成功；毛泽东抗日得人心，内战以弱胜强，建立了社会主义新中国，一次次打败外国侵略势力，是非常大的成功。汉武帝、唐太宗不仅军事能力出众，而且治国有方，创造了千古传颂的汉唐盛世，是成功的；成吉思汗和诸葛亮虽是两个著名人物，但用政治业绩和历史贡献来衡量的话，仍然谈不上成功。

更具体地来说，投资成功的标准，包括以下三项内容：

一、较高的准确率

准确包括单次计算和平均计算。单次准确指的是一次或一个个股投资完成后获得盈利，至于盈利率是多少不重要，只要盈利就行，但有一点需要说明，那就是每次投资的策略必须是一致的，长线就按长线算，短线就按短线算，波段就按波段算，尤其是短线，不能亏了就改为长线。平均计算的准确性是一个概率数，它是在一定时间内成功次数相加除以所有投资次数相加的比值，由于时间是不断延续的，因此，平均准确率是一系列移动平均数，就像技术分析中的移动平均线一样。

因此，所谓高准确率是没有绝对标准的，但为了比较，需要设定一个底线。依笔者之见，这个底线定为70%是比较合适的，正好是2/3，即每三次投资必须有两次准确或成功，所以，只要连续计算的投资准确率超过70%，就算是高准确率了，当然是越高越好。

二、适当的收益率

收益率也可以叫盈利率，是投资成功后盈利额除以本金的比值，与准确率一样，也包括单次收益率和平均收益率，计算方法也是一样的，略微不同的是，收益率一般以年为时间单位来计算，因此，就不再详述了。

至于多少收益率才比较合适，与准确率相比，它更加难以确定或获得共识，为此，笔者划出一个较大的弹性空间，以用于比较。底线区是6%～10%，它与长期债券最高利率相当并略高，这样的年平均投资收益率，应该是投资成功的最低要求，否则的话，就不如买债券安全合算，至少可以省去很多精力，好干点别的事，而不至于老耗在股市上。中限区是10%～20%，达到这一水平应该说是相当不错的成绩，这一点与实业比较就更加明显，在实业领域，这一标准已经是很高的了，资产年平均利润率超过10%的企业是很少的，看看上市公司的年报就能很清楚这一点，经济的全社会年平均利润率一般也很难超过10%，即使像中国宏观经济增长多年超过10%，但企业的年平均利润率要低得多。优秀区是20%～30%，这是根据巴菲特长期保持在这个区间而确定的，看起来似乎并不高，但要长期保持下来却是很难的，而且，只要能长期保持这个比率，在资本复利的作用下，财富会获得快速增长，否则，巴菲特也成不了世界首富了。若是年投资收益率超过30%的话，就属于投资成功的极限区了，历史上只有天才的索罗斯唯一做到过，既然这样，一般人也就不要奢望了。

依笔者之见，底线区应是普通投资者追求的第一个阶段目标，然后再向中限区努力；中限区应是职业投资者追求的基本目标，然后再向巴菲特的优秀区看齐；极限区最好不要去想，它超出了99.99%的人的能力，短期也许不难到达，但长期基本上是做不到的，而一旦有了不切实际的想法，灾难就将临头了。

三、长时间稳定

这是补充说明，其含义实际上已经存在于上两项要求之中了。所谓长时间稳定，包括两个方面的含义：其一，在30%范围内的投资失败中，不能发生重大损失，·尤其是单次损失绝对应该控制在总资金的10%范围内，对大资金而言更是如此，小量资金要做到这一点则比较难；其二，在至少三五年以上的长时间里，可以大起，但不可以大落，也就是说好年景时，盈利越多越好，年景不好时（如长期低位徘徊或单向交易的慢慢熊市），要避免过大的损失，保障资金安全。

　　以上述标准来衡量国内股市的投资状况，无论是个人还是机构，能做得好的极少：比较好的也只是大牛市赚得多，大熊市时亏得稍微少些，长期平均起来，成绩也并不大；中小投资者的情况则更糟糕，常常是大牛市赚得不多甚至不赚反亏，熊市则亏得一塌糊涂，亏去本金一半以上是十分常见的；即使是所谓的股神、大师，也并没有几个能做到长期稳定盈利，他们自吹自擂的资本，是有过几次盈利率很高（所谓的翻几倍）的操作，而且多半是在大牛市中获得的，至于他们的失败，只有他们自己知道，是不会说出来的。

　　中小投资者要进行股票投资，最需要学习的是什么呢？这个问题看似简单，那就是学习分析操作技术，就像小孩学习穿衣、吃饭、搞卫生，一个人学习开车或修电器。正是这种想当然的看法，导致关于股票技术的书籍和文章多如牛毛，完全已经到了泛滥的地步。照理说，有这么多的技术书籍可用来学习，每天又有众多的分析师用不同的方式讲解和传授技术，投资者应该早就学会了投资分析操作技术了才对。可是，许多投资者的实际现状以及笔者自己的亲身经历却都告诉我们，事实并不是这样，学会了投资分析操作技术的人少之又少，学了十年八年仍然亏损累累的大有人在。这就奇怪了，一般人都能很快地学会开车、修理之类的技术，就算更难一些的机械制造、医疗治病等，也不过是读几年大学、再实习一两年，就基本能上岗了，很少有人用几年的时间学一门技术最后却还找不到工作、赚不来钱的。即使在大学毕业生都就业困难的背景下，各行各业的技术人员还是最好找工作的，不少还能拿高薪，可为什么单单投资技术就这么难学呢？

　　这其中肯定存在问题，排除那些能力和受教育程度较低的投资者不说，即使是受过良好教育和金融投资专业的人，同样也学不会分析操作技术，笔者自认为并不是特别笨的人，还有着高学历，并且也学了多年技术分析，结果依然不能靠技术分析盈利。因此，只能说投资的问题不属于技术领域，至少不是一般人平常所知道的那种常规技术，那它又是什么呢？笔者经过近两年深入反复研究后发现，投资首先是一种理论、思维或道理，然后才是技术，这和人生完全是一样的，能说人生是一种技术吗？父母教育子女的主要是技术吗？显然不是，父母教育子女的主要是做人的道理。人生中虽然需要很多技巧、谋略等偏技术性的东西，但这些不是本源的，人生首先是要懂得做人的道理，树立正确合理的价值观、人生观，然后一个人才能立得起来，才能让技术性的东西发挥作用，假如人生观错了，违背了做人的基本道理，那么技术再好，再聪明，也走不好人生的道路，相反，还很容易滑向失败甚至走向毁灭。投资也同样如此，先要懂得投资的道理，然后才能发挥好技术的作用，而且技术必须与道理相吻合才行，与道理相悖的技术就不是好技术，因此，在资本投资领域，并不是任何技术都是有用的，更不是任何技术都需要学的。

正因为这样，笔者决心在本书的写作中，必须抛开常规的技术分析套路，而是更多地告诉投资者如何理解、掌握投资的道理，如何掌握投资的思考和分析方法，当投资者达到这一步之后，就可以不断总结出自己所需要的技术来，也能分辨出什么技术对自己有用，不同的技术分析方法有哪些优劣，用不着去学习很多不着边际的技术。何况，越是具体的、局部的、细节的技术，越是不具有普遍功能，会随着时间、市场、环境的变化而失效，所以，即使是别人成功的技术案例，若不上升到有普遍意义的投资道理，而仅停留在具体时间、个股的描述上，对投资者也并没有太大的参考价值，因为当时的具体状况再也不会出现了，人连两次踏进同一条河都不可能，又怎么可能两次用完全同样的技术、方法投资操作呢？

所以，本书只讲投资的道理以及相应的思考、分析方法，不讲具体的操作技术和案例，而且就是这些道理，投资者也不要死记硬背、照搬照套，主要是用来参考、启发。笔者原来一直不理解巴菲特尤其是索罗斯，为什么总不讲自己的具体操作过程或技术秘诀，讲来讲去都是讲一些投资的大道理，当初还误以为他们是故意保留自己的秘诀，现在看来完全不是那么回事，而是他们深知决定投资成败的是道理，而并不是什么技术或秘诀，并且只有投资的道理才是通用不变的，至于具体的操作则会随时变化的，那样的过程是不可能再现、复制和机械地学习的，否则，只会误导甚至贻害投资者。可是，我国的所谓大师却恰恰相反，对投资最有价值的道理讲不出几句，而对自己所谓的成功操作，却一五一十地记录下来向投资者兜售、传播。而且，其所谓的投资技术、方法、秘籍等，实际上有许多是不符合投资道理的，或者在道理上是讲不通的、存在很大漏洞的，因此，与巴菲特、索罗斯等真正的成功者相比，这些人的做法完全是相反的，这种巨大的反差难道正常吗？难道不值得反思吗？

欢迎投资者交流、探讨。联系电话：13978622689，邮箱：gxchenlihui@sina .com。

陈立辉

2009年10月

"引领时代"金融投资系列书目

序号	书名	作者	译者	定价
	世界交易经典译丛			
1	《我如何以交易为生》	（美）加里·史密斯	张 轶	42.00元
2	《华尔街40年投机和冒险》	（美）理查德·D.威科夫	蒋少华、代玉簪	39.00元
3	《非赌博式交易》	（美）马塞尔·林克	沈阳格微翻译服务中心	45.00元
4	《一个交易者的资金管理系统》	（美）班尼特·A.麦克道尔	张 轶	36.00元
5	《非波纳奇交易》	（美）卡罗琳·伯罗登	沈阳格微翻译服务中心	42.00元
6	《顶级交易的三大技巧》	（美）汉克·普鲁登	张 轶	42.00元
7	《以趋势交易为生》	（美）托马斯·K.卡尔	张 轶	38.00元
8	《超越技术分析》	（美）图莎尔·钱德	罗光海	55.00元
9	《商品期货市场的交易时机》	（美）科林·亚历山大	郭洪钧、关慧——海通期货研究所	42.00元
10	《技术分析解密》	（美）康斯坦丝·布朗	沈阳格微翻译服务中心	38.00元
11	《日内交易策略》	（英、新、澳）戴维·班尼特	张意忠	33.00元
12	《马伯金融市场操作艺术》	（英）布莱恩·马伯	吴 楠	45.00元（估）
13	《交易风险管理》	（美）肯尼思·L.格兰特	蒋少华、代玉簪	42.00元（估）
14	《非同寻常的大众幻想与全民疯狂》	（英）查尔斯·麦基	黄惠兰、邹林华	58.00元
15	《高胜算交易策略》	（美）罗伯特·C.迈纳	张意忠	48.00元（估）
16	《每日交易心理训练》	（美）布里特·N.斯蒂恩博格	沈阳格微翻译服务中心	48.00元（估）
	实用技术分析			
17	《如何选择超级黑马》	冷风树	———	48.00元
18	《散户法宝》	陈立辉	———	38.00元
19	《庄家克星》（修订第2版）	童牧野	———	48.00元
20	《老鼠戏猫》	姚茂敦	———	35.00元
21	《一阳锁套利及投机技巧》	一阳	———	32.00元
22	《短线看量技巧》	一阳	———	35.00元

图书邮购方法：

方法一：可登陆网站www.zhipinbook.com联系我们；

方法二：可将所购图书的名称、数量等发至zhipin@vip.sina.com订购；

方法三：可直接邮政汇款至：

北京朝阳区水碓子东路22号团圆居101室　　邮编：100026 收款人：白剑峰

无论以何种方式订购，请务必附上您的联系地址、邮编及电话。款到发书，免邮寄费。如快递，另付快递费5元/册。

请咨询电话：010-85962030（9：00-17：30，周日休息）

邮购信箱：zhipin@vip.sina.com　　网站链接：www.zhipinbook.com

丛书工作委员会

本书工作委员会

智品書業
ZHIPIN BOOKS